이현 新무협 판타지 소설

수국 5
이현 新무협 판타지 소설

초판 1쇄 찍은 날 § 2004년 9월 20일
초판 1쇄 펴낸 날 § 2004년 9월 30일

지은이 § 이현
펴낸이 § 서경석

편집장 § 문혜영
편집 § 장상수 · 김민정 · 최하나
마케팅 § 정필 · 강양원 · 이선구 · 김규진 · 홍현경

펴낸곳 § 도서출판 청어람
등록번호 § 제1081-1-89호
등록일자 § 1999. 5. 31
어람번호 § 제2-0432호

주소 § 경기도 부천시 원미구 심곡1동 350-1 남성B/D 3F (우) 420-011
전화 § 032-656-4452 팩스 § 032-656-4453
http://www.chungeoram.com
E-mail § eoram99@chollian.net

ⓒ 이현, 2004

ISBN 89-5831-246-7 04810
ISBN 89-5505-973-6 (SET)

水國
수국

이현 新무협 판타지 소설

Fantastic Oriental Heroes

5

색마재림(色魔再臨)

도서출판
청어람

5 색마재림(色魔再臨)

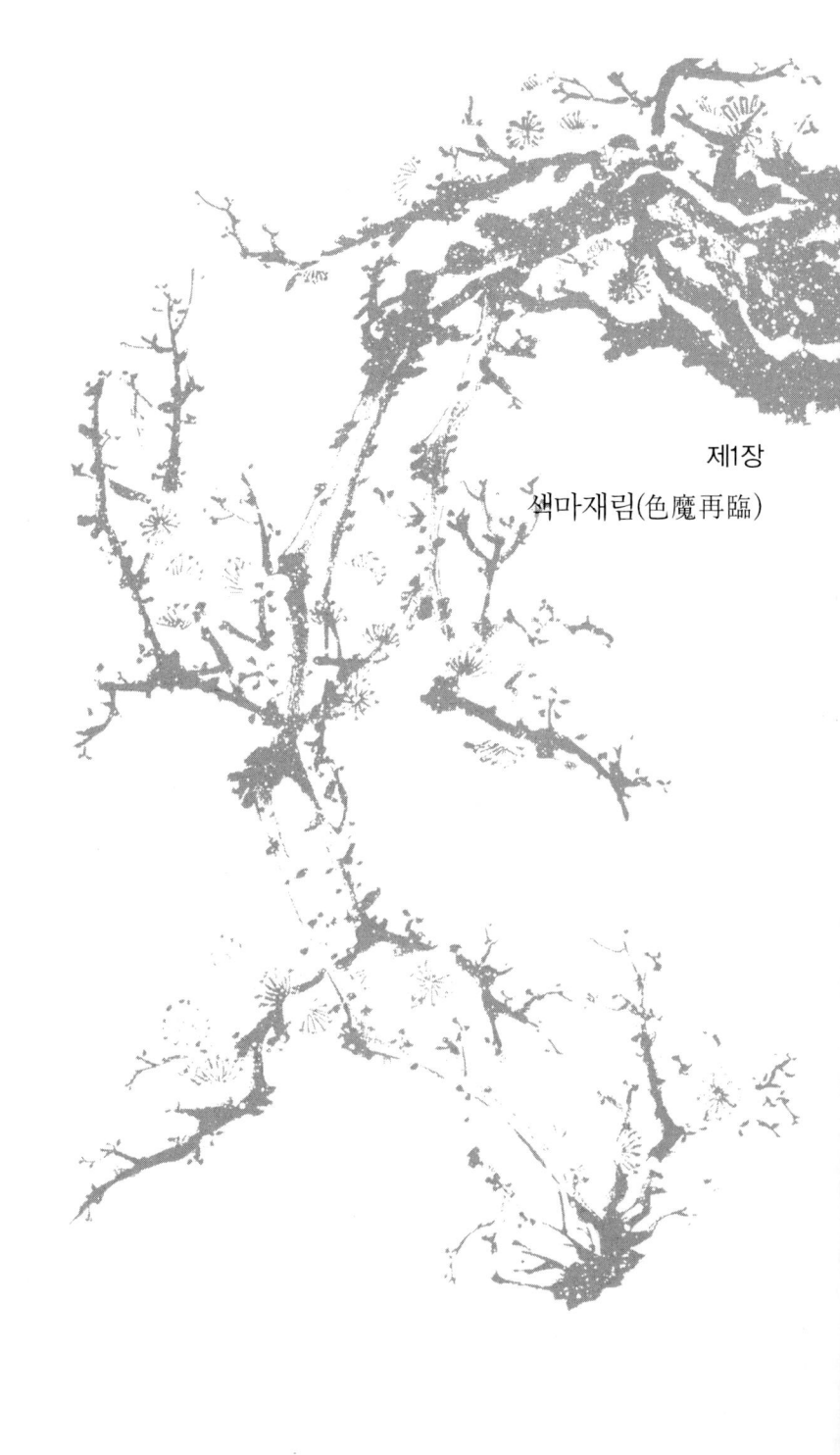

제1장

색마재림(色魔再臨)

동관(潼關).

천험의 요새.

동쪽으로는 도림(桃林)이 있고, 서남에 화산(華山), 남에 진령산(秦嶺山)이 버티고 있고, 북에는 대황하가 흘러내리다가 화산 줄기에 막혀 동쪽으로 꺾여 흐르기에 '나는 새도 막는다' 는 말이 있는 동관이다. 그 옛날 장안에 도읍을 두었던 제국의 신민들은 '동관이 깨어지지 않는 한 왕도는 견고하다' 는 말을 남기기도 했다던가.

시성(詩聖) 두보(杜甫)조차도 '단 한 명이면 영원히 막을 수 있는 장소' 라 말했던 곳, 서쪽에 동수(潼水)가 흐르기에 관문 이름도 동관이다.

늘 그랬듯 오늘 동관에는 또다시 중원의 주인을 결정하는 싸움이 벌어지고 있었다.

얼마 전까지만도 명군의 동관위(潼關衛)가 설치되어 있던 곳이었건만, 오늘 이곳을 지키는 자들은 농민군이었고, 그들 앞은 총포를 앞세워 개미 떼처럼 기어오르는 청병들로 뒤덮여 있었다.

한때 황도까지 단숨에 진격해 대명천자 주유검을 자진케 했던 농민군들이었지만, 짧은 시간에 쌓은 둑방이 물살에 밀려 무너지듯 만주철기(滿洲鐵騎)들의 기세에 겁먹은 농민군은 조금도 힘을 쓰지 못하고 뒤로 밀리기만 했다.

관문 주변을 둘러싼 가파른 암벽이 훌륭한 방어진이 되어주기는 했지만, 청병들의 우세한 화력과 숫자를 극복하기에는 역부족이었다. 곳곳에서 무기를 던지고 항복하는 자들이 생겨나기 시작한 것은, 관성(關城) 정면 쪽에서 포연이 터지기 시작한 지 반 시진이 채 되지 않았을 즈음이었다.

'때가 되었군!'

지켜보던 당자기는 표정을 굳혔다.

달아나는 수하들을 탓할 마음은 조금도 없었다. 자신조차도 새카맣게 밀려드는 청병들을 보니 도무지 엄두가 나지 않았다. 이미 친순왕 이자성을 비롯한 지휘부는 자신에게 시간을 벌어달라며 서안으로 몸을 피한 후였다.

그가 느끼는 감정은 수하로서 주공을 지켜야 한다는 의무감보다 먼저 달아나면서 자신에게는 죽음으로 이곳을 지키라는 명령을 내린 이자성에 대한 배신감이었다. 밀려들어 오는 청병들을 눈으로 보면서도 방어 수장인 그는 여전히 뒷전에 서서 관망만 하고 있었다.

'누구에게나 목숨은 귀한 법이지.'

그의 눈에 십여 장 앞에서 청병들을 결사적으로 베어가며 분전하고 있는 강오웅의 모습이 들어왔다. 이미 절반이 넘는 농민들이 화살에 맞아 쓰러진 후였다.

'고집불통!'

모가지가 떨어지거나 팔다리가 모두 잘려 나가기 전에는 항복하지 않을 위인. 당자기는 고개를 돌려 주변을 두리번거렸다. 하나밖에 없는 목숨으로 다른 사람의 방패가 되어주다가 세상을 저버릴 생각은 추호도 없었다.

당자기의 눈이 다시 강오웅을 향했다.

그는 하나밖에 없는 목숨이 조금도 아깝지 않은 양 쉬지 않고 청병들을 향해 휘둘러 대고 있었다.

당자기의 눈빛이 잠깐 흔들렸다.

저런 위인이 자신의 진실한 수족이 되어준다면… 하지만 속내를 보이는 순간 청병을 향하던 박도는 방향을 틀어 자신의 목을 노릴 놈임을 너무도 잘 알고 있었다.

"막아라!"

강오웅의 입에서 터져 나온 고함 소리, 지금 상황에서 너무도 당연한 그 말이 당자기의 가슴을 후벼 팠다. 당자기의 눈썹이 꿈틀거렸다.

"크아악!"

분전하던 참장 하나가 또 목숨을 잃었다. 단말마의 비명 소리는 그의 바로 옆에서 터져 나왔다. 강오웅의 좌측에서 온몸에 피칠을 하고서도 끈질기게 용맹성을 과시했던 자였다. 그는 가슴에 박혀 바르르 떠는 화살 끝을 부여잡으며 쓰러지고 있었다.

강오웅은 당황했다.

지금 그가 안타까워하는 것은 고통 속에 죽어가는 참장 때문이 아니라 그의 죽음에 겁을 집어먹은 주변의 농민군들 때문이었다.

"자리를 지켜라! 오랑캐에게 밀려나는 못난 군사가 되지 말아라!"

손목의 파란 심줄이 그대로 드러나도록 힘이 불끈 들어가 말아 쥔 그의 박도가 허공에서 춤을 추었다. 마땅히 달아날 곳조차 찾지 못하고 흩어지던 수하들은 마치 구세주라도 만난 듯 그의 주변으로 몰려들었다.

"대오를 갖추어라!"

위엄이 잔뜩 들어간 추상같은 호령! 강오웅은 장수답게 비록 몇백 남지 않은 수하들이나마 수습해 진용을 갖추게 하고, 선두에 서서 결사적으로 청병들을 막아섰다.

"크악!"

달려들던 적병 중 하나가 그의 박도에 허리를 베여 쓰러졌다. 이어 두세 명이 더 달려들다가 다시 비명을 지르며 쓰러졌다.

"와아!"

참장의 죽음에 성난 파도처럼 그곳으로 몰려들던 청병들의 기세가 일순 주춤했고, 힘없이 무너질 것 같던 농민군의 방어진에 잠시나마 기세가 올랐다.

그때였다.

핑!

돌연 날카로운 파공음과 함께 화살 하나가 날아와 강오웅의 등을 꿰뚫었다.

"크윽!"

어이없다는 표정. 박도를 쥐고 술에 취한 사람처럼 비틀거리던 그는 결국 무릎을 꿇고 그 자리에 무너졌다.

"아니!"

"으헛!"

주변의 수하들은 저마다 경악성을 내뱉으며 자신도 모르게 뒤로 고개를 돌렸다. 화살이 날아온 곳은 누가 보기에도 뒤쪽이 확실했다. 적어도 이곳 동관에서는 뒤쪽 우군으로부터가 아니라면 도저히 쏠 수 없는 위치였던 까닭이다.

쓰러져 숨을 헐떡거리던 강오웅도 그걸 깨닫고는 화살이 날아왔던 방향으로 고개를 틀었다. 흐릿한 시선 속에 활을 내리고 자신을 바라보는 당자기의 무심한 얼굴이 눈에 들어왔다.

"아······!"

순간 그의 머리 속이 텅 비어버렸다.

음침한 검은 구름에 더덕더덕 기워진 하늘이었지만 강오웅의 눈에 들어온 것은 아무것도 볼 수 없는, 그저 하얗게 퇴색해 버린 무심한 공간이었다.

무심한 듯 자신을 향한 당자기의 눈빛을 기억하려고 애쓰던 강오웅은 자신을 덮어오는 죽음의 그림자를 의식하고는 사르르 눈을 감았다.

당자기!

저런 자였던가!

하지만 생각이 이어지지 않았다. 몽롱한 가운데 마지막 근육마저 긴장을 풀어버리는 편안한 안식이 그를 찾았다.

"와아!"

청병들이 도검을 번뜩이며 개미 떼처럼 성벽을 타넘었다.

수비군의 선봉이라 할 수 있는 그의 죽음에 그나마 끝까지 주변을 지키고 있던 농민군들은 그의 죽음에 썰물처럼 달아났고, 이어 청병들이 쏟아져 들어와 바닥에 쓰러져 있는 강오웅을 짓밟으며 지나쳐 갔다.

"흐음!"

지켜보던 예친왕 다탁은 입가에 미소를 지었다.

이것으로 동관은 끝났다. 이곳만 지나면 이자성이 웅거하고 있는 서

안(西安)까지는 파죽지세로 진군할 수 있을 것이다.

그는 다이곤에 의해 정국대장군(定國大將軍)으로 임명된 이래 팔기(八旗)에 항복한 한인 장수 공유덕(孔有德), 경중명(耿仲明) 등의 군대를 더해 남로군(南路軍)을 이끌고 황하를 따라 서진(西進) 중이었다.

그들의 최종 목표는 이자성의 근거지인 서안이다.

이미 정원대장군(靖遠大將軍)에 임명된 영친왕 아제격이 만주 팔기와 오삼계의 군대를 이끌고 몽골을 돌아 황하 줄기를 따라 섬서로 남진 중이었다. 그들 부대의 목표 역시 서안이었다.

다탁은 흐뭇한 미소를 띠고 자신을 바라보는 당자기의 눈길을 의식했다. 순간 당자기는 조금도 망설임없이 제비처럼 몸을 날려 그의 앞에 부복했다.

"핫핫핫! 수고했네! 하지만 시간이 너무 걸렸어! 눈치를 본 겐가? 크하하핫!"

말 위에 앉아 있던 다탁은 삼 장 앞에 부복한 당자기를 향해 대소(大笑)를 터뜨리며 말했다.

"그럴 리가 있겠습니까?"

당자기는 꿈찔하며 다시 한 번 머리를 조아렸다. 시세를 아는 자 준걸이라고 했던가? 애초에 그가 농민군에 끼어든 것도 당시는 그들이 천하를 주름잡을 것으로 보았기 때문이고 지금은 잘못된 선택을 바로잡는 중이었다. 그를 지켜보는 다탁의 입가에 잠깐이나마 비릿한 미소가 감돌다가 사라졌다.

"자네, 장강 이남에 대해 잘 안다고 했던가?"

"일전에 말씀드린 대로입니다."

"흠! 그럼 자네도 나를 따르도록 하게!"

"목숨을 다하겠습니다."

쿵!

당자기는 보기에 무지막지하달 정도로 고개를 땅에 처박았다.

"가자!"

다탁은 그를 거들떠보지도 않고 서둘러 말 머리를 돌렸다.

지금의 목표는 이자성이지만 그 마지막은 남명(南明)의 홍광제가 버티고 있는 남경 응천부였다.

'좋은 징조야.'

겉으로 드러낸 냉정한 표정과는 달리 마상의 다탁은 내심 당자기의 투신에 흐뭇해하고 있었다. 한 명의 제대로 된 장수나 무인도 아쉬운 처지였다.

그동안 공들여 심어두었던 강남의 세력들이 알게 모르게 자객에게 당하고 있다는 소식은 청국의 당금 실세인 섭정왕 다이곤을 바싹 긴장하게 만들고 있었다. 전비(戰費) 마련이 만만찮은 지금에도 강남 세력의 포섭을 위해 막대한 군자금을 그리 쏟고 있는 실정이었다.

'한몫은 할 놈이야!'

동관마저 무너뜨린 지금 청국의 첫 번째 목표는 이미 그 끝이 보였기에 이제는 두 번째 목표물을 향하고 있었다. 필요한 것은 능력있는 한인들을 포섭하는 일이다. 당자기 정도의 무인이라면 쌍수를 들고 환영해야겠지만 애써 모질게 대하는 것은 그 나름대로 이유가 있다. 저런 류의 인간은 그래야 자신이 가진 최대한의 능력을 보이는 것이다. 다탁은 그것을 알고 있었다.

며칠 전 동관을 포위하고 있던 중에 먼저 은밀하게 손을 내밀어 온 것은 당자기였다.

호구산.

밤이 깊었기에 시원한 산바람이 살랑거릴 것 같은 날씨였지만 몸을 스멀거리게 하는 습기가 산을 덮었다.

금세 골짜기를 덮어오는 운무처럼 무럭무럭 피어난 구름들이 이내 달빛을 가리고 하늘을 가렸다. 구름은 그 색을 더욱 짙게 하더니 마침내 천지를 온통 컴컴하게 만들어 버렸다.

이곳 소주 일대에서 예상치 못한 비를 만나는 일은 일상에 가깝다.

낮이라면 비를 조금이라도 피하려고 발걸음을 서두르는 향화객(香火客)들이라도 있을 법 하지만…….

툭! 툭! 툭!

빗방울이 떨어지기 시작하자 시끄러운 목청으로 밤을 새우던 풀벌레 소리가 일제히 땅속으로 스며들었고, 빗방울에 산을 덮고 있는 잎새와 풀잎들도 그 무게를 이기지 못하고 몸을 휘청거렸다.

비는 이내 거세졌다.

타타타타타.

한두 방울의 비에는 그런대로 탄력을 보이던 풀잎들이 갑작스레 늘어난 빗줄기를 감당하지 못하고 이내 몸을 축 늘어뜨렸다.

쏴아아아아…….

굳세게 줄기에 몸을 연결한 나뭇잎들마저도 미처 고개를 들 여유조차 주지 않는 폭우다. 거센 장대비는 이내 산 전체를 뿌옇게 만들어 지척을 분간하기도 힘들었다. 이미 밤이 깊었기에 호구산 주변은 그저 먹물을 엷게 풀어놓은 듯 뿌옇게 비에 젖어갈 뿐이었다. 끝을 보이지 않을 것 같은, 마치 한여름의 긴 장마를 연상케 하는 비였다.

그런데 요란하게 땅을 때리던 빗줄기가 잦아든 것은 정말 잠깐이었다. 흠씬 젖어버린 대지가 아니라면 방금 전까지 무섭게 내리 꽂히던 비는 언제 왔었냐는 듯 올 때처럼 빠르게 사라져 버렸고, 호구산에는 음습한 기운으로 가득 찬 운무만 남았다. 하늘을 덮었던 먹구름도 비와 함께 종적을 감추었다.

별들이 다시 하나둘 모습을 드러냈다.

교교(皎皎)한 달빛이다.

사군은 그 빛에 빨갛게 달아오른 눈을 맞추었다.

몸을 두들겼던 장대비가 아니었다면 며칠쯤 더 잠에 빠져 있었을지도 모를 일이다. 소나기가 남긴 빗물이 작은 고랑을 이루며 이리저리 갈 곳을 찾아 떠돌았기에 등짝이 물에 잠긴 듯했지만 그는 몸을 움직이지 않았다.

기억이 이어지지 않고 있었다.

'이곳이 어딜까? 내가 무엇을 하고 있었지? 왜 이리 어둡지?

이것저것 알아보려면 움직여야겠다 생각했지만 육신은 마치 남의 것인 양 조금도 말을 들으려 하지 않았다.

지옥일까?

그동안 숱한 여자들을 농락했으니 그럴지도 모른다. 갑자기 죽음에 대한 두려움이 밀려들어 순간 사군은 몸을 부르르 떨었다.

'살아 있어!'

싸늘한 한기를 동반한 부들거림이 오히려 그를 안심시켰다. 이미 몇 번은 죽었어도 할 말이 없는 몸뚱이겠지만, 목숨에 대한 애착은 그 누구라도 다르지 않다는 말이 생각나 갑자기 웃음이 나오려 했다.

그런데… 이곳에 혼자 누워 있는 상황을 언뜻 이해할 수 없었다.

사군은 기억을 더듬었다.

거센 빗줄기를 잠깐 뿌리고 흩어지던 구름 조각 하나가 도검처럼 달을 째고 지나는 순간, 문득 정춘교의 무서운 눈매가 떠올랐다.

"헉!"

놀라 몸까지 꿈칠거렸다.

이어 떠오르는 얼굴, 음천규. 그 뒤를 이어 무수한 사람의 표정이 나타나고 사라졌다. 자신의 숨소리가 느껴졌다. 그 소리는 점차 거칠어지고 있었다.

긴장이 찾아들었다.

손끝을 움직이자 뻣뻣한 근육의 움직임들이 느껴졌다.

자신감이 생긴 사군은 마치 신체의 이상 유무를 검사하듯 발가락이며 무릎, 어깨, 목 등을 차례로 움직여 갔다. 몸에 이상이 없다는 것을 확인하자 한결 마음이 편해진 사군은 다시 멍하니 달빛을 올려다보았다.

명령을 받고 청국의 사주를 받은 혐의가 있는 절명승 음천규를 죽이러 가다가 오히려 함정에 빠졌고……

사군은 멍한 가운데서도 차례로 생각을 이어갔다.

그런데 달빛을 받은 몸은 이내 서서히 데워지기 시작했다. 불뚝불뚝 쏟아내고 싶은 욕망의 힘이 전신에서 충만하게 넘쳐 나고 있었다. 눈이 붉게 타오르기 시작했다.

'보고 싶어.'

정청화의 달덩이 같은 얼굴이 떠올랐다.

부드러운 뽀오얀 속살!

탄력이 넘쳐 나는 탱탱한 수밀도!

함초롬한 이슬을 한가득 머금은 꽃잎!

뜨겁게 달아오른 여체가 한껏 뿜어내는 진한 향기……!

귀를 뜨겁게 달구어 마침내 양물을 폭발시키고야 마는 여인의 교성!

"으아……!"

사군은 질끈 눈을 감았다.

눈물이 났다. 몸은 정청화의 그 속살을 애타게 그리고 있었다. 하지만 임무를 마치지 못하고 돌아갔을 경우 정춘교가 내보일 질책도 두려웠다.

정춘교!

뇌리 깊숙이 가장 두려운 존재로 각인된 사람이었다. 생각할수록 두려움이 증폭되며 온몸을 휩쓸었다.

"안 돼!"

사군은 외마디 비명과 함께 부르르 몸을 떨었다.

음천규를 죽여야만 했다. 그래야 몸을 녹여 버릴 듯 한없이 뜨겁고 한없이 부드러운 정청화의 품으로 돌아갈 수 있다.

또 다른 여인이 자리를 대신했다.

'향아!'

가끔씩 떠오르는 청초한 얼굴, 예향이었다.

"으윽……."

갑자기 머리가 지끈거리기 시작했다. 지난 일들을 생각하려 애쓰면 나타나는 현상. 사군은 머리를 흔들어 그 모든 기억을 털어내려고 애썼다.

달빛이 일렁거렸다.

다시 가슴이 턱턱 막혀왔다. 여체를 그리는 타는 듯한 갈증.

두려움에 잠시 숨어 있던 욕망이 다시 이글거렸다.

그 더러운 본능을 이겨내야 한다.

벌떡 일어난 사군은 우직한 기합성과 함께 무섭게 주먹을 날렸다. 청룡섬(靑龍閃)!

"이얏!"

빠각!

요란한 타격음과 함께 일 장 정도 앞에서 앞을 가리고 서 있던 어린아이 몸통 굵기의 나무가 빠지직, 비명을 지르며 쓰러져 갔다. 오륙 장 높이는 충분히 됨 직한 나무였다.

쿠당탕!

가지에 매달려 있다 근본을 잃어버린 나뭇잎들이 서로 몸을 부대끼며 우수수 몸을 떨었다.

여전히 근지러웠다.

양물에서 느껴지는, 채워지지 않는 욕망으로 계속 부풀려져 마침내 몸을 가누지 못하게 만드는 갑갑함이었다.

"후우… 후우……."

그런 기분을 뱉어버리기라도 하듯, 사군은 길게 숨을 내쉬기를 반복했다.

두려웠다. 늘어나는 죄과.

몸은 그 와중에도 껄떡거렸다.

달아오르는 육신은 점차 이성을 압도하고 있었다. 애절한 여인의 눈빛이 다시 눈앞에 스쳐 갔다.

너무나 익숙한, 아련한 기억 속의 그 눈길.

'아!'

사군은 눈빛의 임자가 누워 있던 장원을 기억했다.

풍정원.

시리도록 아련한 눈망울을 가진 여자는 엄청나게 높은 담장이 둘러쳐지고, 기라성 같은 호위들이 지천으로 널려 있는 장원 깊숙한 곳에 있었다.

"경비가 삼엄할 거야."

마음속 생각이 중얼거림으로 나왔다. 지금은 몸을 지켜줄 단검 한 자루 지니고 있지 않았다.

'또 무슨 짓을!'

사군은 고개를 내저었다. 남의 집에 몰래 들어가 강제로 여자를 취하는 것은 파렴치한 음적들이나 하는 짓이 아닌가. 지난날의 그 커다란 죄 과는 지금 이 순간에도 떠올라 마음을 괴롭히고 있지 않는가. 참아야 한 다.

추위가 찾아들자 몸을 웅크렸다.

어느덧 그는 아름드리 나무에 기대 쭈그리고 앉아 마치 병자처럼 두 손을 양어깨에 두르고 오들오들 떨고 있었다. 달을 향한 눈에서 절절한 애원이 배어났다.

'참아야 해!'

사군은 머리를 쥐어뜯었다.

다시 검은 구름이 별들이 총총한 밤하늘을 슬며시 밀고 들어왔다. 마 음속 기원을 담았던 그 달빛마저도 빠르게 덮어오는 먹구름들을 감당하 지는 못했다.

오락가락하는 사군의 마음처럼 다시 하늘이 검어지고 있었다.

툭! 툭! 툭!

검은 구름들은 이내 나뭇잎 위로 빗방울을 떨어뜨리기 시작했다. 일 년이면 그 사분지 일은 눈비가 내린다는 소주.

굵어진 빗방울은 이내 후드득거리며 천지를 두들겨 대더니 마침내 사 위를 온통 덮어버리는 거센 빗줄기로 변했다.

"내 방으로 와!"

억수 같은 장대비 속에서 들려왔던 정청화의 뜨거운 목소리가 갑자기 떠오르며 귓전을 맴돌았다. 사군은 그 비를 맞으며 자리에서 벌떡 일어 났다.

"으윽!"

머리가 지끈거렸다. 또 그 빌어먹을 두통.

"흐흐흐흐……."

머리를 쥐어뜯던 사군의 입에서 괴성이 흘러나왔다.

비에 젖어 착 달라붙은 바지에서 양물이 기세 좋게 고개를 불쑥 내밀고 있었다. 빗줄기는 양물마저도 사정없이 두들겨 댔고, 그 자극은 이내 은은한 쾌감으로 바뀌어 몸이 급속히 뜨거워졌다.

'여자!'

그 따스하고 보드라운 속살!

두 눈은 얼굴을 덮어오는 빗줄기 속에서도 번들거렸다. 장대비 속에서도 산 정상 주변에 불을 밝힌 곳이 희미하게 드러났다.

파파파팟!

비를 맞으며 휘청거리는 나뭇가지들은 물론, 그 아래 숨죽여 쓰러져 있던 잡초도 사군의 움직임에 다시 휘어지고 구겨졌다.

운암사(雲岩寺).

산정 부근에 우뚝 솟은 호구탑과 어우러져 호구산(虎丘山)을 덮은 숲에 기대어 모습을 감춘 운암사에는 오늘 특별한 행사를 벌였는데, 바로 풍정원 중인 엄생의 부인 곽씨를 위한 천도재(薦度齋)가 벌어졌다. 일 년 전 원인도 알 수 없는 병에 걸려 죽은 부인 곽씨를 위한 천도재였다.

운암사는 삼십여 명에 이르는 풍정원 고수에 의해 철통같은 경계에 싸여 있었다. 천도재에는 엄생도 참석했지만 이미 장원으로 돌아갔고, 지금은 막내딸 엄영만이 남아 옛일을 회상하며 불공을 드리고 있었다.

사군은 그 불빛으로 향했다.

'살기야!'

절 가까이 다가가던 그는 쏟아지는 빗줄기 속에서도 예리하게 뻗쳐 나는 무인의 기도를 감지하고는 걸음을 멈추었다. 잠시 멈추어 주변을 살피던 그는 조금씩 움직여 나가기 시작했다. 빗소리가 너무 거세 천이통 대신 감각에만 의지해 나가는 것이다.

크지 않은 산이라 빗속에 뿌옇게 잠겨 버린 절간은 이내 모습을 드러냈고, 처마 아래 내걸린 등불들은 거센 바람에 밀려 휘청거려 가며 희뿌연 빗줄기 속에서도 옅은 불빛을 뿌려대고 있었다.

불이 밝혀진 법당 주변은 온통 예리한 살기에 싸여 있었다. 사군은 절 주변에서 적당히 높은 나무를 골라 그 안으로 파고들었다.

번쩍!

섬전이 일며 잠깐이나마 운암사 전체를 환하게 비추자, 곳곳에 비를 피해 경계를 서던 호위 무사의 모습이 그대로 드러났다.

쿠르르릉! 쿠릉!

사위를 밝히는 번개에 서너 호흡 뒤이어 요란한 천둥 소리가 천지를 울렸다.

사군의 얼굴에 흐뭇한 미소가 번졌다.

이런 날씨라면 눈에 직접 띄지 않는 이상 들킬 염려도 없다. 절간 옆 허름한 건물 앞에서 죽립을 쓰고 경비에 임하는 두 무사의 모습이 들어왔다. 사람이 있는 암자도 아니고, 뭔가 중요한 물건이 안에 있다는 말이다. 사군은 서서히 몸을 움직여 건물 뒤쪽으로 다가갔다. 다행히 그곳은 아무도 지키고 있지 않았다.

히힝! 힝!

놀란 말들의 울음소리가 귀를 자극했다. 그곳은 마구간이었다.

호구산은 그리 높지 않아 완만한 경사를 유지했다. 소주에서 그리 멀지 않은 곳에 위치해 있기에 운암사로 이르는 길은 마차가 올라올 수 있도록 넓어, 절간 옆에 마구간이 있는 것은 그리 특별한 일이 아니다.

마구간은 그가 있는 담장에서 그리 멀지 않은 절 바깥쪽에 자리하고 있었다. 앞쪽에 죽립을 쓴 두 명의 무사가 지키고 있는 것을 확인한 사군은 소리를 죽여가며 뒤로 접근했다. 반 장 높이 위로 기둥만 세워진 채 터져 있는 그 안에는 말과 마차가 비를 피해 들어가 있었다.

'흐읍.'

살며시 숨을 들이켰다. 마차에서 은은한 여인의 향내가 느껴졌고, 그 냄새는 고개를 안으로 들이밀수록 짙어지며 그를 자극했다.

참을 수 없는 유혹. 사군은 무사들의 동태를 살펴가며 슬며시 방책을 넘어 안으로 들어갔다. 마차는 말 두 마리가 끄는 것으로 흔히 볼 수 있는 것보다 두 배는 더 크고 웅장하며 화려하기까지 했다.

푸르릉! 푸릉!

뒤쪽에서 갑자기 나타난 사군을 보고 말들은 연신 투레질을 하며 그를 피해 마구간 안을 오갔다.

'아……!'

풍정원의 구중심처에서 안았던 여인이 뿜어냈던 바로 그 냄새였다. 창고 가득히 메워진 짙은 향기는 강렬하게 사군을 유혹하고 있었다. 양물이 불끈거렸다.

스르르르……

사군의 몸은 뱀처럼 담을 타고 안으로 미끄러져 들어갔다.

'흐읍!'

마차 가까이 간 사군은 짙은 유혹의 향을 마음껏 들이키고는 조심스레 마차 문을 열고 안으로 들어갔다. 주렴이 있기는 했지만 구슬이 아니라 색실을 꼬아 만들어 멋을 낸 것이라 아무런 소리도 나지 않았다.

마차 안은 바깥에서 본 것만큼이나 널찍해 대여섯은 족히 탈 정도였는데, 은은한 색상의 휘장들로 한껏 치장해 마치 여인의 규방을 연상케 하는 분위기를 연출했다. 사군은 푹신한 의자에 앉아 사르르 눈을 감고 진한 여인의 체취를 마음껏 즐겼다.

얼마가 지났을까.

꿈속을 거닐 듯 보이던 표정이 잠시 멈칫거렸다.

불현듯 떠오르는 생각.

'마차를 타고 들어가면 돼!'

이리저리 살피니 안을 마주 보고 가로지른 의자 밑이라면 불편하겠지만 충분히 숨어서 들어갈 수 있을 것 같았다. 보통 비어 있는 그곳은 마차 바퀴가 부서지거나 다른 응급의 경우를 위해 각종 공구를 넣어두는 곳이었다.

의자를 젖히니 과연 예상대로 공간이 나타났다. 한쪽에는 갈아입을 옷 보통이며 신발 등 여인들의 행차를 위한 도구가 들어 있었고 다른 쪽은 거의 비어 있다시피 했다.

만족한 듯 고개를 끄덕인 사군은 그 안에 들어가 누워보았다. 보기보다 좁았지만 마차가 커서 그런지 무릎을 약간 굽히니 그런대로 불편없이 누울 수는 있었다. 다시 밖으로 나와 의자 위에 길게 누웠다. 한숨 자두려는 것이다.

땅을 파헤치듯 내리 꽂히던 장대비가 잦아들었다.

어느덧 묘시(卯時:6시 전후)도 끝자락에 와 있건만, 구름 탓인지 아니면 늦가을도 다 지나간 계절 탓인지 사위는 여전히 캄캄하기만 했다. 사군은 갑자기 마구간 주변이 부산스러워지는 소리에 잠에서 깼다.

히힝! 힝!

말들을 끌어 마차에 연결하는지 말발굽 소리와 함께 마차가 흔들거렸다. 사군은 얼른 의자 밑으로 들어갔다. 마차가 밖으로 끌려 나갔는데, 비가 그쳤는지 빗소리는 더 이상 들리지 않았다.

갑자기 말소리가 들렸다.

"마차를 마구간에 넣어두기를 잘했군. 이것 보라구, 깨끗하잖아. 소저께서도 기분이 좋으실 게야."

"그러게 말일세. 운암사는 마구간이 커서 좋아!"

이상 유무를 확인하려는지 누군가 마차 문을 열고 안을 살피더니 닫았다.

사군은 어둠 속에서 조용히 누워 있기만 했다. 편안했다. 긴장이 될 법도 했는데, 그렇지 않은 것이 오히려 이상했다. 어쩌면 마차 안을 가득 메우고 있는 잔향 탓인지도 몰랐다. 그가 힘들게 신경 쓰고 있는 상대는 무사들이 아니라 여체에 대한 그리움이었다. 불끈거리는 하초는 그를 무척이나 힘들게 하고 있었다.

이윽고 마차가 서고, 사뿐거리는 여인의 발걸음이 마차로 향하더니 문이 열렸다.

"조심해서 오르세요."

젊은 여자의 말소리. 이윽고 여자 둘이 안으로 들어오는 것 같더니 이내 마차 문이 닫혔다.

'아!'

사군은 코를 벌름거렸다.

지독히도 유혹했던 그 향기의 주인공. 양물은 쉬지 않고 불끈거리며 꽃잎을 찾아 몸을 떨었다.

이윽고 마부의 '이럇' 하는 소리와 함께 마차가 천천히 움직이기 시작했다. 타고 있는 사람을 의식한 듯 속도는 매우 느렸다. 마차의 앞뒤로는 경비 무사들의 말발굽 소리가 가득했다.

"빨리 가야 할 것 같구나."

조용한 여인의 말투였지만 마부도 그 말을 들은 듯 마차가 속도를 내기 시작했다. 몸이 들썩거릴 정도는 아니었지만, 꼼짝도 할 수 없는 사군은 등이 얼얼해질 정도로 반복되는 마차의 진동을 감당해야 했다.

안은 너무나 조용했기에 사군은 날카롭게 신경을 곤두세웠다.

아가씨와 시비, 단둘이 있는 곳이기에 짓궂은 농담 한마디 정도는 오갈 법도 했지만 마차 안은 기이하다 싶을 정도로 깊은 침묵 속에 빠져 있었다.

"아가씨."

"조용히 있고 싶구나."

마차가 출발한 지 얼마 되지 않아 오간 그 두 마디의 대화가 전부였다.

대답은 사군이 누워 있는 바로 윗자리로부터 나왔다. 향기를 가득 담은 여인의 체온이 은은히 전해지자 양물은 더욱 껄떡거렸다.

'아!'

의자를 벌컥 젖히고 일어나 한바탕 욕정을 풀어내고 싶은 강렬한 유혹! 사군은 사무치는 여체에 대한 그리움을 이를 악물고 견뎌야 했다.

이윽고 평평한 관도에 들어섰는지 마차는 안정을 되찾아 빠른 속도로 나가더니 반 시진 정도를 더 달렸다. 오가는 사람들의 발자국 소리와 말소리가 스쳐 지나가는 것으로 보아 성안으로 들어선 모양이었다.

삐이걱!

이윽고 큰 대문이 열리는 소리가 들렸고, 잠시 후에 또 다른 두 개의 문이 더 열리고서야 마차가 섰다. 한 사람이 먼저 내리고 시비가 의자를 젖혀 옷과 자잘한 물건이 든 보퉁이들을 꺼내자 마부로 보이는 사내가 다가와 그걸 받아 들고 안쪽으로 들어갔다.

시비가 내려 마차 문을 닫자 사군은 얼른 의자를 젖혔다.

'여기로군.'

눈에 익숙한 풍경이 마차 창을 통해 펼쳐져 있었다.

작은 연못이 있었고 그리로 들고나는 물줄기 두 개가 보였다. 예전에 사군을 실어왔던 물줄기였다.

사군은 얼른 내려 마차 바닥에 붙었다. 두 개의 긴 뼈대가 세로로 이어져 있었고, 그것을 가로지르며 지탱해 주는 나무도 세 개나 되었기에 붙기에도 편했다.

이윽고 되돌아온 마부가 마차를 움직여 갔다.

정원을 지나는 마차가 큰 나무 하나를 돌아 나가려는 순간, 사군은 지면으로 살짝 내려서 바퀴가 지나는 순간 팅기듯 바닥을 굴러 나무 사이로 몸을 숨겼다. 주변에 인적이 없다는 것을 확인한 다음 서서히 건물 쪽으로 이동했다. 그저 횡한 바람만이 낙엽을 굴릴 뿐 깊은 적막에 잠겨 있는 정원이었다.

몸을 날려 처마에 붙으니 안에서 시비가 뭔가를 바쁘게 정리하는 소리가 들려왔다. 아마 천도재에 가져갔던 짐을 푸는 모양이다.

사군은 시비가 자리를 뜨는 순간을 기다려 안으로 스며들었다. 한눈에 들어오는 익숙한 실내 배치는 반가운 마음까지 들게 했다.

'으음.'

온몸을 강렬하게 자극해 오는 지독한 향기는 그를 더 이상 인내하지 못하게 만들었다. 사군은 시비가 있는 방으로 다가갔다.

파팟!

침상 위에 앉아 옷가지를 꺼내 정리하고 있는 그녀를 향해 지풍을 날리자 몸을 비틀하더니 이내 옷가지 위에 엎디어 눈을 감았다.

'됐어!'

필요한 절차는 모두 끝났다. 사군은 당당히 향기의 진원지로 향했다. 이미 상대의 시원찮은 무공 수위는 알고 있었기에 시비마저 재워 버린 이상 아무것도 거리낄 것이 없었다.

문은 소리도 내지 않고 쉽게 열렸다.

"진진이니?"

여인은 옷을 갈아입는 중이었다. 문이 여닫히는 소리에 뒤도 돌아보지 않고 하던 일을 계속하던 그녀는 물음에 아무런 대답이 없자 고개를 돌렸다.

사군은 어느새 여인의 뒤로 다가가 있었다.

'헉!'

마주쳐 오던 여인의 눈동자가 경악으로 물들었다.

사군은 살짝 미소를 지었다. 아련한 눈빛의 임자를 놀라게 하고 싶지는 않았다. 빨간 입술이 크게 벌어지고 있었다. 마음속 본능은 여인이 조용히 안겨올 것이니 걱정 말라고 말했다.

"쉬잇!"

사군은 아혈을 짚는 대신 손가락을 입술에 갖다 대며 씨익 웃어주었다.

어색한 웃음.

순간적으로 엄영은 몸을 흠칫했다. 그녀도 사군을 알아보았다.

혈안색마!

몇 달 전 소주에서 완전히 모습을 감추었다던 음적!

허락도 없이 들어와 처녀를 가져간… 아직도 그 충격에 헤어나지 못하고 있는 자신이었다.

잔뜩 겁먹은 엄영은 고개를 설레설레 저었다.

소리를 질러야 하건만 상대의 쉬잇 하는 소리에 입이 떨어지지 않았다. 놀란 심장은 정신없이 쿵쾅거리며 뛰었고, 얼굴은 새파랗다 못해 핏기를 잃었다.

엄영의 몸이 비틀했다.

"엇!"

사군은 얼른 그녀의 허리를 안아 조심스레 침상 위에 뉘었다. 짙은 향기가 코로 스미자 양물은 정신없이 껄떡댔다.

'아……!'

엄영은 그저 눈만 동그랗게 뜨고 사군의 얼굴만 뚫어지게 바라보았다. 타오르는 불길처럼 붉게 달아올라 이글거리고 있는 사내의 눈을 보았다면 당연히 두려움에 떨어야 했는데…….

욕념!

그 눈길에서 여인만이 알 수 있는 사내의 뜨거운 욕망을 읽은 까닭이다. 엄영은 상대의 눈에서 눈을 떼지 못했다. 마치 혼백을 몽땅 빨아들일 듯 전신을 꽁꽁 옭아매는 눈빛이었다.

'가만있어.'

사내의 눈빛은 그렇게 말하고 있었다.

사락, 사라락…….

사군은 천천히 엄영의 옷을 벗겨갔다. 매미가 껍질을 벗듯 부드러운 비단으로 감싸진 엄영의 몸은 차례로 신비를 드러냈다. 젖가리개가 끌러지며 한 쌍의 뽀오얀 수밀도가 발끈 고개를 들었고, 그 위에 올라앉은 앙증맞은 진분홍의 젖꼭지가 파들파들 몸을 떨었다. 치마가 내려지고… 매끈한 두 다리가 탄력이 절로 느껴지는 도톰한 허벅지와 함께 나타났다.

"아……!"

사군도 몸을 떨었다.

덜덜거리는 손이 스르르 다리를 타고 올라가 부드럽게 허벅지를 감쌌다. 낯선 촉감에 여인의 속살이 꿈찔, 경기를 일으키자 뜨겁게 달아오른 사군의 양물이 힘차게 퍼덕였다.

떨리는 손이 마침내 마지막 껍질을 벗겨갔다.

'으음……!'

엄영의 앵두같이 빨간 입술이 들썩들썩 했다. 예전의 기억을 떠올렸음인지 꽃잎이 이슬을 머금기 시작한 것이 느껴졌다. 아스라한 기억 속의 감각들은 다시 현실이 되어 다가와 있었다.

"으음……."

속곳이 내려지고, 자그맣고 무성한 태고의 숲이 환한 밝음 아래 부끄러움도 잊고 자태를 드러내는 순간, 사군은 숨이 턱턱 막히는 충격에 또다시 전율했다. 꽃잎은 숲에 반쯤 가려져 갈라진 계곡 사이에서 살짝 고개를 내밀고 있었다.

눈부시게 황홀한 나신!

"꿀꺽!"

사군은 침을 삼켰다. 그 소리는 침상 전체를 울렸다.

엄영은 눈을 감지 않고 있었다.

사내가 차례로 옷을 벗기고 있다는 것을 번연히 알면서도 아무런 반항도 하지 못했다. 맨살에 와 닿는 사내의 손길에도 한 번 꿈틀했을 뿐, 그저 죽은 듯 누워 동그란 눈을 뜨고 상대의 타오르는 눈을 뚫어져라 쳐다보는 것이 전부였다.

육신은 지난날의 지독한 쾌감을 기억하고 있었다.

바르르 떨리는 입술의 경련이 느껴졌고, 좌우로 편하게 놓여진 두 손도 가끔씩 파들거리며 떨고 있었다. 영원히 사라진 줄 알았던 그 기쁨, 그 쾌락이 다시 찾아들고 있었다.

'아……!'

사내의 손길이 뺨을 쓰다듬는 순간에도 목표를 잃지 않았던 눈은 마침내 그 손이 목 선을 타고 내려 젖가슴을 감싸는 순간 사르르 감겨졌다. 돌연 훅 하는 뜨거운 입김이 입술을 덮어오자 살짝 돌아가려던 고개는 놀랍도록 보드라운 그 감촉에 우뚝 멈추어 자리를 지켰다. 입 안으로 사르르 밀려들어 오는 혀에 놀란 것이다.

여체는 그대로 굳어버렸다.

입 안을 녹일 듯한 매끄러운 사내의 혀는 꽃뱀의 혓바닥처럼 날름거리며 자신의 혀를 감싸 이리저리 말아 올리더니 구석구석을 남김없이 보듬어오고 있었다.

'아!'

파르르 요동치고 있는 자신의 속눈썹 움직임이 느껴졌다.

젖가슴을 눌러오는 사내의 가슴보다 그녀를 더 놀라게 한 것은 허벅지 부근에서 서서히 위로 밀고 올라오는 쇠방망이처럼 딱딱한 물체였다. 낯선 감촉에 놀란 허벅지가 파들파들 떨며 조심스레 벌어지며 넉넉한 공간을 만들어주었다. 젖가슴을 감싸는 뜨거운 손길이 느껴졌고… 그 진한 촉감은 이내 전신으로 퍼져 나가 육신이 아득한 전율의 늪에 싸이게 만들었다. 어느새 입 안을 빠져나간 사내의 혀는 훅훅거리는 뜨거운 입김과 함께 귓불을 보듬고 있었다.

"아!"

자신도 모르게 내뱉어진 소리에 엄영은 화들짝 놀랐다.

'음적이야!'

마음속 이성은 그렇게 외치고 있었지만 불붙은 여체의 섬섬옥수가 향한 곳은 사내의 등이었다. 그 아련한 뜨거움에 저도 모르게 고개를 돌렸고 가늘게 뜬 엄영의 눈에 환하게 빛을 비추어오는 아침 햇살이 들어왔다.

"진진!"

문득 밖에서 정리하고 있을 시비 진진이 갑자기 들이닥칠지 모른다는 생각에 엉겁결에 내뱉은 말이었다. 갑자기 몸이 식어가는 기분이 들었다.

"내가 재웠어."

사군은 방금 전 '진진이니?' 하며 물었던 여인의 말을 기억하고는 그렇게 대답했다. 마치 아이를 재우고 애타게 기다렸던 방사에 임하는 금실 좋은 부부가 나누는 말투 같았다.

"아!"

엄영의 입에서 또다시 탄성이 터져 나왔다.

젖꼭지를 가볍게 비트는 손길을 느꼈기 때문이다. 진진을 재웠다는 말에 몸이 급속히 달아올랐는지도 몰랐다. 두 손이 사내의 등을 감싸는 순간 축축한 꽃잎 근처를 간질이듯 오가는 양물의 움직임에 허리가 절로 비틀렸다.

부쩍 말수가 줄어든 것을 보고, 시집갈 때가 되니 조신해진 모양이라는 아버지의 말씀은 사실이 아니었다. 낯선 음적에게 강제로 욕을 당한 치욕감에 몸을 떨었고, 그날의 깊고 진한 쾌감의 흔적들이 밤을 괴롭혔기에 또 몸을 떨었었다. 거울 속에 비친 그런 자신을 보고 혐오스러워 했던 날도 한두 번이 아니었다.

오늘 다시 갑작스레 들이닥친 사내를 보고도 소리를 지르지 못했던 것은 순간적으로 내심을 교차하는 두 가지의 미묘한 감정 탓이었다. 끝내 이리 되고 만 것은 사내의 손길을 애타게 열망하던 꽃잎의 기다림이었을까. 지금 이 순간의 자신도 그 답은 알 수 없었다.

엄영은 대담해졌다.

가녀린 두 손은 부드럽게 사내의 등을 위아래로 오르내리며 널찍한 촉감을 즐겼고, 가슴에 파묻힌 한 쌍의 젖가슴은 수시로 비틀거려 피부의 마찰이 주는 짜릿한 교감을 갈구했다.

"헉!"

한순간 짧은 교성과 함께 여인의 눈이 부릅떠졌다.

만개했던 꽃잎이 수줍게 몸을 감싸 사내를 옥죄었다. 흥분에 겨운 수밀도는 팽팽한 탄력으로 사내의 가슴을 떠받쳤고 가녀린 허리는 육중한 사내의 움직임을 넉넉히 받아냈다. 조금이라도 사내의 몸이 멀어지는 것을 용납하지 않겠다는 듯 연약한 팔목은 사내를 안으로 안으로만 끌어당겼다. 다소곳이 자리를 지키던 늘씬한 두 다리도 더 이상은 참지 못하겠다는 듯 허공을 춤추며 사내를 더욱 옥죄어가며 차라리 꽃잎이 이지러지기를 원했다. 입에서 터져 나오는 쉴 새 없는 교성은 사내를 더욱 자극해 영원히 멈출 것 같지 않은 율동을 더욱 세차게 유도하며 꽃잎을 짓눌러 버리게 만들었다.

절정의 순간!

빨갛게 물들인 엄영의 손톱이 사내의 등을 더욱 세게 파고들었다.

"아하!"

하늘이 빙글빙글 춤을 추었다.

오색의 운무는 복사꽃같이 붉게 달아오른 여체를 감고 요동쳤다.

때로는 아득한 창공에서 떨어지는 폭포수를 맞이해 파들거리고, 때로는 갓난아이의 뺨을 스치는 보드라움에 전율하는 나신.

"하아!"

활처럼 휘어졌다 풀어지기를 수없이 반복하던 엄영의 몸이 한순간 굳은 듯 움직임을 멈추었다. 탄력으로 뭉쳐진 허벅지는 그저 바르르 속살만 떨어댔다. 천장을 향해 부릅뜬 눈이건만 요정에 이지러진 눈동자는 초점을 잃었다.

희열과 쾌감의 끝은 바닥조차도 알 수 없는 무저(無底)의 늪.

"아……."

아련함이 여운처럼 잔잔히 퍼져 가는 시간.

사군은 뽀오얀 여인의 속살 깊숙이 파묻었던 고개를 들었다.

눈가에 촉촉이 이슬처럼 맺힌 여인의 눈물이 보였다. 강제로 욕을 당한 슬픔인지, 혹은 지극한 쾌락이 눈물로 화했는지 알 수 없지만, 발갛게 달아오른 얼굴에 흐릿하게 비치는 옅은 슬픔은 사군을 깊은 후회 속으로 밀어 넣었다. 가슴이 콱 막히는 느낌.

"미안해."

사군은 여인의 귀에 대고 속삭이듯 말했다. 뜨겁게 달구어져 붉게 타오르던 눈은 어느새 옅은 분홍빛으로 돌아와 있었다.

엄영은 대답하지 않았다.

그저 불타올랐던 사랑의 포근한 여운에 몸을 맡기고 아무런 생각 없이 망연히 천장만 응시하고 있는 것이 전부였다. 녹일 듯 귀를 간질이는 사내의 말소리에 공연히 입을 열어 은은하게 퍼져 가는 쾌감의 여운을 깨뜨리고 싶지 않았기 때문이다.

한참이 지나고서야 사내가 했던 말뜻이 머리에 들어왔다.

미안해? 이 사내! 대체 미안해할 일이 무엇인가. 음적에게 몸을 내맡긴 것은 자신이 아니었던가. 지난번에도 그랬고 오늘도… 사내는 몰래 들어왔을 뿐 그 이상 아무런 강제도 하지 않았다. 혈도를 짚은 것도 아니고, 칼을 목에 들이대고 강제로 욕을 보인 것도 아닌데… 소리를 질러 호장(護莊) 무사들을 불러들일 수도 있었는데……

한창 사랑을 갈구하는 청춘의 뜨거운 몸이라 그렇게 흘러간 것뿐. 엄영은 손을 뻗어 사내의 등을 조용히 감싸 끌어안았다. 부끄러움에 눈은 감은 채다.

'미안해할 것 없어요.'

묵직한 사내의 무게에 팽팽한 처녀의 젖가슴이 요동쳤다.

"헉!"

엄영은 나직한 탄성을 뱉었다. 또다시 허벅지 살을 지그시 눌러오는 단단한 양물을 느꼈던 까닭이다.

여체는 이내 반응을 일으켰다.

그 감촉에 앙증맞은 젖꼭지가 다시 탱탱하게 고개를 들었고 젖가슴은 탄력을 더했다. 늘씬하게 뻗은 두 다리가 살짝 벌어지며, 더운 열기를 가득 품은 비지(秘地)를 드러내는 고혹적인 모습으로 뜨겁게 달구어져 있을 사내를 맞아들일 채비를 했다.

빨간 입술!

사르르 벌어진 입술 사이로 하얗고 가지런한 이를 드러내는 개구쟁이와 같은 여인의 얼굴이란!

'으음!'

사군은 흥분을 참지 못하고 와락 젖가슴을 움켜쥐었다. 폭발하는 양물은 태고의 깊은 수렁을 찾아 흥분에 젖은 꽃잎을 헤치고 따스한 그 감촉에 몸을 실었다.

또 한 번의 뜨거운 열풍이 침상을 뒤덮었다.

한데 엉켜 차라리 이지러지고 싶은 육신들은 폭풍같이 밀려오는 열기에 벌거벗은 나신을 그대로 내맡겼다.

엄영은 연이어 찾아오는 절정의 파도에 몸을 이기지 못해 몇 번이나 정신이 아득해지는 실신 지경에 이르러야 했다.

마침내 침상 위에 거친 숨소리만 남은 묘한 시간이 찾아왔다. 잠시 무언의 시간이 흐르고, 그 숨소리마저도 잔잔할 무렵 사군이 입을 열었다.

"배가 고파요."

땀 냄새가 물씬 배어 있는 침상에 누워 멍하니 천장을 쳐다보던 사군에게서 처음 나온 말이었다. 엄영은 이불을 들어 목까지 가리고 누워 있었다.

이상했다.

마치 오래 살아온 부부 같은 이 감정.

엄영은 한 손을 들어 사군의 아랫배를 만져 보았다. 홀쭉하니 들어가 있는 배가 느껴졌다. 벌떡 자리에서 일어나 침상을 내려가던 그녀는 벌거벗은 자신의 모습에 화들짝 놀랐다.

"어멋!"

얼른 이불 속으로 들어온 엄영의 뺨이 발갛게 달구어졌다. 돌아보던 사군은 그 모습이 너무 귀여워 달아오른 뺨을 살짝 꼬집어주었다.

"흥!"

가볍게 콧방귀를 뀐 엄영이 사군을 향해 눈을 흘겼다. 살짝 치켜 올라간 아미가 상큼함을 더했다. 사군은 우람한 가슴으로 엄영의 머리를 감싸 안았다.

"배고파요."

마치 투정 부리듯 하는 덩치 큰 사내가 귀엽게 보였다. 편안했다. 사내의 진한 땀 냄새가 너무 좋아 엄영은 혀끝을 살짝 내밀어 그 맛을 음미했다. 간지러운지 사내가 움찔거렸다. 놀란 엄영이 후닥닥 옷을 걸치고 나가 몇 개의 과자를 쟁반에 받쳐 와 내밀자 자리에서 일어난 사군은 그것을 게눈 감추듯 해치웠다.

"얼마나 굶었어요?"

"몰라. 사흘? 나흘? 아니면……."

사군은 돌연 머리를 감싸 쥐었다. 또 두통이 일었다. 한동안 부르르 머리를 흔들고서야 겨우 진정이 되었다. 음천규에게 계속 쫓기다가 깊은 잠에 빠졌던지라 얼마만큼의 시간이 지났는지 정확히는 알 수 없었다.

"엄영이라고 해요."

살을 섞은 마당에 이름도 모르고서야 말이 되지 않았다. 지난 후회 중 하나가 바로 처녀를 준 사내에게 이름도 밝히지 못했던 것이었다.

"난… 사진이라고 해요."

절대 본명을 밝혀서는 안 된다는 정청화의 말이 뇌리 깊숙이 박혀 있었던 탓일까. 사군은 그렇게 말하고 말았다. 이렇듯 맑은 눈을 가진 여자를 속이다니… 또다시 죄를 짓는 기분이 들었다.

"당신이… 혈안색마인가요?"

가슴을 찌르는 비수 같은 그 말에 사군은 고개를 숙였다.

엄영은 그런 사군을 한동안 지켜보기만 했다. 이상했다. 소주를 들썩이게 했던 혈안색마가 이토록 순진한 사람이었던가? 지난번에는 그저 겁에 질려 빌기만 했었다. 제발 소리 지르지 말아달라고… 제발 사람들을 죽이지 말고 조용히 가달라고.

오늘 그녀가 만난 혈안색마 사진은 그저 순박하기만 한 청년일 따름이었다. 눈 주위가 불그스레하고 눈동자에 초점이 흐릿한 것이, 정상적인 사람이 아닐지도 모른다는 생각이 퍼뜩 머리를 스쳤지만, 그것을 제외하고는 마땅히 흠잡을 데 없는 청년이었다. 연분홍 눈동자는 엄영으로 하여금 묘한 색정에 젖게 만들기까지 해 엄영은 얼굴이 화끈거리는 것 같아 얼른 고개를 숙였다.

방금 전 쾌락을 못 이겨 내뱉었던 자신의 신음성이 아직까지 귓전을 떠나지 않았다. 무성한 방초를 헤치고 꽃잎을 강하게 파고들어 왔던 사내가 주는 지독히도 아득한 그 느낌이 떠오르자 또다시 더운 콧김이 뿜어져 나왔다.

'나를 원하고 있어!'

사군은 이내 그런 여체의 내음을 맡았다.

참지 못했다.

"으음!"

어느새 드러낸 성난 양물이 와락 수초를 헤치고 이슬을 담뿍 머금은 꽃잎 사이를 파고들었다.

"아학!"

하체를 강하게 파고드는 엄청난 쾌감에 반쯤 누워 있던 엄영이 상체를 벌떡 일으키며 사군의 목을 휘감아왔다. 비스듬히 기댄 사내의 무게를 감당하지 못한 엄영은 한 손으로 침상 기둥을 붙잡고 다른 한 손은 바닥을 짚었다.

"이, 일부러 그런 것은 아녜요."

사군은 얼굴을 붉히며 말을 잊고 침상 구석에서 주섬주섬 옷을 걸치고 있는 엄영이 화가 났다고 생각했다. 불안했다. 문득 다시 이곳에 들어와 일을 벌인 자신이 원망스러웠다. 게다가 별안간 돌려세우고 벌인 그 짓은 또 뭔가. 나쁜 놈, 벽을 향해 고개를 돌린 사군은 스스로에게 욕을 퍼부었다.

엄영은 여전히 입을 닫고 있었다.

모든 것을 쓸어가 버릴 듯했던 육연(肉宴)의 폭풍은 아스라이 멀어져 갔지만 그 기억만큼은 아직도 또렷했다.

무엇 때문이었을까?

알지 못할 두려움에 엄영은 몸을 떨었다. 깊은 규방에만 갇혀 있던 자신에게 어느 날 무섭게 다가온 현실, 그녀에게는 너무나도 벅차기만 했다.

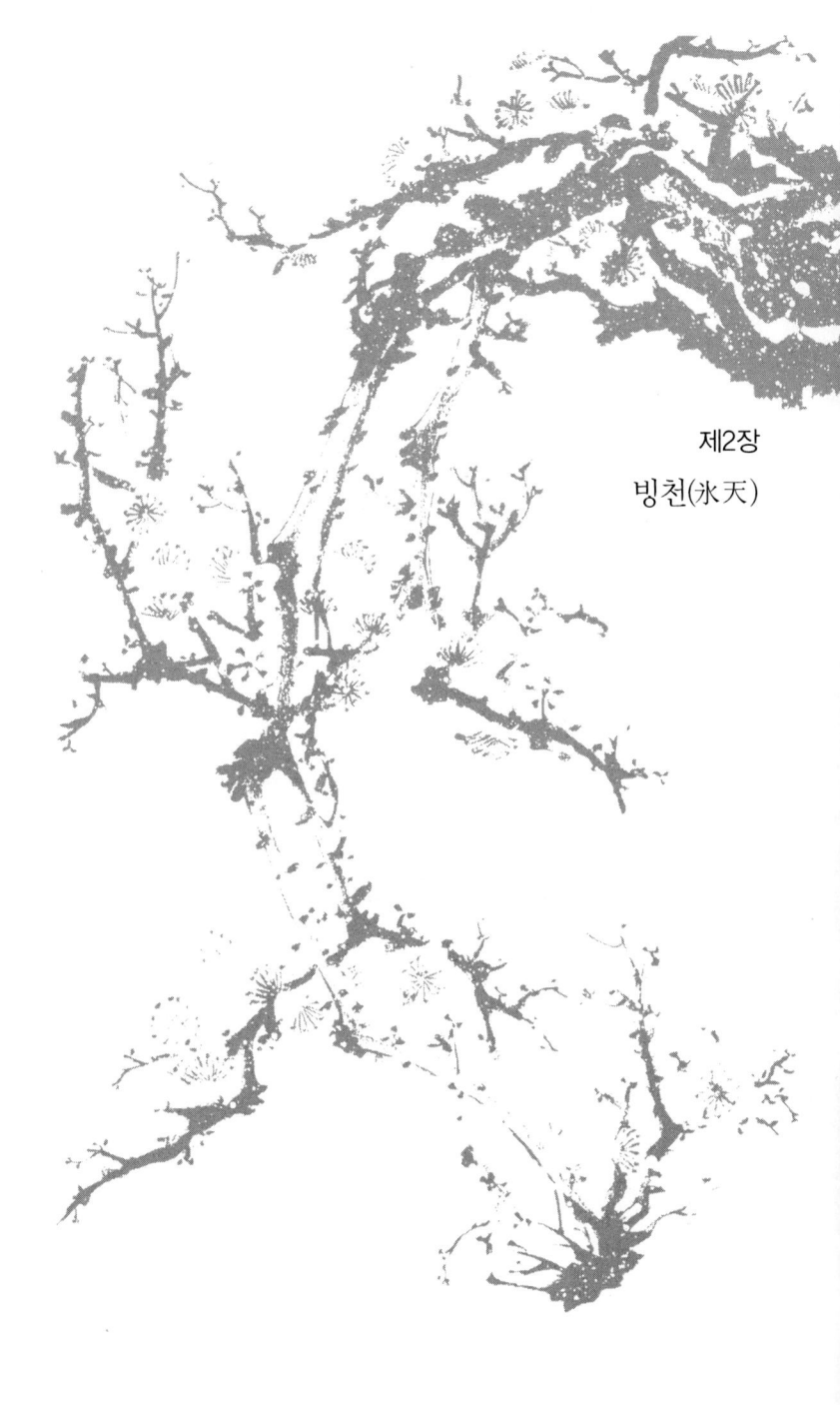

제2장

빙천(氷天)

청병들의 눈을 피하려면 밤을 택해 길을 걸어야 했다.

풍설(風雪)이 천지를 온통 하얗게 덮어버린 혹한의 계절이다.

휘이이이잉!

눈발을 몰아 산비탈을 감아 돌며 강하게 들이치는 바람 소리는 시간이 지나도 잦아들기는커녕 더욱 거세게 몰아쳤다.

그 바람 사이를 비틀비틀 움직이는 하얀 인영, 강오웅은 진령산 줄기를 타고 남하하고 있었다. 눈 속으로 푹푹 빠지는 발을 힘겹게 꺼내 걸음을 옮기고 있었지만 눈 덮인 눈썹 아래의 두 눈만큼은 정기를 잃지 않았다.

'배신자!'

당자기의 배신은 강오웅의 가슴을 못내 아프게 했다.

북풍한설이라는 말이 실감나는 매서운 추위였건만, 심장에

서 열화같이 치미는 뜨거운 분노는 그로 하여금 조금도 추위를 느끼지
못하게 하였다.

구역질나는 그 더러움에 침을 내뱉고 싶었지만 마음뿐이었다.

하늘은 친순왕 이자성을 받아들이지 않기로 한 모양이다. 비록 수십만
명군(明軍)의 정병을 보유했던 오삼계가 청병과 합세했다고는 하나, 팔
십만이니 백만이니 하던 농민군의 전력이 고작 십칠만에 불과한 청병에
밀려 이토록 끝내는 근거지까지 위협을 당하고 있다니……

그 십칠만 청병 중에서 반수 가까이는 한족이었다. 싸움이 한 번 벌어
질 때마다 청병으로 편입되는 한군(漢軍)의 수는 몇 만씩 늘어났고, 그에
반비례해 농민군은 힘을 잃어야 했다. 한족이 한족을 공격하는 상황!

명 황실의 장수들이었다가 청에 투항한 장수들은 홍승주, 오삼계, 당
통, 상가희, 공유덕… 이름만 옮겨도 책자 한 권은 족히 나올 정도였고,
그들을 따르던 수하 장졸들 수십만 역시 청병에 투항했다. 시간이 지날
수록 청병의 기세는 자못 사나워 하시라도 중원천하를 쓸어버릴 준비가
되어 있다 해도 과언이 아닐 정도였다.

그런 생각이 들 때마다 가슴이 터질 것만 같았다.

강오웅은 발길을 재촉했다.

하늘이 내린 주인을 하늘 스스로가 버린 땅!

중원의 절반만이라도 지키려면 작은 힘이나마 보태야 했다. 그는 지금
장강 이남 명군의 진영을 향해 움직이고 있었다.

한심하고 불쌍하기까지 한 패잔병의 자태.

"클클클!"

절로 괴소가 터져 나왔다.

우스웠다. 몇 달 전까지만 해도 명군을 죽이지 못해 안달을 했던 자신
이건만 이제는 그들을 돕기 위해 내려가고 있었다.

하지만… 아무리 손가락질을 받더라도 이 강산 이 영토를 오랑캐에게 모두 내줄 수는 없다. 살아야 한다. 시체 더미 속에서 며칠을 보내며 끈질긴 생명을 이어왔던 모진 목숨이 아닌가. 눈보라 따위에 스러질 수는 없다.

강오웅은 얼어서 움직이는 것조차 힘에 겨워하는 손에 숱하게 명령을 내려, 허리춤에 매달린 주머니에서 싸늘하게 냉기가 감도는 건량을 꺼내 입 안에 넣고 질겅거렸다. 며칠 전 잡은 토끼를 얼린 고기. 하긴 얼린 것이 아니라 절로 얼어붙은 토끼였기에 씹으면 달콤한 피 맛마저 느껴졌다.

하지만 그의 노력도 대자연의 위용 앞에서는 하잘것없기만 했다. 또렷한 정신에도 불구하고 지친 몸이 서서히 굳어가는 것을 느꼈다.

또다시 강풍이 몰아쳤다.

휘이잉!

강한 바람은 눈조차도 뜰 수 없게 만들고 있었다. 굳은 의지가 있건만 육신은 계속 힘을 잃고 있었다.

두려웠다.

죽음이 두려운 것이 아니라, 가슴속 깊숙한 곳에 묻어둔 열망을 피워보지도 못하고 허무하게 동사하는 그런 상황을 맞는 것이 더욱 두려웠다.

그런 두려움에 안식을 찾아주려는 듯 이리저리 지세를 살피던 눈동자가 마침내 강풍을 피할 곳을 찾아냈다. 산비탈의 커다란 암석 아래 자리한 그곳을 향해 마지막 힘을 쏟던 그는 마침내 눈이 들이치지 않는, 입구가 작은 동굴 안으로 들어갈 수 있었다.

동굴은 깊었다.

거의 굳어버린 안면에 희미한 미소를 띠던 강오웅은 안으로 들어와 몇 발짝 옮기더니 그대로 자리에 쓰러져 버렸다.

쿵!

보통 사람이었다면 진작 얼어 죽었을 눈보라를 동원한 맹추위였지만 가슴속 열정만으로 겨우 버텨왔었다.

쓰러진 강오웅은 희미하게 눈을 떠 안을 보았다.

겨울 한파에 몹시도 시달렸던 탓일까. 그는 몇 걸음 떨어지지 않은 동굴 안쪽에서 한 쌍의 형형한 안광이 자신을 지켜보고 있음을 알지 못했다.

참을 수 없는 졸음에 강오웅은 스르르 눈을 감았다.

몰아치는 청병의 기세에 사룡(四龍) 중 하나가 힘을 잃었다.

신비롭기만 하던 여의주는 깨어지고 날카롭던 발톱마저 부서져 버려 볼품없이 쫓겨 다니던 그 즈음, 강오웅은 진령산 어느 작은 동굴 안에서 무릎을 꿇었다.

"제자로 받아주십시오."

"더 이상 속세의 인연에 얽히기 싫구려. 하지만 이승에서 배운 것은 이승에 두고 가야 하는 법. 만약 사제의 인연을 맺지 않겠다는 언약을 한다면 내가 아는 것을 알려주기는 하겠소."

땟국물이 자르르 흐르는 낡은 법의(法衣)를 걸친 노승의 얼굴은 담담하기 그지없었다.

"그리하겠습니다."

"시주의 검술을 보니 신기막측한 변화는 담고 있으되 가슴을 담아내는 진정한 힘은 조금도 느껴지지 않소. 그것은 상승의 공부를 가르쳐 줄 수 있는 스승을 만나지 못했기 때문인 것으로 보이오. 부족하기는 하지만 내가 작은 도움은 줄 수 있을 것 같소."

"부탁드립니다."

강오웅은 동굴 바닥에 납작 엎드리듯 몸을 낮추며 사정했다.

뜨거운 피가 끓어올랐다. 한때는 노력해서 안 되는 일이 없다는 말을 믿기도 했었다. 박도 한 자루를 밤낮없이 품고 살며 혼을 불어넣으려고 했었다. 명문정파에 입문할 남다른 재능이나 배경도 없었기에 무공잡서를 사다 놓고 혼자 익히고, 혼자 연습해야 했다. 뼛속까지 얼려 버릴 듯한 겨울 폭포를 옷을 홀떡 벗어젖힌 채 맞고 앉았다가 얼어 죽을 뻔했던 적도 있었고, 경공을 연마한다며 이 나무 저 나무 사이를 날듯이 건너다가 떨어져 몇 달을 고생한 적도 있었다. 발에는 항상 납환을 차고 다녔고 손목에는 철환을 차고 소매로 가렸었다.

그렇게 터득한 변도(變刀).

찌르듯 베고, 베듯 찌르고… 멈추고 베고를 자유롭게 하는 경지에 올랐던 그날 적어도 무림 몇 대 고수는 될 것이라 믿었었다.

하지만 승부의 세계는 냉혹했다.

좋은 스승 아래서 대대로 이어져 온 숱한 경험이 축적된 여러 문파에서 배출한 기재들의 실력은 그가 감당할 수준이 아니었다. 그때 절망을 알았다. 강호의 고수들 앞에서는 자신의 피눈물나는 노력도 그저 해변의 숱한 파도가 남긴, 이름없는 포말처럼 스러져 버렸다.

"몇 년이면 되겠습니까?"

"헛헛헛. 너무 서두는군. 내가 가르치려는 재간도 별로 신통한 것이 없지만 그 기간도 겨우 몇 달이 전부일세. 나머지는 자네 몫이지."

어느새 말투까지 바꾼 노승. 강오웅은 고개를 들었다.

"은혜는 죽을 때까지 잊지 않겠습니다."

눈물로 축축하게 젖은 얼굴이 드러났다. 가난한 촌구석 농군의 아들로 태어나 청백리를 꿈꾸어 한때는 과거에도 응시했지만 결국은 숱한 고배를 마셔야 했고, 또 한때는 무공을 익혔지만 한 지방의 그저 그런 무인으로 남았다.

평생 가슴속에 한처럼 품고 살았던 일. 아직도 가슴에서 잊혀지지 않는 그것은, 수십 년을 연마한 무공으로도 연해장에서 맞부딪쳤던 사군이라는 젊은이 하나 감당하지 못했던 부끄러운 자신이다.

인연의 고리는 묘하고 또 묘하다.

눈을 피해 이곳에 며칠 머무르던 중이라 했던 노승도 예전에 우연히 기연을 만나 익힌 무술이라 했다. 그 옛날 강오웅의 노력은 제대로 된 고수를 알아보는 안목까지 길러주기는 했다.

모진 북풍한설을 피하기 위해 우연히 찾아든 동굴에서 만난 인연은 그렇게 시작되었다.

풍정원 내실.

"흥! 그동안 엄 대고께서 한 일이 무엇이오?"

계속되는 갈의현의 질책에도 엄생의 표정에는 변화가 없다. 지그시 입을 닫고 불경을 경청하는 자세로 있는 그의 모습은 갈의현의 속을 더욱 뒤집어놓고 있었다.

엄생이 쉽사리 입을 열지 못하는 것은 작금의 정세를 확실히 파악할 만한 정보를 쥐지 못했기 때문이다. 그것이 날이 갈수록 무례해지는 갈의현에 대한 대응 수위를 결정하는 데 주저하게 만들고 있기 때문이다.

그가 들은 마지막 보고는 남하하는 청병들이 장강 위쪽으로 새카맣게 깔렸다는 것이 전부였다. 그 이후로는 며칠이 지나도록 아무런 소식도 듣지 못했다. 심어놓은 사람들이 연락을 위해 몸을 빼는 것은 물론 전서구마저 차단되고 있다는 증거였다. 하지만 마냥 그렇게 있을 수는 없는 일, 이윽고 한동안 침묵을 지키던 엄생의 입이 마침내 열렸다.

"이미 우리도 모든 정보력을 동원해 애써 심어놓은 우리 측 사람을 암살하는 세력에 대한 정보를 수집하는 중이외다. 전력을 투입한 일인만큼 좋은 결과가 있을 것이오."

나지막하기는 했지만 힘있는 목소리다.

"벌써 다섯이오! 대체 언제까지 그 정보가 모여지기만을 기다려야 한단 말이오?"

갈의현이 목소리를 높였다.

"언제까지면 만족하시겠소? 현실적인 기간을 말해 보시오."

엄생의 목소리에서 짜증이 배어났다.

'건방진 놈!'

평소라면 모르지만 지금 그의 심중은 무척이나 불편했다. 그런 정세가 아니더라도 아까부터 내당 주변을 경계하는 수하가 보고할 것이 있다는 전언을 들은 터였다. 혹시 딸의 신변에 무슨 일이 생긴 것이나 아닐까 하여 조바심이 일고 있었던 까닭에, 아직도 그의 마음은 안정을 찾지 못하고 있었다. 지금은 청병들의 남하에 위세를 부려대는 갈의현을 상대하기조차 싫은 상태였기에 추궁부터 시작하는 상대에게 끝내 짜증을 보였다.

평소의 그답지 않은 반응이다.

갈의현은 흠칫했다.

알기로, 엄생은 여간해서 표정 변화가 없는 인간이었다. 설령 부모나 자식이 죽어도 엉덩이를 떼는 데 몇 시진이 걸릴지도 모를 정도의 인물인데… 그제야 자신이 좀 심했다는 생각을 하며 마침내 심중에 있던 말을 털어놓았다.

"자객이 혈안색마와 동일인일 것이라는 정보가 있소. 놈의 배후에 제 갈세가와 중원표국 혹은 영파상방이 있을 것이라는 심증이 있소."

말을 하면서도 갈의현의 표정은 그리 편해 보이지 않았다.

엄생의 능력을 알기 위해, 그리고 혹시나 자신들의 정보 수집 능력이 그에게 드러나는 것을 원치 않았기에 일부러 그에게 먼저 기회를 넘긴 것이었는데 상황이 미묘하게 돌아가자 더 이상 참지 못하고 먼저 말을 꺼냈기 때문이다. 억울한 마음에 그는 대신 엄생의 표정을 살펴 상대를 파악하려고 했다.

하지만 그 말에도 엄생의 표정에 변화가 없자 도리어 자신이 머쓱해지고 말았다. 한데 침묵을 지키던 엄생의 입에서 나온 말은 그를 허탈하게 만들기까지 했다.

"그 정도 결과가 나왔을 정도라면 상당히 오랜 기간 알아보신 듯한데, 진작 알려주시지 그랬소? 그동안 갈 대협도 수고가 많았지만 우리도 함께 힘들여 구축했던 비선(秘腺)이오. 어찌 수수방관만 하겠소."

이미 인생을 살 만치 살았기에 웬만한 일에는 심기가 흔들리지 않는다고 믿었던 자신이었건만 그 말에는 불끈 약이 올랐다.

"듣자 하니 엄 대고께서 남하하는 우리 청군을 상대하기 위해 병력을 모은다는 소문이 있던데……."

갈의현의 눈에서 번쩍 신광이 폭사되었다.

그런 반응에 엄생은 내심 회심의 미소를 지었다. 상대의 말은 그로서도 처음 듣는 사실이었지만, 언제나 위기를 기회로 반전시키는 능력을 가진 자신이 아니던가.

'후후후. 세상 물정도 모르는 칼잡이 놈! 그럼 나더러 모른 척 등을 돌리고 있으라는 말인가. 사람들이 나를 첩자로 의심하도록 버려두라는 말인가?'

어쨌거나 반격의 기회를 잡기는 했다.

"갈 대협이 본인이라면 어쩌시겠소. 제갈가에서 사람을 보내왔더이다. 그동안 모은 은자의 일부를 나라를 위해 써달라고. 내가 어찌해야 하겠소? 이게 귀하의 추궁에 대한 해명이 되는지는 나도 잘 모르겠소? 헛헛헛!"

'얄팍한 소인배…….'

속이 훤히 들여다보이는 핑계였지만 틀린 말도 아니다. 갈의현은 잠시 생각하는 얼굴이더니 이내 고개를 끄덕이며 말했다.

"믿겠소! 하지만… 내 철검은 배신자를 용납하지 않소!"

살을 에는 한겨울의 차가운 바깥 공기만큼이나 냉기가 풀풀 흐르는 말투였기에 엄생의 뒤에서 호위하듯 서 있던 용진우마저도 흠칫 긴장하게 만들었다.

"나는 나를 지킬 뿐!"

말뜻을 모를 리 없는 엄생도 지지 않았다. 낮았지만 깊고 굵게 깔리는 목소리에서 굳은 의지가 드러났다.

'가소로운 늙은이! 네가 나를 아느냐, 나 엄생을! 중원제일의 상권이라는 소주에서 홀로 우뚝 선 나다. 필요하면 언제라도 너를 벨 것이다!'

강호제일의 검객이라도 모자라지 않을 상대였건만 그를 마주 보는 엄생의 눈이 한층 깊이를 더했다. 잠시나마 내실 안에는 냉기가 끊이지 않았다.

"사실이냐?"

"진진의 입으로 확인했습니다. 일단 아씨께 제가 알고 있다는 사실을 말씀드리지 말라고 얘기를 해두었습니다만……."

"으음!"

엄생의 입에서 긴 신음성이 흘러나왔다. 사실 여부를 물을 때까지만 해도 눈빛조차 흔들리지 않던 그였다. 하지만 딸이 외간 남자를 자신의 방에 두고 함께 생활을 한다니…….

보고받은 엄생은 딸자식을 둔 아비로서 하늘이 무너지는 충격을 더 이상 속에 담아두지 못했다. 방금 전 힘든 상대를 말로 손쉽게 눌러 돌려보낸 그였지만 딸자식에 관한 일만큼은 그에게도 너무나 어려웠다.

잠시 침묵이 흘렀다. 지독히도 어색한 시간. 엄생은 물론 그의 앞에서 부복하고 있는 중년의 흑의경장인에게도 무척이나 힘든 시간이었다.

엄생의 속 깊은 눈빛도 오늘만큼은 그 깊이를 잃었다. 일에 관한 결정이라면 이토록 어렵지는 않을 것이다. 하지만 자신의 피가 흐르는, 지금 곁에 유일하게 남은 핏줄이 아니던가. 문득 가슴속에서 불기둥이 치미는 것을 느꼈다.

"물러가라!"

마치 폐부를 쥐어짜는 듯한 비통한 목소리.

문으로 향하는 수하의 등을 물끄러미 바라보는 엄생의 얼굴에 고뇌의 표정이 어리는가 싶더니 순간적으로 눈빛이 흔들렸다.

몇 달 전 장원에 침입한 괴한이 엄영의 거처 쪽에서 나온 것 같다는 호장 무사들의 말을 떠올렸다. 불안한 마음에 그날 찾았던 딸은 지독히도 화려한 화장과 치장을 하고 있었지만, 차마 입에 담기는 거북한 일이라 대놓고 묻지는 못하고 그저 안위만 확인하고 조용히 가슴속에 묻어버린 일이었다. 그 당시 혈안색마라는 음적이 소주 성안의 부녀자들을 희롱하고 있다는 말까지 들은 터라 찜찜하기는 했는데, 지금에 와서 그 일이 다시 생각나는 이유는 무어란 말인가? 조금도 믿고 싶지 않았지만…….

'혹시?'

자리에서 벌떡 일어난 엄생은 그 즉시 딸의 거처로 향했다. 껄끄럽기는 했지만 어떤 조치를 취하기 전에 아비로서 반드시 확인할 필요가 있는 일인 것이다.

"누구냐?"

오늘 엄생의 태도는 자식을 대하는 엄격한 아비의 그것이었다. 방 안에 들어서면서부터 불안한 심정으로 주변을 살폈지만 인기척을 느끼지는 못했기에 약간은 안심을 하기는 했는데… 늘 대해와 같던 그의 안색이 변한 것은 슬쩍 던진 말에 머뭇거리는 딸의 반응을 보고서였다.

엄영은 입을 열지 못했다. 무어라 말씀드린다는 말인가. 하지만 이미 모든 사실을 알고 오신 듯한 아버지.

"흑!"

"혈안색마냐?"

대답 대신 눈물을 먼저 흘리는, 방문 앞으로 달려나와 황급히 문을 막아서듯 자신을 맞이하는 것을 보고도 '설마 내 딸이…' 했었다. 아니, 혹시 그럴지도 모른다는 짐작은 있었지만 막상 딸의 눈물을 보고 확인을 하니 말소리가 떨려 나왔다.

엄영의 고개가 천천히 끄덕여졌고, 그와 동시에 엄생의 시선은 천장으로 향했다. 눈은 위를 향했지만 망막 안으로 들어온 것은 아무것도 없었다.

목이 탔다.

가슴 부위에서 급박하게 요동치는 심장의 박동 소리가 자신의 귀에도 그대로 들리는 듯했다. 아무것도 생각나지 않을 것 같았지만 그의 머리 속으로는 지금의 현실이 하나의 거대한 움직임이 되어 투시되고 있었다.

청순한 딸의 몸을 망치고, 그것도 모자라 대담하게 풍정원 규중심처에 다시 침투해 또다시 딸을 농락하고 있었다니…….

그런데…

놈을 서방처럼 숨기고 감싸온 딸은 대체 무어란 말인가! 생각이 거기까지 미치는 순간 정신이 아득해 오는 것을 느꼈다.

"허허허……."

엄생의 입에서 바람이 빠지는 듯한 공허한 웃음이 흘러나왔다.

허망했다. 가슴을 찢을 듯한 분노가 일어야 하는데… 그래야 마땅한데… 초점 잃은 눈은 여전히 움직일 줄 몰랐다.

아비는 말없이 천장을 보고, 딸은 고개 숙여 흐느끼는 어색한 상황. 엄생은 문득 달콤한 느낌과 함께 목젖이 간지러운 것을 느끼며 다리에 힘을 잃고 휘청거렸다.

"울컥!"

무너지듯 자리에 철벅 주저앉은 엄생은 한 모금 선혈을 토했다. 바닥을 짚은 두 손이 후들거렸고 몸까지 벌벌 떨리고 있었다.

눈알이 초점을 잃고 방 안 곳곳을 향해 빙글거리며 돌았다. 한없이 깊게만 보였던 그 눈이었다.

울컥!

또다시 붉은 선혈이 바닥에 쏟아졌다.

"아!"

바로 앞에서 몸을 벌벌 떨며 아비를 지켜보던 엄영은 두 번째 선혈이 토해지는 순간 더 이상 견디지 못했다. 짧은 비명 소리와 함께 스르르 무너지듯 주저앉은 그녀는 그 자리에서 정신을 잃고 쓰러져 버렸다.

쿵!

쓰러진 딸을 보면서도 엄생의 눈빛은 그저 흐리멍덩하기만 했다.

맏딸의 혼례를 치러주고 안사람을 먼저 떠나보낸 지금 그의 곁에 남아 있는 유일한 피붙이였다. 깊고 그윽하기만 하던 그의 눈에서 주르르 눈물이 흘러나왔다.

얼마가 지났을까.

대해처럼 망망하기만 하던 엄생의 눈동자가 흔들렸고, 그제야 딸이 정신을 잃고 있음을 알아챘다. 어쨌거나 곁에 하나밖에 남지 않은 어린 딸. 그런 생각이 퍼뜩 드는 순간 그의 입에서 외마디 비명 소리가 터져 나왔다.

"영아!"

풍정원주 엄생의 커다란 비명 소리가 규방 안을 뒤흔들었고, 그와 동시에 건물 안으로 박차고 들어오는 무인들이 있었다.

"무슨 일이십니까?"

부리부리한 눈매에 몸에는 적당히 근육이 붙은 구릿빛 얼굴의 사내가 공손한 어조로 규방문 밖에 대기한 채 물었다.

탈혼검(奪魂劍) 방고(方固)다.

대야(大爺)로부터 직접 무공을 전수받았기에 사대각주 중 선풍각주 용진우를 제외하고는 그를 당해낼 사람이 없다. 대야 직속의, 그리고 엄생이 직접 통제하는 비천각의 부각주인 그는 다른 세 각의 각주에 비해 항상 윗사람 대접을 받고 있다.

중원제일상이 되기 위해 필요한 것은 재력뿐이 아니다. 나라에서 가장 큰 부를 소유한 황제 아래 대병(大兵)이 있듯 풍정원에도 중원제일상이라는 이름을 유지하기 위한 무인들이 있다.

풍정원을 지탱하는 네 개의 조직.

용진우를 핵으로 하는 선풍각(旋風閣), 내원의 경비를 책임지는 동심각(同心閣), 소속 상인들의 경호를 책임지는 청룡각(靑龍閣), 그리고 대야 직속의 비천각(飛天閣)이 그것이다.

선풍각주 용진우가 돌아설 기미이고, 소주성 창문(閶門) 일대의 상인들이 용진우의 말에 움직인다면 청룡각 또한 그의 편으로 보아야 한다.

"이 근처를 샅샅이 수색해 수상한 놈은 즉시 잡아들여라! 만약 생포가 여의치 않다면 죽여도 무방하다!"

"존명!"

엄생의 입에서 이토록 추상같은 엄명이 떨쳐 나온 적이 있었던가. 방고는 즉시 허리를 굽혀 대답했다. 그의 가벼운 손짓에 따라 뒤에 도열해 있던 십여 명의 사내가 내당 사방으로 흩어졌다. 제법 고련을 받은 티가 역력히 나는, 모두 하나같이 부드럽고 경쾌한 신법들이었다.

엄생은 조심스레 바닥에 쓰러진 딸을 가슴에 안아 침상으로 옮겼다.

"흑흑흑…… 장주 어른, 아가씨께서는 아무런 죄가 없습니다. 곁에 있으면서 아가씨를 제대로 보필하지 못한 저를 죽여주십시오."

방문 앞에서 머리를 바닥에 처박고 말하는 진진의 목소리였다. 그 소리를 듣는 순간 엄생의 표정이 일시에 굳어지며 살기를 피워 올렸다. 다음 순간 그의 오른손이 진진을 향했다.

팟!

"악!"

갑작스런 타격음에 자신도 모르게 바닥에서 살짝 고개를 든 진진은 마룻바닥이 검게 그슬리며 연기를 피워 올리자 놀라 짤막한 비명을 질렀다. 만약 엎드려 있지 않았다면 다리가 후들거려 쓰러졌을 것이다.

엄생의 시선이 다시 딸을 향했다.

진진 같은 계집종은 열이 아니라 백이 지키고 있어도 딸을 보호할 수 없었을 것임을 알기에 지풍을 날리는 마지막 순간 살짝 방향을 틀었고, 그것이 진진의 생사를 갈랐다. 수하들에게 수색을 지시하고 자신은 장주를 지키기 위해 문 옆에 서 있던 방고조차도 흠칫 놀라게 했던 지풍이었다.

"바보 같은 녀석!"

측은한 눈길로 엄영을 내려다보는 엄생의 표정에 측은함이 가득 담겼다. 진진의 말을 듣고 나니 딸에게 모진 언사를 퍼부었던 자신에 대한 후회가 물밀듯 밀려들었기 때문이다.

딸이라고 사내와 잠자리를 하면 그 뒷감당을 해야 한다는 것을 모르지는 않았을 터인데 오히려 아비의 입실을 막아서듯 맞지 않았던가. 아마도 혈안색마가 침입했던 그날 딸은 놈에게 몹쓸 짓을 당했을 것이고, 며칠 전 다시 침입한 놈에게 감히 반항할 생각도 못하고 몸을 다시 내주었을 것이다. 놈이 딸에게 갖은 협박을 하지 않고서야 어찌 이런 일이 생겼겠는가!

어린 마음에 얼마나 겁이 났으면 그렇게까지 했을까. 파리한 얼굴의 딸을 보니 심한 자책이 꼬리를 물었다. 자신의 갑작스런 출현에 적잖이 당황한 듯 침상 바로 아래 앙증맞은 연분홍 비단 신이 나란히 놓인 것이 가슴을 더욱 아프게 했다.

잠시 후 옷깃이 바람에 스치는 소리가 부산하게 들리는가 싶더니 내실 입구에서 방고의 목소리가 들려왔다.

"아무런 기척도 발견하지 못했다고 합니다."

"그런가?"

엄생은 비단 신을 향한 눈을 거두지 않고 건성으로 대답했다. 머리 속이 복잡했기에 대답은 했지만 방고의 말은 잠깐이나마 귀를 겉돌고 있었다. 하지만 그의 말이 나가기 무섭게 방고의 말이 이어졌다.

"그런데……."

그제야 엄생은 방고의 말을 새겼다. 기척이 없다고 했는데… 묘한 여운을 남기는 그 뒷말은 뭔가. 다시 불안해졌다.

"말해라!"

"내실은 아직……."

말투는 무척이나 조심스러워 뒷말마저 잘라져 나왔다. 이곳에서 엄생을 제외하고 사건의 전말을 아는 사람은 진진과 그가 전부였고, 그러기에 방고도 말을 꺼내기가 거북했던 것이다.

잠깐 뭔가를 생각하던 엄생은 다급히 딸을 안고 훌쩍 침상에서 물러나 창가로 몸을 피했다. 순간 방고와 수하 몇 명이 도검을 빼 들고 침상을 둘러쌌다. 장주를 포함한 직계나 장원의 고급 간부들의 침실에는 비상 탈출구 하나쯤은 있게 마련이고, 놈이 숨을 장소라고는 그곳뿐이라 짐작했기에 방고의 행동은 사뭇 자연스럽기까지 했다. 하지만 표정은 긴장이 가득하기만 했다.

"침상 뒤쪽 모서리 부분에 작은 손잡이가 있다."

그 말에 방고의 몸이 빠르게 침상 뒤쪽으로 달려들었다.

"아가씨를 돌보거라!"

엄생은 소리쳐 진진을 불러 딸을 맡기고는 그들의 뒤를 따랐다. 놈을 잡아 죽이지 못한다면 평생 이를 갈며 살 것 같았기 때문이다.

엄영이 희미하게나마 정신을 차린 것은 바로 그때였다. 진진이 황급히 달려와 그녀를 안았지만 몸무게를 이기지 못해 비틀거리자 정신을 차렸던 것이다. 그녀는 자신의 침상 위로 달려드는 인기척을 알았다.

'안 되는데…….'

막아야 한다는 생각이 퍼뜩 들었지만 몸이 축 처진 것이 기운이 하나도 없었다.

'아차!'

엄영의 머리 속을 퍼뜩 스치는 생각이 있었다. 비도로 들어가서 밖으로 나가는 길을 일러주지 않은 것이다. '갈래길이 나오면 무조건 가장 오른쪽 길을 택해야 한다'는 아버지의 말이 기억났던 것이다.

'제길!'

침상 아래로 이어진 암도에서 십여 장 떨어진 곳에 등을 기대고 앉아 숨을 죽이고 있던 사군은, 벌떡 일어나 길게 어둠 속으로 이어진 암도 안쪽으로 빠르게 내달렸다.

엄생의 인기척을 듣고는 엄영에게 황급히 알렸고, 침상 아래로 이어진 비상 탈출구라며 잠시 그곳에 숨어 있으라는 그녀의 말에 이곳에서 천이통을 전개해 방 안의 동정을 살피고 있었다. 잡히면 끝장이라는 생각에 온몸에 긴장이 엄습했다.

삐걱!

뒤쪽에서 엄영의 침상이 젖혀지는 소리가 천둥처럼 크게 들리자 사군은 연신 투덜거리며 더욱 걸음을 빨리했다. 안쪽에 뭐가 있을지는 모르지만, 이곳에 버티고 있다 난다긴다 하는 풍정원 무사들과 생사를 건 드잡이질을 벌일 수는 없었기에 할 수 없이 야안(夜眼)을 펼쳐 암흑 속으로 들어가야 했다. 음습한 지하를 길게 잇는 암도에서 나는 퀴퀴한 낯선 냄새가 그를 더욱 불안하게 했다.

다행히 잠깐을 걸으니 저 앞쪽에 흐릿한 불빛이 비치는 것이 보였다. 불빛의 진원지는 모퉁이를 돌아 있었다. 그곳에는 천장에 몇 장 간격으로 야명주(夜明珠)가 박혀 있었다. 희미하기는 했지만 불빛을 대하니 불안이 한결 가셨다. 사군은 침착하려 애쓰며 드문드문 야명주가 이어진 복도를 따라 빠른 속도로 앞으로 나갔다.

암도는 끝이 보이지 않을 정도로 길게 이어져 있었다. 소주성(蘇州城) 널찍한 터에 위풍당당하게 자리잡고 있는 풍정원을 생각한다면 일견 당연한 일이다. 하지만 끝을 알 수 없을 정도의 암도에 사군은 당황했다.

사사사사삭!

뒤쪽에서 옷깃 스치는 소리가 들리자 사군은 가슴이 철렁했다.

이제 그를 불안하게 하는 것은 지하 암도의 낯선 풍경이 아니라 멀지 않은 뒤쪽에서 들리는 추적자들의 인기척이었다. 시간이 지날수록 그 소리가 가까워지는 것이 그를 더욱 초조하게 만들었다.

한참을 가니 세 갈래의 길이 나왔다. 모두 다 폭이 일 장 가까이는 되어 보이는 암도(暗道)로 출구라고 표시된 곳이 없으니 어디로 가야 하는지 종잡을 수가 없었다.

'제기랄. 길을 알려줘야 제대로 나갈 수 있을 것 아냐.'

내심 엄영에게 원망을 퍼붓던 그는 이내 그런 생각을 접었다. 아마 그녀는 단 한 번도 이곳에 들어온 적이 없었을 터였다.

망설이던 그는 가장 왼쪽의 복도를 택했다. 지하 암도라면 지상을 향해 길이 나 있어야 마땅했지만, 이상하게도 그 길은 다시 지하 계단을 몇 굽이나 돌아 아래로 내려가게 되어 있었다. 계단 아래는 다시 긴 복도로 이어져 있었는데 바닥은 네모난 청석으로 덮여 있었다. 잘못 들어왔나 싶은 생각이 들기도 했지만, 한층 가까워진 추적자들의 인기척에 선택의 여지도 없었다.

천장에 박힌 야명주들의 간격도 아까보다 한층 더 촘촘히 이어져 있었다.

사군은 뒤를 의식해 더 이상 망설이지 않고 경공까지 펼쳤다. 잠깐을 지나 왔을까. 돌연 사군이 밟고 지나려던 청석이 덜컹 소리를 내며 밑으로 젖혀졌다.

"으헛!"

함정이다. 아래로 빠져 가던 사군은 재빨리 청룡번(靑龍飜)을 펼쳐 몸을 뒤집는 것과 동시에 청룡등(靑龍騰)을 잇따라 펼쳐 가며 위쪽 허공으로 몸을 솟구쳤다.

팟!

막 구덩이에서 몸을 빼는 순간 함정은 다시 덜컹거리며 원래의 모습으로 돌아왔다. 몸을 빼는 순간 언뜻 그 아래로 십여 개의 시퍼런 창날이

야명주 불빛에 번쩍거리며 날을 세우고 있는 것이 눈에 스쳤다. 함정이
었다.

"……."

거우 자세를 잡은 사군은 가슴을 쓸어 내렸다.

지하 암도라면 위급할 때 탈출하려고 만들어놓은 것일 터인데 이렇듯
무시무시한 함정을 만들어놓았다는 것이 이상했다. 하지만 바로 뒤에 추
적자들이 따라붙은 마당에 어차피 달리 길도 없다. 잠시 망설이던 그는
바닥을 조심스레 살펴가며 천천히 발걸음을 뗐다.

스룽!

갑자기 벽면 안에서 미세한 소리가 들리자 본능적으로 몸을 낮추었다.
벽면에 작은 틈이 생기는 것을 본 순간 그는 얼른 뇌려타곤을 펼쳐 바닥
으로 굴렀다. 예측은 조금도 틀리지 않아 양쪽 벽면에 생긴 작은 구멍들
에서 화살촉들이 쏟아져 나왔다.

쉭! 쉭! 쉭!

탁! 탁! 탁!

화살촉과 같이 생긴 암기들이 서로를 교차해 쏘아져 반대편 벽면에 부
딪치며 사방으로 튀었다. 사군은 얼른 몸을 굴려 그곳에서 멀찍이 물러
섰다. 불빛에 반사되어 시퍼런 광망을 발하는 것으로 보아 촉에 독이 발
린 듯한 암기로 보였다.

"으음!"

등줄기로 싸늘한 한기가 흘렀고, 간담이 서늘해진 사군은 그 자리에
벌렁 누워 한동안 몸을 움직이지 못했다. 바람에 옷깃이 날리는 소리가
뒤쪽에서 다시 들렸다.

"아차!"

사군은 벌떡 몸을 일으켰다.

추적자들이다. 얼핏 거리를 짐작해 보니 그들과의 거리는 이제 십여 장도 채 되지 않는 것 같았다. 앞에는 무시무시한 함정의 연속이요, 뒤에는 독을 품은 추적자들이 쫓아오는, 선택의 여지가 없는 외길. 다급했지만 암기에 죽고 싶지는 않았기에 암기가 쏘아진 벽면과 바닥을 유심히 살펴보았다.

특별히 눈에 띄는 것은 없었다. 문득 천장을 올려다보던 그는 야명주와 야명주 사이의 빛이 흐릿하게 비치는 부분에 두 개의 함정이 있었던 것을 떠올렸다. 확인이 필요했다. 앞으로 나가며 그 어두운 부분을 빠르게 지나치니 뒤쪽 천장에서 화살비가 쏟아져 내렸다.

사군은 그제야 어떤 확신을 가졌다.

그런 법칙을 계산해 가며 안으로 더 들어가니 모퉁이가 보였다.

파파파팟!

"끄윽!"

추적자들의 신음성이 들렸다. 고도의 훈련을 받은 듯 죽어가면서도 신음성을 참으려는 노력이 역력했다. 비록 호장 무사들이라고는 하나 이곳 암도에 들어온 것은 처음이었기에 미처 함정을 알아채지 못한 것이다.

사군은 갑작스런 암기세례와 동료의 죽음에 부산한 추적자들의 소리를 들으며 한층 경계심을 품고 모퉁이를 돌았다.

"으헛!"

순간 육중한 철문이 앞을 가로막았다. 문고리가 어린아이 팔뚝 굵기만 한 것이, 장정 몇이 달려들어도 꼼짝 않을 정도의 두꺼운 철문으로, 한껏 공력을 일으켜도 움직일 수 있을까 하는 의심마저 강하게 일게 만들었다.

잠깐이나마 절망감이 엄습했다.

사사사사삭!

그사이 다시 추적을 개시했는지 뒤편에서는 옷깃 스치는 소리가 더욱 크게 들려오고 있었다.

사군은 얼굴을 굳히고 두 손에 한껏 공력을 끌어 모았다.

뭔가 특별한 것이 있을 것이다. 암도라는 것이 장원 주인들의 안전을 위해 만들어진 것임은 군이 연해장에서의 경험이 아니더라도 짐작할 수 있는 일이 아닌가. 그런데 육중한 철문이라니! 어딘가 문을 여닫는 기관장치가 있을 것이라는 생각은 있었지만, 더 머뭇거릴 여유가 없다 생각한 사군은 철문의 고리를 붙잡고 혼신의 힘을 다했다.

끄르릉!

요란한 소리와 함께 철문이 열렸고, 그 진동으로 천장에서 먼지가 풀썩거렸다. 바로 그때 복도를 쩌렁거리며 울리는 소리가 났다.

"멈추어랏!"

쉬잇 하는 신형 날리는 소리와 함께 나타난 것은 수하들을 뒤에 세운 엄생이었다.

'제길!'

마땅한 무기도 가지고 있지 않은 상태였다.

팟!

등 뒤에 쏟아지는 살기를 느끼고 몸을 틀기 무섭게 야명주 불빛 아래 번쩍하며 그를 갈라오는 검광이 있었고, 반사적으로 왼쪽으로 몸을 튼 사군은 검은 물체를 향해 그대로 뻗었다.

퍽!

빈손의 상대가 그토록 신속하게 검을 피하고 반격해 오리라고는 생각지 못한 공격자의 목줄기에 측질횡등의 수법으로 뻗어 나간 사군의 발이 꽂혔다.

쿵!

상대는 기도가 막혀 비명 소리도 없이 뒤로 쓰러졌다. 죽어가며 허우적거리는 손에서 허공으로 검이 튕겨져 나오자 사군이 재빨리 낚아챘다.

챙!

상대의 놀라운 신법을 본 방고가 앞으로 나서며 막 일검을 날렸지만 사군의 방어에 부딪쳐 날카로운 금속성과 함께 불꽃이 일었다. 다음 순간 방고의 검끝이 휘리릭 말아져 오르며 사군의 목줄기를 노렸다.

"으헛!"

하지만 짧은 비명을 지르며 몸을 뒤로 젖혀 수세로 돌아선 사람은 오히려 방고였다. 어느새 상대는 무릎을 숙여 자신의 공세를 피했고, 이어 자신의 심장을 노리고 들어오는 검끝을 보았기 때문이다.

놈을 추적하느라 수하 둘을 잃은 것은 물론 장주까지 있는 자리가 아닌가. 분노가 치민 방고가 다시 신형을 수습해 공격을 가하려는 순간, 미처 공세를 펼치기도 전에 검을 잡은 손목을 노리는 상대의 검을 의식하고는 흠칫 손을 뒤로 물렸다.

기세를 잡은 사군이 계속 방고를 공격해 가려는 순간 이번에는 두 명의 흑의인이 벼락같이 나서며 좁은 통로를 꽉 채우듯 그의 위아래를 찔러왔다.

차차차차창!

짧은 금속성들이 연이어지며 불꽃이 튀었다.

'으음!'

약간 뒤쪽으로 물러나 싸움을 지켜보던 엄생은 속으로 침을 삼켰다. 한동안 소주성 아녀자들을 공포에 몰아넣었다고 했던가. 이름이 꽤나 알려진 무인들이 손도 제대로 쓰지 못하고 당했다는 말을 듣기는 했지만 지금 눈앞에서 펼쳐지는 상황은 그의 예상 밖이었다. 게다가 좁은 암도 안이라 포위 공격도 불가능해 일 대 일 상황만이 허락되었고, 놈도 그런 상황을 아는지 오히려 공세로 나서고 있었다.

하지만 엄생은 여유가 있다.

어차피 놈은 독 안에 든 쥐. 아무리 무공이 놀라워도 차륜전으로 지치게 한다면 놈도 달아날 길은 없는 상황 아닌가. 그는 살려고 마지막까지 아등바등 힘을 쓰다가 결국에는 지쳐 쓰러지고 마는 놈의 모습을 상상했다.

사군도 그 점을 알고 있다.

이미 공격받는 그 순간부터 그는 빠른 시간 안에 이 상황에서 벗어나지 못한다면 종국에는 죽음을 맞을 뿐이기에, 벗어날 방법을 생각하며 수시로 머리를 굴렸다. 하지만 그런 생각들이 위기를 불렀다.

순간 다시 앞으로 나선 방고의 검이 허공을 짧게 빙글 돌아 머리 속이 흐트러진 사군의 요혈을 노렸다.

싸악!

목을 베듯 갈라오던 방고의 검이 방향을 틀어 상대의 심장 부위를 찔러왔다.

"홋!"

사군의 입에서 짧은 비명이 터져 나왔다.

사군이 간발의 차로 뒤로 물러서기는 했지만 대신 앞가슴 옷깃이 옆으로 길게 베어졌다. 고수들 간의 싸움에서 이 정도의 공세 변환이라면 당연히 예측할 수 있겠지만, 탈출할 방법을 생각하느라 마음이 분산되었기에 마지막 순간에 가서야 가까스로 몸을 틀었던 것이다. 몸이 버들가지처럼 휘어지는 청룡투(靑龍鬪)의 신법이 아니었다면 꼼짝없이 당했을 터였다.

그가 미처 자세를 잡기도 전에 상대의 공세가 이어졌다.

"놈!"

기합성과 함께 방고는 검을 짧게 세워 상대의 정수리를 그어갔다.

심장을 베었다고 확신하던 마지막 순간 도저히 사람의 몸이 보이는 움직임이라 믿기 어려울 정도로 휘어져 자신의 검을 피하는 상대의 신법에 내심 경악했다.

"훗!"

자신도 모르게 짧은 숨을 내뱉게 된 것은 어쩔 수 없었다.

하지만 그는 오히려 공격의 강도를 높였다. 무인으로서의 호승심이 그를 자극했던 것이다. 검으로 혼을 빼앗아 버린다는 무시무시한 외호만큼이나 그의 공격은 현란했다. 방고의 검이 다시 번쩍였다. 흐릿한 야명주에 반사된 검광이 좁은 통로 속에서 피할 여유마저 주지 않고 꼬리를 물었다.

사군은 호흡을 멈추었다.

상대는 숨 쉴 겨를마저도 주지 않으려는 듯 맹공을 퍼붓고 있었다. 어깨를 찔러오는가 싶던 검이 몸을 틀기 무섭게 목을 갈라왔고, 피하며 젖혀지는 순간에는 발이 허리를 휘감아왔다.

탈혼검 방고.

이런 고수의 권각은 상대에게는 철퇴나 다름없다.

텅!

사군이 좁은 공간에서도 용케 몸을 빙글 돌려 발길질을 피하자 강기 실린 발이 철문을 후려쳤다. 돌 가루와 퀴퀴한 냄새를 품은 흙먼지들이 우수수 떨어져 내렸다.

순가 엄생의 몸이 움찔했다.

'저런 멍청한!'

뒤에서 비천각 대원들과 함께 두 사람의 싸움을 지켜보던 엄생은 얼굴을 굳혔다. 수하들도 모두 굳은 얼굴이었다. 그들의 표정이 모두 굳은 것은 상대의 무공이 그들의 예상보다 훨씬 강해 수장인 방고도 쉽게 제압하지 못하는 까닭이지만, 엄생이 크게 놀라며 표정을 굳힌 것엔 다른 이유가 있다.

퇴로를 차단했으니 놈을 놓칠 걱정이야 없겠지만, 지금 싸움이 벌어지는 철문 앞이 바로 대업을 위한 대야의 연공실인 까닭이다. 엄생은 두 사람의 움직임에 모든 촉각을 곤두세우고 있었다.

팟!

사군의 오른발이 방고의 무릎을 쓸었다.

이런 좁은 공간에서 손에 들린 무기란 때로 거추장스럽기까지 하다. 방고의 회선각(回旋脚)에서 시작된 권각 육탄 공격은 사군의 맞대응으로 치열하게 불을 뿜었다.

한 걸음 뒤로 물러나며 왼발을 쳐들어 상대의 공세를 피했던 방고의 발이 공격을 위해 몸을 낮추었던 사군의 머리를 찍어왔다.

그들이 발을 주로 사용하는 까닭은 손보다 공격 거리가 긴 것은 물론 그만큼 치명적이기 때문이다. 손에 들려 있는 검은 간간이 쓸 수는 있겠지만 비좁은 통로인 만큼 공수의 전환에 자칫 허점을 내보일 수도 있었다.

사군은 반쯤 누운 상태에서 팽이처럼 몸을 틀어 공세를 피했다.

기선을 잡은 방고가 다시 발로 공세를 이어가려는 순간 반쯤 누운 상태에서 몸을 틀어가던 사군이 한 발로 벽을 차내며 그 탄력을 이용해 왼손을 앞으로 내밀어 방고의 단전을 노렸다.

청룡섬(靑龍閃)!

소맷자락이 부풀어 오르는 것이 확연히 보일 정도로 강한 내력을 실은 일권이다.

"헛!"

이번에는 방고의 입에서 경악성이 터졌다.

그는 황급히 어정쩡하게 들고 있던 검으로 단전을 가렸다. 어설픈 동작이었건만 검으로 앞을 막은 그 한 수는 절묘했다. 순간 당황한 사군은 얼른 손을 회수하며 오른손의 검을 내밀었다.

창!

검과 검이 짧게 맞부딪치며 불꽃이 일었고, 두 사람은 거의 동시에 튕기듯 뒤로 물러섰다.

방고는 뒤쪽 수하들 속으로 몸을 빼려 했지만 그게 실수였다. 다음 동작에서 상대가 더 빨랐기 때문이다.

뒤로 물러서던 사군의 몸이 활처럼 휘어지더니 다시 튕기듯 앞으로 내달아 방고를 공격해 들어갔다. 주르르 뒤로 밀리는 방고를 따라 뒤쪽의 수하들도 물러나는 도리밖에 없었다.

파파파팟!

사군의 손이 섬전을 연상케 할 정도로 빠르게 움직이며 방고를 핍박해 들어갔다. 청룡투의 권각술을 펼치는 사군의 손과 발은 현란하게 움직이며 상대의 눈을 현혹시켰다. 한 수 한 수 요혈을 노리지 않은 것이 없기에, 그 어느 한순간이라도 소홀히 했다가는 치명적인 손해를 입을 것임은 방고는 물론 지켜보는 사람들 모두 느낄 수 있었다.

방고가 사군에게서 몸을 빼지 못하는 것은 무인으로서의 자존심뿐만 아니라 우두머리를 먼저 제압해야 한다는 사군의 생각 때문이기도 했다.

실수였다. 방고는 상대가 가장 자신있어 하는 수법으로 싸움을 벌이고 있었다.

왼발이 가슴을 노리는가 싶어 막아가면 어느새 오른발이 무릎을 쓸어왔고, 허공으로 몸을 띄울 수도 없는 장소라 거푸 발을 교차해 공세를 피하면 그 흔들리는 중심을 파고드는 돌풍 같은 일권이 있었다.

방고는 어지러이 몸을 움직이며 힘겹게 공세를 피해갔다.

검을 쥐고 있었지만 미처 초식을 펼칠 여유도 없었다. 게다가 힘겹게 검을 떨쳐 냈다가 자칫 실수라도 하면 상대에게 그대로 허점을 드러내는 꼴이 되고 말 것임을 잘 알기 때문이기도 했다.

좁은 공간이라 한 번 기선을 제압당하면 여간해서는 반전이 쉽지 않았다.

'으음!'

불혹을 넘은 나이건만 이십 대의 팽팽한 피부를 유지하고 있는 관철운의 이마에 모처럼 주름살이 패었다.

침입자로 짐작되는 놈이 갑작스레 철문을 여는가 싶더니 뒤이어 비명 소리와 병장기 부딪치는 소리가 연공을 방해하고 있었기 때문이다.

'제법이군!'

빙옥 같은 얼굴에 짧은 미소가 스치고 지나갔다.

그는 내심 탈혼검 방고에 당당히 맞서고 있는 의문의 침입자에 대해 강한 호기심은 물론 은근한 흥미까지 느끼고 있었다. 철문 밖을 보지 않고도 오가는 손속들의 예리함은 물론, 공격에 실어 보내는 내공의 강도까지 훤히 알 수 있었다.

무인으로서 피할 수 없는 감정인가. 문득 피가 끓었다. 방고가 검기를 날릴 때나 그가 상대하는 침입자가 살기를 실어 보낼 때마다 심장의 박동도 빨라졌고, 그에 따라 자연 전신 혈관이 꿈틀거리며 요동쳤다.

'아차!'

한동안 두 사람의 싸움을 귀로 들으며 즐기던 그는 문득 자신이 무척 중요한 고비에 와 있는 상태임을 자각하고는 화들짝 놀라며 재빨리 내공을 운용해 심기를 다스렸다.

그랬다. 지금은 오랜 연공의 마지막 단계라 할 수 있다. 이런 때 심신을 흩트린다는 것은 그 몇십 배의 시간을 퀴퀴한 냄새가 나는 석실 속에서 더 보내야 한다는 것이다.

그는 밖에서 벌어지는 싸움에 잠깐이나마 신경 쓴 탓에 이미 한두 달은 족히 손해를 보았다는 생각에 은근히 부아가 치밀었다. 마음이 급해진 그는 재빨리 싸늘한 청강석(靑剛石) 위로 올라가 좌정을 했다.

하지만 그는 쉽사리 운기행공에 들어가지 못했다.

밖에서 들리는 날카로운 파공음이 그의 귀를 계속 자극하고 있었기 때문이다. 이런 싸움을 대한 것은 실로 까마득한 오래전의 일로, 비록 심신을 자유자재로 다스리는 경지에 가까이 갔지만 그 또한 무인이다. 오 년을 약정하고 폐관수련에 들어간 것도 최고의 무인이 되기 위함이 아니었던가.

게다가 두 놈의 실력으로 보아 언제 끝날지는 자신도 예측하기 힘들 정도로 백중세였고, 통로가 좁으니 다른 조력자들이 있다 한들 별 도움을 주지는 못할 터였다. 방고가 밀리고 있기에 그의 마음은 더욱 심란해지고 있었다.

문득 진한 살기가 느껴졌다.

'이런!'

방고의 상대는 마지막 일격을 노리고 있었다.

관철운은 자리에서 벌떡 일어섰다.

싸움에 개입한다는 것이 내키지 않았지만 자신의 코앞에서 제자가 죽게 버려둘 수는 없었다. 그는 빠르게 한 손을 뻗어 슬쩍 소맷바람을 일으켜 뭔가를 당기는 시늉을 했다.

팟!

사군의 오른발이 다시 방고의 무릎을 쓸어갔다.

발을 교차하며 뒤로 물러나는 상대의 상체가 드러나자 그는 자연스레 반쯤 돌아가 있던 오른손을 앞으로 쑥 내밀었다.

"헉!"

방고는 죽음을 직감하고는 경악성을 터뜨렸다.

사군은 마지막 한 수를 위해 혼신을 다했다.

그때였다.

'윽!'

돌연 뒤쪽에서 부드러운 경기가 흘러왔고, 이어 허리춤이 뜨끔한가 싶더니 검을 잡은 손에서 힘이 주르륵 빠져나가는 것이 느껴졌다.

방고는 심장을 노리고 파고드는 일검을 뻔히 보면서도 피할 수가 없었다. 눈을 부릅뜨며 죽음을 맞이하는 그 순간 상대가 멈칫하는 것을 보았다. 위기를 맞기는 했지만 이런 호기를 놓칠 수는 없다.

퍽!

방고의 강권이 사군의 가슴을 찍었다.

제대로 걸렸다. 충격에 몸이 휘청했다.

'언제 뒤쪽에 철문이 열렸던가?'

흰자위를 까뒤집고 무릎을 꺾으며 앞으로 고꾸라지는 사군의 머리 속에 문득 떠오른 의문이다.

그때였다. 철문 뒤편에서 질책조의 준엄한 목소리가 흘러나왔다.

"웬 놈이냐?"

"대야(大爺)의 수련을 방해한 점 죽어 마땅합니다. 워낙 재간이 귀신 같은 놈이라 미처 막지 못했습니다."

철문 뒤에서 들리는 관철운의 말에 깜짝 놀란 방고가 멈칫거리자 엄생이 얼른 무릎을 조아리며 말했다. 이곳 풍정원에서 그가 무릎을 꿇어야 할 상대가 있다는 것은 누구도 모르는 비밀이었다.

스르르르르……

묘한 기운이 철문 뒤에서 뻗어 나와 사군의 몸을 휘감았다. 엄생과 방고는 감히 나서지 못하고 그의 행동을 가만히 지켜보기만 했다.

'허! 대단하구나!'

사군을 철문 안으로 끌어들인 관철운은 경탄을 하고 있었다.

진기를 내보내 자신이 있는 석실 바깥 쪽에 데려다 놓은 사군의 경락을 훑은 직후였다. 그가 상대의 몸을 조사하는 것은 그렇게 함으로써 상대의 발달된 근육이나 경락을 알아내 출신 문파를 추측하는 데 있었다.

그의 호기심을 자극하는 것은 쓰러져 정신을 잃은 상대의 몸속에서 하늘을 찌를 듯한 진기가 소용돌이치고 있다는 것뿐 아니라, 녀석의 내력을 알 수 없다는 데 있었다. 그는 다시 진기를 사군의 몸으로 날렸다.

"으음……!"

이번에는 침음성이 입 밖으로 나왔다.

묘하게도 녀석의 뼈는 천성이라 해도 기이하다 할 만큼 몸이 유연하게 움직이도록 발달해 있었는데, 근육이 발달한 정도로 보아 상당히 고련을 쌓은 흔적이 엿보였다.

관철운의 호기심이 더욱 도를 더했다.

다 같은 무인이라 하여도 쓰는 무기의 종류에 따라 근육의 발달 부위가 다르고 내공의 흐름을 반복적으로 일으키면 경락 또한 그에 따라 강해지기에 웬만한 추측은 할 수 있게 마련인데, 녀석은 그렇지 않았다. 관철운의 얼굴에 망설임이 비쳤다.

바깥에 있던 엄생은 한참을 기다려도 안에서 말이 없자 마침내 먼저 입을 열기로 했다.

"대야!"

순간 그의 말이 막 끝나자마자 조금 틈이 벌어져 있던 철문이 스르르 열리며 사군의 몸이 허공에 둥실 뜨더니 안으로 빨려 들어갔다.

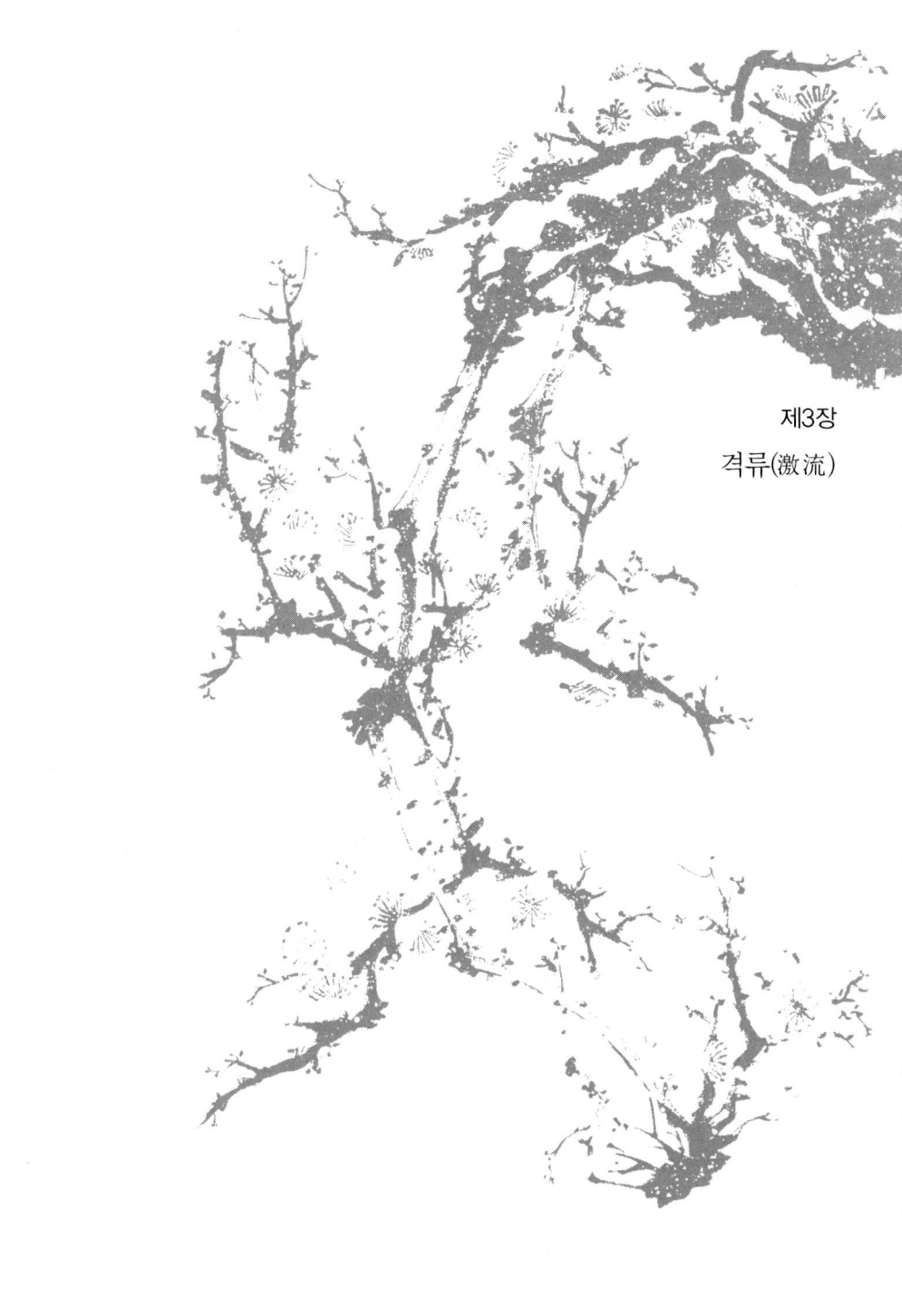

제3장

격류(激流)

석실 안은 어둠침침했다.

사군은 다만 괴인이 움직일 때 일으키는 미세한 바람의 흔들림으로 그 거리를 짐작할 뿐이다.

아마 사 장(四丈)은 족히 될 것이다.

이토록 넓은 석실은 본 적이 없다. 석실임을 짐작할 수 있는 것은 은근히 풍겨오는 싸늘한 돌 냄새 때문이다. 지금 그의 몸이 눕혀져 있는 곳도 감촉으로 보아 돌 위가 분명하다. 신기한 것은 따스한 감촉이 풍기는 돌이라는 것이다. 이름은 잊었지만 이런 돌이 있다는 얘기를 듣기는 했다.

스스스슷······.

또 괴인이 움직이기 시작했다.

상대는 가공할 고수다. 예전이라면, 오감이 모두 살아 있던 예전이라면 천이통을 전개하기 전에는 조금도 눈치 채지 못했을 정도다. 항시 귀를 열어두고 살 수는 없는 것이니, 상대가 마음만 먹는다면 사군이 있더라도 눈에만 띄지 않으면 마음껏 오갈 실력이라는 얘기다.

만약 지금 석실 안의 괴인을 적으로 맞이한다면… 안 될 것이다. 이미 결판은 신법에서 나고도 남았다.

그가 아는 상대는 지극(至極)의 고수다.

파파파팟!

괴인의 강기가 공기를 찢었다. 동자료

사군은 놀라 심장이 두근거렸다.

풍지혈(風池穴), 천주혈(天柱穴), 동자료(瞳子廖), 청명혈(晴明穴)…….
얼굴을 온통 적에게 내맡긴들 이보다 기분이 더러울까. 하지만 그게 끝이 아니다. 괴인의 강기임이 분명한 그 기이한 기운은 몸을 타고 내려 가슴의 모든 혈도를 날름대며 노렸고, 이내 발 아래로 내려가 용천혈(湧泉穴)에 와서야 끝을 맺었다.

'휴우…….'

얼굴에 흐르는 식은땀이 느껴졌다. 벌써 여러 번 겪은 일이지만 번번이 생명에 위협을 느끼며 모공이 곤두서는 긴장을 맛보곤 했다. 그 공포가 싫었지만 손가락 하나 까딱할 수 없음을 알기에 그저 견뎌야 했다.

괴인의 존재를 알고 난 이래 그가 놀란 것은 한두 가지가 아니었다.

상대는 무공 연마 중에는 절대 발을 땅에 닿게 하는 법이 없었다.

처음에는 허공답보(虛空踏步) 정도의 상승 신법으로만 생각했다. 하지만 그런 시간이 몇 시진이나 계속 이어지니 그게 아니라는 것을 알았다. 내공을 써서 펼치는 신법이라면 벌써 진기가 고갈되어 죽음에 이르렀거나 사경을 헤매기에 충분한 시간이다.

스르르르…….

괴인은 수시로 석실 안을 날아다녔다. 보통 사람이라면 그가 떠 있다는 것도 눈치 채지 못할 정도로 지면과 한 치의 거리를 일정하게 유지하며 떠다녔다.

또 하나 그가 놀라는 것은 이렇듯 좁은 석실에서 조금도 게으름을 피우지 않고 부지런히 무공을 연마한다는 점이다. 그의 행동으로 보아 몇 년은 족히 그러고도 남았으리라는 짐작은 어렵지 않았다.

그런데…

'내가 왜 이곳에 누워 있지? 얼마나 되었지?'

오늘도 사군은 괴인의 존재를 차츰 잊어가며 자신만의 세계로 빠져 들어갔다. 그곳에는 지나 버린 세월 속에 파묻혀 버린 과거가 있다.

또 귀가 열렸다.

미세한 파공음이 끊임없이 들리고, 가끔씩 날카로운 살기를 가득 품은 검기가 석실을 이리저리 갈랐다.

처음에는 그 검기가 혹시라도 자신의 허리를 뎅겅 베어버릴까, 아니면 팔을 하나 잘라 외팔이로 만들어 버릴까 얼마나 가슴을 졸였던가. 놈도 자신을 놀리려는 듯 검기를 움직여 그의 몸 주위에서 춤을 추게 만드는 것 같았다.

하지만 언제부터인가 그가 자신을 죽일 생각이 없고, 상대의 무공이 석실 안의 모든 움직임을 통제하기에 충분하다는 것을 안 순간 사군은 그런 공포에서 벗어났고, 이제 그는 석실 안 괴인이 펼치는 검로(劍路)를 익히는 일에 깊은 관심을 보이고 있었다. 그의 무공을 훔쳐 배우겠다는 생각에서가 아니라 딱히 할 일이 없기에 저절로 그 일에 몰입하게 되고 만 것이다.

파파파팟!

검기가 바람마저 정지한 석실을 가른다.

상대는 끊임없이 무공을 연마한다.

때로는 같은 동작을 끊임없이 반복하기도 하고, 또 어떤 동작은 한두 번의 연습만으로 끝을 내버린다.

금세 끝을 내버리는 초식들은 대개는 그리 어렵지 않은 간단한 동작에 속하는 것들이 대부분이지만 가끔은 사군으로 하여금 무한한 상상으로 빠지게 만드는 어려운 움직임도 있었다.

처음에는 상대의 그런 움직임에 마음속으로,

'한 번만 더해주면 잘 알 수 있을 터인데……'

하는 아쉬움을 느끼기도 했지만, 한동안 자신을 골몰하게 만들어 무료함에서 벗어나게 하기에 이제는 그런 초식들이 오히려 반갑기 그지없다.

또다시 우물거리는 소리가 들린다.

괴인은 무공을 연마하는 동안 체력 유지를 위해 미리 준비한 벽곡단을 먹고 있을 것이다. 그가 무언가를 먹고 있음을 아는 순간 처음에는 무척이나 허기에 시달리곤 했지만 이제는 아니다.

먹는 행위도 습관인가. 아니면 몸을 움직이지 않기에 더 이상 식욕을 느끼지 못하는 것인지, 어쨌든 어느 순간부터 식욕은 더 이상 그를 괴롭히지 않았다.

기이한 동거였다.

벽곡단으로 식사를 마친 관철운은 사군을 향해 다가왔다.

그는 미동도 않고 누워 있는 사군의 몸 이곳저곳을 살짝 두들겨 보고 주물러 보기도 했다. 며칠에 한 번씩 심심하면 하는 일이다. 엄생의 보고를 통해 놈의 출신 내력을 대충 알기는 했지만 무공 내력에 대해서만은 강호에 알려진 바가 없다고 했다. 그것이 그를 더욱 궁금하게 만들었다. 본시 무인에게 있어 기이한 무공이란 세인들에게 있어서는 보물이나 다름없다. 그는 그동안 사군의 처리에 약간은 고심했었다. 잠시 머리를 굴리던 그의 얼굴에 묘한 미소가 감돌았다.

사군은 관철운이 다가오는 순간부터 스르르 정신을 놓게 되지만 자신은 그런 사실조차 알지 못했다.

그의 머리 속에서 과거가 두서없이 스쳐 갔다.

끊임없이 스스로를 이어가던 생각은 다시 도하촌의 미래로 가 어머니를 만나고, 고노에게 무공을 배운다.

어느새 나타난 예향에게 멋쩍은 웃음을 건넨다.

예향은 잠화고낭무를 추고 있다. 넘실거리는 젖가슴이 또다시 사군의 가슴을 태우고, 그 열기는 지난 과거 속의 현실로 다가와 억겁의 시간처럼 흘러간다.

스르르르……

모든 것이 머리 속에 녹아드는 순간 다시 망각 속으로 빠져들었다.

달이 차 물러가고 또 다른 달이 살포시 고개를 내민다. 다시는 오지 않을 시간이건만 그 달을 볼 수 없는 사군은 이렇듯 누워 세월을 태웠다.

"만약 혈도가 짚여 적에게 제압당했다고 치자. 그럴 때는 어떻게 하겠느냐?"

고노다.

사군은 빙그레 미소를 지었다.

"멍청한 녀석! 혈도를 풀어야지!"

고노는 비몽사몽간에 나타난 여러 사람 중 하나가 되어 그렇게 사라졌고, 사군은 그를 잊었다.

또다시 새로운 시간이 이어졌다.

사군은 오늘도 상대의 무공에 빠져 있었다.

"네놈 정도라면 눈을 감고 있어도 내 무공을 훤히 꿰뚫고 있겠지?"

돌연한 괴인의 말. 사군은 가슴이 철렁했다.

"네 녀석이 내 무공을 훔쳐 배우고 있다는 것을 알고 있다. 그런 몸으로도 무공을 생각하다니 대단한 놈이로군."

"네놈이 제압되어 있지 않다 해도 내 적수는 아니다. 이대로 놔두는 것은 혼자 있기가 너무 심심해서지. 처음에는 네 녀석의 몸이 너무 기이해 호기심으로 살렸는데… 허허허, 이제는 혼자 지낸다는 것이 너무 적적할 것 같더구나."

파파파팟!

말이 끝나기도 전에 괴인의 검이 허공을 털었다.

사군의 귀가 쫑긋했다.

보지 않아도 검끝이 파르르 떨리며 상대의 전신 요혈을 모조리 공격하는 수임을 알 수 있었다. 또 대단한 초식이라는 생각에 손발의 움직임과 공격의 강도를 하나도 빼지 않고 기억하고 있다. 다만 사군이 알 수 없는 것은 진기의 운용이었다.

"태허만변(太虛萬變)이지."

과철운은 나직이 뇌까렸다.

이런 대단한 초식을 혼자 펼치고 있자니 안타까웠는지도 모른다.

'태허만변? 그럴듯하구나. 그런데……'

사군은 머리 속으로 진기를 일으키는 장면을 상상해 가며 태허만변을 운용해 보았다. 고노가 가르쳐 준 진기를 운용해서 나름대로 펼치는 것이다. 벌써 수십 번은 했을 것이다.

이곳에서 배운 쓸 만한 무공은 사군이 시간을 보내기에 적당한 소일 거리를 만들어주었다. 그의 뇌리에 또렷이 각인된 무공 중 하나이기도

하다.

'그런데 어떻게 하루 종일 허공에 떠다닐 수 있지요?'

사군은 그걸 묻고 싶다. 하지만 입을 달싹이는 것도 불가능하다. 유일하게 할 수 있는 것은 숨을 들이쉬고 내쉬는 정도다. 먹은 것이 없으니 내버릴 것도 없는지 몸은 아무런 요구도 하지 않았다.

탁탁! 탁! 타타탁! 탁! 탁!

엄생은 연신 주판알을 퉁겼다.

뼈대며 알 전체가 천축에서 가져온 흰 상아로 만들어진 귀한 것이라 중원에서라면 천금을 주어도 구하기 어려운 주판이다. 하얀 주판 위를 엄생의 손가락이 바쁘게 오갔다.

탁!

한참 계산을 하고 있던 중에 알 하나가 손가락에 걸렸다.

"으음⋯⋯."

엄생의 얼굴에 동요가 일었다. 벌써 세 번째다.

장부 가득 깨알 같은 글씨가 가득했는데, 엄생은 지금 막 올라온 지난해의 결산 장부를 놓고 열심히 손익을 따져 보는 중이었지만 손가락이 영 말을 듣지 않았다. 마음이 심란한 탓이다.

바싹 말라 버린 입술이 살짝 움직였다.

"이게 아니야⋯⋯."

가늘게 뜬 그의 눈이라면 뭔가를 매섭게 노려볼 법도 하건만 오늘따라 눈빛이 그다지 맑아 보이지 않았다.

엄생의 눈이 창밖으로 향했다.

봄을 맞아 흐드러지게 물이 오른 목련이 눈에 들어왔다.

사월이다.

정원의 목련꽃도 시절을 아는지 남몰래 피었다가 바쁘게 져버렸다. 덕분에 정원지기들은 낙화(洛花)를 치우는 번거로운 일이 줄었다며 좋아했다. 엄생이 목련을 좋아하기는 했지만 올해는 언제 피었다가 졌는지도 모를 정도였다.

탁!

엄생은 상아 주판을 서탁 위에 아무렇게나 던져 두고 벌떡 일어나 창가로 다가가 뒷짐을 지고 오락가락했다. 도무지 깊이를 알 수 없는 돌부처 같고 심연(深淵) 같은 평소의 그를 생각하면 시작한 일을 멈추고 딴짓을 한다는 것은 있을 수 없는 일이다.

"양주에서 잘 버텨주면 강남을 쉽게 넘보지는 못할 터인데……."

엄생은 혼잣말로 뇌까렸다.

요즘 들어 새로 생긴 버릇이 하나둘이 아니다. 중원 상계에서 최고의 명성을 얻고 있는 그이기는 하지만 지금의 천하 정세는 그로서도 자못 판단하기가 쉽지 않다.

그토록 기세 좋게 명 황실을 거꾸러뜨렸던 이자성은 화무십일홍(花無十日紅)이라는 말 그대로 청군에게 계속 쫓기고 있다 들었다.

"잘한 일일까?"

딴에는 양다리를 걸친다고 양주를 지키는 데 협조해 달라는 남경 응천부(應天府)의 허수아비 황제의 밀지와 재갈홍의 요청에 따라 이리저리 금은을 뿌려가며 모은 병력이 수천은 족히 되었고, 그들이 길을 떠난 것은 바로 이틀 전이다.

어쩌면 다소간의 감정이 개입된 결정일지도 모른다. 게다가 이곳 소주에서 청국의 간세 노릇을 하는 북검 갈의현이 눈치 채지 못하도록 무척이나 애를 쓰기는 했었다. 강남 땅마저 오랑캐에게 내주기는 싫다는 생각이 그의 눈을 흐리게 했는지도 모른다. 어쨌든 그는 병력을 모아달라는 요청을 거부하지 않았다.

양주는 강남에서 황도로 통하는 길목 중의 길목이다.

강남의 물자가 장강 이북으로 들어가는 요충지인 양주를 놓고 벌이는 이 한판의 싸움은 남하하는 청군(淸軍)과 강남 땅만은 지키려는 명군(明軍) 간에 피할 수 없는 싸움이다. 양주에 힘을 보탤 수 있는 것은 양주의 왼쪽 어깨라 할 수 있는 봉양(鳳陽) 지역의 군사들인데, 그들의 상당수가 임시 황도라 할 수 있는 남경 응천부를 지키고 있으니 지금은 고립된 것이나 마찬가지다.

그를 그토록 심란하게 하는 것이 또 있었다.

오늘 들어온 전서구의 내용 중에 청군이 양주를 버려둔 채 방향을 틀어 장강을 넘을지도 모른다는 내용이다.

"내가 병법가는 아니지!"

자꾸 늘어나는 변수들에 골치가 아파진 엄생은 생각을 접고 돌아섰다. 청국에도 손을 써두었으니 누가 천하의 주인이 되든 풍정원이 쉽게 무너지지는 않을 것이다. 늘 그랬듯 자신에게는 또 다른 패가 있었다.

소흥(紹興)에는 백부(伯府)가 있다.

중원에서 글을 한 줄이라도 읽은 사람이라면 누구나 아는 대학자 왕수인의 후손들이 사는 저택으로, 중원표국은 물론 관아보다 더 큰 저택이기에 백부는 절강제일가(浙江第一家)로도 불린다.

심원(深園).

장주가 가끔씩 들러 학문에 정진하는 곳으로, 장원 일꾼들은 물론 직계 식솔들마저도 출입이 금지된 곳이다.

별실.

"잘하셨습니다. 앞으로도 마마께서 나서서 그들의 힘을 모아주서야 합니다."

태사의에는 방년도 채 되지 않은 나이 어린 여인이 앉아 있다. 십칠팔 세나 되었을까. 태사의의 여인은 가볍게 고개를 끄덕였다.

상큼하게 치솟은 아미와 그윽한 눈길, 그리고 가벼운 고갯짓 하나하나에서 고아한 품위가 절로 배어나는 여인이다.

장평 공주(長平公主).

제갈세가의 가주 제갈홍은 방년도 채 되지 않은 장평 공주에게 과분할 정도의 예의를 보이고 있었다. 장평이 없었더라면 남궁세가도 지난번 서호(西湖)에서 열린 회의에 참석하지 않았을 것이고, 그랬다면 화염회를 비롯한 타항들이나 다른 군소방파들도 협조를 꺼렸을 터였다.

"마마께서는 당연히 그렇게 하실 것입니다."

태사의 옆에서 두 걸음 물러난 곳에서 허리를 살짝 숙이고 있던 문사 차림의 중년 사내가 거들고 나섰다.

"허허허, 모든 것은 목 태감께서 애쓰신 덕분에 가능했습니다. 이제 준비가 끝났으니 마마께서는 안전하게 근왕병을 인솔해 가실 수 있을 것입니다."

그들이 이곳에 묵고 있는 사실은 백부의 주인과 총관, 그리고 방금 전에 모였던 세 사람밖에 모르는 비밀이다.

제갈홍의 말에 굳어 있던 장평 공주의 표정에 언뜻 가벼운 미소가 나타났다가 사라졌다.

망국의 한을 품고 만수산에 목을 맸던 못난 아비 유검이 휘두른 패검의 후유증은 만만치 않았다. 가슴에는 깊게 패인 자상(刺傷), 그리고 뼈까지 반쯤 잘렸던 왼팔. 다행히 제갈세가 비전(秘傳)의 요상약(療傷藥)인 오공숙상환(蜈蚣宿傷丸)을 꾸준히 복용해 왔기에 치유가 되기는 했지만 확연히 드러나는 깊은 상흔을 남긴 것은 어쩔 수 없었다.

그동안 제갈홍은 장평 공주의 마비된 왼팔 신경을 되살리기 위해 제갈세가의 모든 지식을 총동원해 치료해 왔다. 천금을 주어도 구하기 어렵다는 백모지주(白毛蜘蛛)까지 동원되었던 어려운 치료였다. 그에 더해 상대는 지금 근왕병 모집에까지 신경을 써주고 있었다. 진정한 충신이었다. 자신도 모르게 눈물이 글썽여졌다.

"고마워요. 이 은혜를 어떻게 갚아야 할지 모르겠군요."

"황공하신 말씀입니다. 천자의 백성이라면 마땅히 해야 할 도리로 알고 행하는 일입니다."

제갈홍은 연신 고개를 조아려 가며 말했다.

목 태감은 그런 그를 보며 흐뭇한 미소를 지었다.

'흠, 고생한 보람이 있군. 이곳에서 새 출발을 하는 것에 아무런 문제가 없을 것 같구나.'

이자성의 군대를 피해 공주를 구해오는 것은 목숨을 걸어야 할 수 있는 일이었다.

그의 고생은 이곳 강남 땅에서 진가를 발하고 있었다. 여러 무림문파의 수장들과 명문세가에서 충신의 도리를 내세워 가며 그녀를 떠받들어 왔기에, 그에 편승해 목 태감 자신도 괜찮은 대접을 받고 있었다.

장평을 홍광제가 있는 남경 응천부의 황궁으로 데려가지 않았던 것은 이미 새로운 황제를 옹립한 마당에, 숭정제의 딸인 장평은 그들에게 그저 거추장스러운 짐으로 여겨질 뿐이라는 것을 알고 있었기 때문이다.

한때는 장평을 부자들에게 팔아버릴 생각까지 했었다. 공주가 확실하다는 증거만 댈 수 있으면 황제의 딸을 첩실로 맞을 부호들은 얼마든지 있을 터였다. 하지만 이런들 어떻고 저런들 어떠리, 어차피 짧은 인생 즐겁게 살다가 가면 그뿐인 것이다. 몇 달의 고생으로 이곳 강남에서의 생활은 계속 즐겁지 아니한가.

고개를 숙인 목 태감의 얼굴에서 혼자만의 미소가 스쳤다.

목 태감이 그런 회상에 젖어 있음을 모르는 제갈홍은 공손한 뒷걸음질로 물러났다.

오늘 이곳에 온 것은 그녀에게 양주로 군대를 인솔해 이동할 준비를 하라는 말을 전하기 위함이다. 그동안 강남에서 제법 내로라하는 부호들과 충신들이 마련해 준 수백만 냥에 이르는 전비(戰費)로 일만여 명에 이르는 장정을 비밀리에 섬으로 모아왔다. 양주로 떠나는 장병들의 사기 진작을 위해 그 병력의 선두에 장평의 행렬이 서서 인솔하기로 되어 있다. 게다가 도중에 소주에 이르면 중원제일상 엄생이 사재를 털어 모집한 수만의 호응 병력이 있으니 그의 마음은 한결 든든했다.

'공주마마, 죄송합니다.'

어린 장평을 사지로 보내는 그의 마음인들 어찌 편하겠는가. 밖으로 나온 제갈홍의 눈에 눈물이 가득했다.

풍정원.

내실을 멀찍이 둘러싼 푸른 단풍들은 푸르름을 더했다. 정원 안에 심어져 있는 십여 그루의 목련도 마찬가지다. 그런 넉넉함에 싸여 있는 내실은 언제나 풍정원주의 말에 무게를 더하게 한다.

지금 엄생은 며칠 동안 장강 이북의 청군 진영을 염탐하고 막 돌아온 용진우를 대하고 있다.

"청군이 강을 넘을 가능성은 없어 보입니다."

"수고했다."

"그리 대단한 일은 아니었습니다."

용진우는 엄생의 깊은 눈길을 손쉽게 받아내며 가벼운 어조로 대답했다.

예전에는 감히 그러지 못했을 것이다. 하지만 지금 그가 생각하는 엄생은 자신의 뒤를 돌봐주는 상인일 뿐이다.

"이만 물러가겠습니다."

남도(南刀) 용진우(龍振旰)!

삼십 년 전 황산파에서 파문당한 기재 한 명이 있었다.

그는 입문한 지 채 십 년도 되지 않아 육합검법에 새로운 해석을 한 검법을 만들었는데, 장문인을 비롯한 원로들은 그것이 황산파의 전통을 훼손하는 것이라 하여 받아들이지 않고 심히 꾸짖었다. 하지만 그는 굴하지 않고 계속 자기 주장을 고집했고, 결국 파문되기에 이르렀다. 무공을 폐지해 내보내는 것이 관례였으나 벌이 행해지기 전날 그는 참회동(懺悔洞)에서 탈출했다. 알려진 것은 그것이 전부였다.

자신의 내력을 숨기려 함인지 용진우는 검이 아닌 도(刀)를 썼다. 하지만 무슨 까닭인지 그는 자신의 절초만은 유성도법이 아닌 유성검법이라 불렀다. 무림의 검술 대가들은 유성검법(流星劍法)이 전후좌우 상하 모든 방위를 이용한 공수(攻守)를 능히 겸비한 황산파 기존의 육합비폭 검법에, 육합의 변화에 다시 육합을 더해 삼십육수의 유성검법으로 탄생한 것으로 믿고 있었다.

장강 이남의 무림에서 용진우의 적수가 없음은 자타가 공인하는 바다. 그가 이렇듯 풍정원 구석에서 일개 상인의 지시를 받들어온 것은 엄생의 뒤에 있는 대야란 존재 때문이었다.

무림에 출도한 이래 처음으로 그의 무릎을 꿇게 한 인물.

관철운의 현묘한 검술을 대하는 순간 하늘 밖에 하늘이 있음을 알았고, 스스로 그 문하에 들어가기를 자처했다.

그렇다.

용진우가 추구하는 것은 하늘의 무공이다.

세인들이 그의 맞수로 북검 갈의현을 말하고 있기는 하지만, 그가 진정 원하는 것은 인간의 한계를 뛰어넘는 경지, 바로 최고의 무공을 얻는 것이다. 풍정원에 들어와 수하를 자처한 이래 몇 권의 무공 비급을 얻기는 했지만 그때뿐, 십여 년이 지난 지금은 한동안 진전을 얻지 못하고 있었다. 더 이상의 경지를 찾을 수 없었기에 스스로 원해서 수하를 자처한 그였다.

"어떤 손님께서 지금 은밀히 만나기를 원하십니다. 누구에게도 말하지 말고 취화루(醉花樓)로 찾아와 달라는 부탁입니다."

수하의 전언에 흠칫하던 용진우는 잠시 고개를 갸우뚱하더니 거침없는 걸음걸이로 밖으로 나섰다.

취화루.

소주 청루(靑樓) 중에서도 지부를 비롯한 고관들이나 거상(巨商)들만이 찾을 수 있는 곳이 바로 이곳이다.

취화루에는 격(格)이 있었다.

기녀들은 빼어난 자색과 뛰어난 가무(歌舞)는 기본적으로 갖추어야 하고, 그에 더해 저마다 남다른 재간을 지녀야만 이곳에서 일을 할 수 있었다.

고관대작들과 부호들이 취화루를 찾는 이유는 기녀들의 품격 때문만은 아니다.

취화루로 통하는 길은 은밀함이 보장된다.

미로처럼 갈래갈래 뻗어난 내부의 길들은 안내를 받아야만 원하는 곳으로 갈 수 있고, 안내인은 손님들끼리 마주치게 하는 일을 절대 만들지 않는다. 바로 출입자의 철저한 비밀이 보장된다는 점이다. 게다가 취화루 안으로 들어오는 길은 호화롭게 꾸며진 정문과 후문을 제외하더라도 호동(胡桐:뒷골목)으로 통하는 수많은 길과 연결되어 있어 출입하는 손님들의 마음을 한결 자유롭게 만들어준다.

용진우가 안내를 받아 들어선 곳은 취화루에서도 제일 호화로운 특실에 해당하는 곳이었다. 취화루의 그 유명하다는 기녀라고는 그림자도 찾아볼 수 없는 썰렁한, 그러나 격조있는 서화들과 화병들로 잘 꾸며진 방이었다.

"기다리시던 손님께서 오셨습니다."

푸른 비단옷을 입은 한 사내가 비스듬히 열린 이중 창문을 통해 밖을 내다보고 있다가 안내인의 말에 고개를 돌렸다.

"오랜만이군요."

"아니, 네놈은……!"

용진우는 경악했다. 눈앞의 청의 사내는 바로 제갈강이 아닌가.

'분명 풍정원의 뇌옥 안에 갇혀 있어야 할 자건만…….'

배신감에 쓴웃음이 나오려 했지만 그는 이내 마음을 추슬렀다.

하긴 자신이라 해도 장원 안에서 비밀스럽게 이루어지는 대소사를 모두 알 수는 없는 노릇이다. 엄생이라면 오른손이 하는 일을 왼손이 모르게 하는 것을 철칙으로 알고 있는 자가 아닌가. 하지만 애써 포로로 잡아 놓은 제갈강을 다른 곳도 아닌, 이곳 소주성 안의 취화루에서 만난다는 것이 썩 기분 좋지는 않았다.

"후후후, 엄 대고님에게 무슨 수작을 부렸는지는 몰라도 과연 제갈세가의 차기 가주답게 재주는 신통하구나."

"깊이가 끝이 없으신 분이지요. 하지만 제가 밖으로 나온 것은 그분의 뜻이 아닙니다."

"뭣이?"

"아아, 흥분하실 일이 아닙니다. 제 말을 듣고 나서 제 목을 자르셔도 늦지는 않을 테니까요. 우선 앉으시지요."

용진우는 슬며시 자세를 풀고 자리에 앉았다. 지금 놈을 죽이는 것이야 파리 한 마리 잡는 일보다 쉽지만, 그것은 의미없는 살인에 불과할 뿐이다.

그것을 본 제갈강의 눈이 반짝 빛났다.

가문을 살릴 마지막 기회다. 이번 기회에 용진우를 끌어들이지 못한다면 놈들은 자신의 능력에 큰 비중을 두지 않을 것이고 머지않은 훗날 가문이 위험에 빠질 수도 있다. 쓸모없는 물건이 대접받지 못하는 것은 자고 이래 불변의 이치다.

제갈강은 정공법을 쓰기로 했다.

강남 최고의 무인 남도 용진우를 상인 대하듯 해가며 머리를 쓰는 것은 효과가 없다고 생각했기 때문이다.

"언제까지 그자 밑에서 견마지로(犬馬之勞)를 아끼지 않을 셈이십니까? 제가 알기로 엄생은 사람을 그리 중하게 여기는 자가 아니라고 들었습니다."

"네놈이 상관할 일이 아니다. 그보다 대체 어째서 네놈이 이곳에 있는지가 궁금하구나."

용진우는 상대에게 겁을 주려는 듯 손을 칼집 부근으로 움직이며 신경질적인 어조로 말했다.

"남도(南刀) 선배께서 그런 상인 나부랭이 따위에게 충성을 다하는 것이 혹시 비급 때문이 아닌지요?"

날카롭게 제갈강을 주시하던 용진우의 눈빛이 흔들렸다. 그런 작은 변화가 제갈강으로 하여금 자신의 짐작에 확신을 가지게 만들었다.

"그자에게는 비급이 없습니다."

"뭣이?"

"그자가 쓸모있는 무인들을 수하로 끌어들이기 위해 상투적으로 쓰는 방법이지요. 저희가 조사한 바로는 그것은 다만 미끼일 뿐입니다. 그자가 실제 무인에게 큰 선심을 베풀며 주는 것은 상승의 성취를 이룰 만한 비급이 아니라 그저 어느 정도 가치가 있는 정도지요. 일반 무림고수라면 큰 관심을 가지겠지만, 사실 남도 선배님 같은 분이시라면 그저 그런 비급이 아니겠습니까?"

용진우는 얼굴이 뜨거워지는 것을 느꼈지만 그 말에 어떠한 반박이나 화도 내지 못했다. 그 말이 자신의 생각과 조금도 다름이 없었기 때문이다. 만약 제갈강이 아닌 다른 사람이 그런 얘기를 했다면 믿지 않았을 터이지만 제갈가의 차기 가주라면 그 무게부터가 다르다.

"천하의 귀한 무공 비급을 가장 많이 쌓아둔 곳이 어디인지 아십니까?"

"황궁 비고(皇宮秘庫)겠지."

"천출 이자성은 비고 안의 각종 보물들의 가치를 알지 못했기에 금은보화만 챙겨 달아나기에 급했지요. 지금 비고가 누구의 수중에 있습니까? 바로 다이곤 전하이시지요."

"그게 나하고 무슨 상관이라는 말이냐?"

제갈강은 분위기가 무르익었음을 알았다.

"그분께서는 만약 남도 선배님이 자신을 도와주신다면 황궁 비고 안의 각종 비급 중 마음에 드시는 것을 얼마든지 줄 수 있다고 하시더군요."

용진우는 눈을 크게 떴다.

"다이곤을 만났더냐?"

"지금 이곳에서 그리 멀지 않은 곳에 계십니다. 지금의 기세를 몰아치기 위해서는 막대한 전비(戰費)가 필요한데 강남 상인들을 정리해 그걸 조달하기 위함이지요.”

“그리 붙었느냐?”

사족(蛇足)은 필요없다.

용지우의 머리는 빠르게 돌아갔다. 엄생도 모르게 제갈세가를 견제하기 위해 포로로 잡아둔 제갈강이 석방되었다면 이미 풍정원 안에도 청국의 간세가 상당하다는 말이 된다.

“붙고 떨어지는 문제가 아닙니다. 저 또한 중원인이기에 오랑캐를 돕고 싶지는 않지만 남경 조정은 간신 마사영 무리가 멍청한 황제를 이용해 사리사욕을 차리기에만 급한 것은 물론, 충신들을 몰아내고 있지 않습니까? 희망이 없습니다. 그걸 알기에 전장의 장졸들도 제대로 싸워보지도 않고 투항하는 것 아닙니까? 제가 보기에 강남 땅도 곧 저들의 수중에 떨어질 것입니다.”

“뭣이!”

용진우는 끝내 경악성을 내뱉었다.

제갈강이 그렇게 보았다면 최소한 구 할 이상의 가능성으로 믿어야 한다. 뇌옥 속에서도 용케 빠져나온 제갈세가의 소가주가 아닌가? 장원 내에서 뇌옥이 뚫렸다면 당연히 소동이 있었을 것인데…….

머리가 복잡했다.

지금 자신은 뇌옥에서 나와 버젓이 취화루에서 놈과 말을 나누고 있는 상황이다. 어쩌면……. 용진우의 눈동자가 잠깐 흔들렸다. 그렇다면 최소한 내원의 경비 책임자인 동심각주(同心閣主)도 이미 저들과 통하고 있다고 보아야 한다.

그뿐이 아닐 것이다.

이런 엄청난 일이 대풍정원 안에서 자신이나 엄생 모르게 벌어지고 있었다니… 등골이 서늘해져 왔다.

"자네의 말이 곧 다이곤의 말인가?"

말투가 바뀌었다. 제갈강은 그런 변화를 즐겼다.

"물론입니다."

용진우를 향하는 제갈강의 눈길은 어느새 우군을 대하는 그것처럼 부드럽게 바뀌어 있었다.

"아무리 나라 해도 대해의 파도에 맞설 수는 없네. 세가에서 그리 보았다면 쓸데없이 정력을 낭비할 필요는 없겠지."

"저를 도와주신다는 말로 듣겠습니다."

제갈강은 품속에서 누렇게 빛이 바랜 얇은 책자를 꺼내 건네며 말을 이었다.

"선인장(仙人掌) 비급으로 믿음의 징표로 드리는 겁니다."

"선인장!"

남도는 빼앗듯 비급을 받아 들고는 펼쳤다.

한 장 한 장 내용을 살피는 용진우의 눈은 이내 놀라움으로 덮여갔다.

"진본(眞本)이군! 소림의 절예. 실전된 줄 알고 있었는데……."

그렇다. 소림 칠십이종절예 중에서 제대로 전해지는 것은 절반도 채 되지 않는다. 무림의 태산북두라고는 하지만 때로는 파도처럼 밀려오는 외풍에, 때로는 더러운 병균처럼 번져 가는 내부의 갈등을 겪었고, 그때마다 절대 외부로 나가서는 안 되는 숱한 진산절예들이 소림사 밖으로 빠져나갔다. 개중에는 엉뚱한 군소문파의 절예로 둔갑된 것도 있고, 어떤 것들은 아예 후대에 전해지지도 못했다.

굳이 구별을 하자면 선인장은 바로 실전 절예에 속한다.

소림의 일지선공(一指禪功)이 음(陰)의 무공이라면 그에 대응하는 선인장은 양(陽)의 무공이다. 배우기도 그리 어렵지 않아 손으로 가볍게 펼치는 무공 중에 선인장만큼 효과적인 건 없다는 말이 전해져 오기도 한다.

"황궁 비고에서 곰팡이 냄새만 풍기고 있던 것이라 하더군요. 이제는 제 말을 믿으시겠지요? 대세란 견(見)하는 것이 아니라 관(觀)하는 것이지요. 작은 부분을 통해 전체를 살피고, 전체를 통해 작은 부분까지 아는 것이 바로 관(觀)이 아니던가요. 그냥 흐르는 대로 몸을 맡기되 조용히 살펴 자신에게 이롭게 하는 것을 잊어서는 안 되지요."

"후후후."

자신의 언약에 못을 박으려는 듯 하는 제갈강의 말에 용진우는 가벼운 미소를 지었다. 상승 무공의 입문 단계부터 가르치는 것은 관법(觀法)이다. 오른손을 견하면 왼손을 볼 수 없다. 모두 볼 수 있는 것이 관이다.

자신과 같은 무인에게 관법을 논하는 어린 젊은이의 말이 우습기도 했지만, 그보다는 모처럼 가치있는 비급을 얻었다는 생각이 그의 마음을 푸근하게 만들었기 때문이다. 그는 문득 나라를 지키겠다고 세를 규합해 움직이고 있는 제갈세가의 가주 제갈홍을 떠올렸다.

"하지만 지금 자네 가주(家主)께서는 관을 한다고 해놓고 견을 하고 있네."

'제법이군.'

그 말에 제갈강도 흠칫했다.

"맞습니다. 그러기에 제가 나선 것이 아닙니까? 아버님도 대세의 흐름을 모르시지는 않습니다. 하지만 그저 멍청한 황실에 충성을 다해야 한다는 아버님의 신념이 눈과 귀를 흐리게 하는 것이 문제지요. 휴우……."

용진우는 제갈강의 고뇌를 이해했다.

난세 속의 중원인들 누구나 고뇌하는 문제이기도 하기 때문이다. 어쨌거나 그런 반응은 그로 하여금 더욱 확신을 가지게 했다.

"그럼 이제부터 친구인가?"

용진우가 아는 세상에는 두 부류가 있을 뿐이다.

적이 아니면 친구.

"핫핫핫! 그렇습니다."

제갈강은 대소를 터뜨리며 앞에 놓인 금배에 술을 그득히 따라 용진우에게 권했다.

적을 만드는 것은 쉽다. 하지만 그보다 몇 배 어려운 일은 친구를 사귀는 일이다. 능력있는 친구란 곧 자신의 힘을 강하게 한다. 제갈강이 설득에 힘을 쏟았던 이유도 바로 그것이다.

그에게는 꿈이 있었다.

중원제일뇌(中原第一腦)들이 모여 산다는 제갈세가이지만 천하제일가문이라는 말은 단 한 번도 듣지 못했다.

제갈강은 세가를 그 자리에 올려놓고 싶어했다. 그런 세가의 가주라면 곧 중원제일인이 아닌가. 난세란 곧 기회다. 지금 그 길을 가려고 한다.

천하제일가의 가주!

제갈강의 꿈은 그것이다.

'풍정원도 끝났어!'

아버님과 마찬가지로 엄생도 견을 하고 있다.

무림과 상계를 동시에 제패하려는 야욕이 어이없이 무너진 지금, 그가 바라야 할 것은 상인의 기본적인 자세로 돌아가 상계일통(商界一統)을 꿈꾸는 것일 게다.

"힘을 합치면 좋은 친구로 남을 수 있을 것입니다."

용진우는 은근한 미소로 그 말을 받아주었다.

엄생은 한동안 머리를 숙이고 깊은 생각에 잠겼다.

"어떻더냐? 개의치 말고 이리 나와서 말하라."

꽉 막혀 있는 것으로 보였던 지붕의 한 면이 젖혀지며 삼십 대 장한이 모습을 드러내더니 엄생 앞으로 날렵하게 날아 내려 정중한 자세로 부복했다.

"예상대로 미끼를 물었습니다. 최근 들어 우리 상인들과의 접촉이 잦아졌습니다."

엄생은 흠칫했다.

"뿐만 아니라 그의 수족들이 성안의 면포장(棉布匠)들을 만나고 다닌다고 합니다. 더구나 창문(閶門) 일대의 상인들도 그의 지시에 귀를 기울이는 눈치입니다."

엄생은 지그시 눈을 감았다.

그냥 창문 일대라 칭하는 것을 보니 소주성의 동남과 서북의 문을 모두 말하는 것이다. 창문 일대는 점포들이 즐비하고 사람들이 인산인해를 이루는 곳으로, 갈의현의 지시가 그곳에서 먹힌다면 그는 외지의 소상인들과 연결하는 커다란 고리를 잡고 있는 것으로 보아도 무방했다.

"잡을 수는 있겠느냐?"

엄생은 눈을 번쩍 뜨며 말했다.

살기를 가득 머금은 형형한 안광이 무섭게 폭사되어 나왔다. 수단과 방법을 가리지 않았을 경우까지 포함해 갈의현을 제거할 수 있느냐고 묻고 있는 것이다.

중원제일상이 되기 위해 필요한 것은 재력뿐이 아니다.

나라에서 가장 큰 부를 소유한 황제 아래 대병(大兵)이 있듯이 풍정원에도 제일상이라는 이름을 유지하기 위한 무인들이 있다.

풍정원의 무인들은 크게 네 개의 조직으로 나뉘어 있었다.

용진우를 핵으로 하는 선풍각(旋風閣), 내원의 경비를 책임지는 동심각(同心閣), 소속 상인들의 경호를 책임지는 청룡각(靑龍閣), 그리고 대야 직속의 비천각(飛天閣)이 그것이다. 엄생은 비천각주이기도 하다.

탈혼검 방고는 대야(大爺)로부터 직접 무공을 전수받았기에 사대각주 중 선풍각주 용진우를 제외하고는 그를 당할 사람은 없다. 대야 직속의, 그리고 엄생이 직접 통제하는 비천각의 부각주인 그는 다른 세 각의 각주에 비해 항상 윗사람 대접을 받아왔다.

"너는 용진우를 어떻게 생각하느냐?"

무엇을 묻는지 알 수 없는 질문이기에 방고는 대답하지 못했다.

"용진우라면 갈의현을 잡을 수 있겠냐는 것이다."

그제야 엄생의 의도를 짐작했다고 생각한 방고는 잠시 머리를 굴렸다.

"아닐 것입니다."

그 말에 엄생은 턱을 치켜들었다.

몇 년째 강남무림의 수좌 자리를 굳게 지키고 있는 용진우!

비록 그 명성에 버금가는 남궁세가의 가주 남궁철상과 맞대결을 벌인 것은 아니었지만, 이미 고희에 접어든 남궁철상이 지는 태양이라면 용진우는 떠오르는 백일(白日)과 같은 존재이기에 세인들이 그렇게 인정하는 것이다. 그런 그도 잡을 수 없다면······.

엄생의 입술이 벼락같이 열렸다.

"다이곤(多爾袞)!"

"옛?"

되묻듯 답하는 방고의 얼굴에 놀란 표정이 가득했다. 그도 엄 대고와 다이곤이 손잡은 사실을 알고 있었기 때문이다.

엄생은 선택의 여지가 없음을 알았다.

"용진우는 버린다."

"용진우가 황산파를 버리고 나온 것은 더 이상 배울 것이 없기 때문이었다. 대야께서 그를 거둘 수 있었던 것도 옥허궁의 무공 중 일부를 약속하셨기 때문이지. 그동안 은근히 나에게 압박을 가해왔지만 나는 허튼 무공 비급만 넘겼을 뿐 심오한 비급은 주지 않았다. 아니, 내줄 수가 없었지. 너도 알다시피 나에게는 그게 없기 때문이지. 그냥 두면 다이곤에게 투신할 자다."

방고는 의아한 표정을 지었다.

엄생이 그를 믿는 것은 방고를 어릴 때부터 거두어들여 오늘에 이르게 한 양자(養子)와 같은 존재였기 때문이다. 그렇기에 방고를 대하는 말에도 친자식을 대하는 편안함이 있었다.

엄생은 말을 이었다.

"중원 어느 문파가 풍정원의 재산을 탐내 그를 만족시킬 무공 비급을 약속할 수 있겠는가? 그들 자신 또한 금전보다 비급을 더 원하니 용진우에게 나누어 줄 무공 비급이 있을 턱이 없겠지. 하지만 황제라면 다르지. 진기한 무공 비급을 가장 많이 가지고 있는 사람이 누군지 아느냐? 바로 황제다. 용진우의 눈을 멀게 만들 정도의 수준 높은 무공 비급을 약속할 수 있는 자는 바로 모든 것을 통째로 인수해 버린 다이곤이야. 이자성은 금은보화만 싣고 달아났기에 비고에 있는 희귀한 책자들은 그대로 남았다는 걸 너도 알지 않느냐? 황궁 비고에 무림에서 실전된 숱한 무공 비급들이 숨겨져 있음은 천하가 다 아는 바가 아니더냐."

잔잔한 어조였지만 방고는 고개를 끄덕이지 않을 수 없었다. 안팎으로 배신을 당하는 상황이라 마음에 격동이 이는지 엄생은 잠시 숨을 고른 후에 말을 이었다.

엄생의 말을 인정하지 않을 수 없다.

"지금의 문제는 쓸모가 없어진 나를 다이곤이 제거하려 할지도 모른다는 것이야. 그럴 경우 용진우를 끌어들이면 그동안의 내 비리를 모두 알 수 있겠지. 다이곤이라면 능히 그 정도 생각을 할 것이다. 금선탈각(金蟬脫殼)의 계를 쓸 수밖에 없구나. 물론 철저해야겠지."

자신은 목을 걸어야 하는 일이다. 흠칫하던 방고는 이내 대답을 했다.

"알겠습니다."

엄생의 손짓에 방고가 물러가자 그는 다시 인상을 찌푸렸다.

대세는 그가 원하지 않는 방향으로 흘러가고 있었다. 지금의 선택은 비록 어쩔 수 없다 하더라도 그 일생 최악의 것이었다.

"준비해라!"

갈의현은 풍정원이 멀리 떨어진 숲 속에 몸을 숨긴 수하들을 향해 나직이 명을 내렸다.

"후우……."

세상일이란 참으로 기이하다.

변방에서 피를 보는 승부 속에 살아야 했던 다이곤이 중원의 주인 자리를 넘보고, 그토록 기세등등하던 주우언의 대부호 풍정원은 없어져야 할 작은 목표가 되어 있었다.

그를 철갑처럼 지켜주던 용진우도 마지막으로 넘어왔다.

'누구지?'

용진우로부터 듣기로 풍정원 지하에 엄청난 무공의 괴인이 있다고 한다. 엄생도 어려워하는 상대라니…….

갈의현은 이내 생각을 접었다. 내심으로는 그 괴인과 무인 대 무인으로서 한번 맞붙어보고 싶었지만 때가 아닌 것이 안타까웠다.

"가랏!"

갈의현의 입에서 짧고 단호한 명령이 떨어지자 수백의 무인이 도검을 빼 들고 풍정원을 향해 쏘아져 나갔다.

철옹성 같던 풍정원이 살풍에 뒤덮였다.

"으아악!"

"크윽!"

비명 소리는 장원 곳곳에서 일어나고 있었다. 그의 앞에 부복하고 있던 방고의 신형이 빠르게 밖을 향했다.

펑! 펑! 펑!

이어 장원의 위급을 알리는 폭죽이 연이어 터졌다.

"으아악!"

"적이다! 막아라!"

경비 무사들의 다급한 고함이 있었고, 침입자들의 수가 적지 않은 듯 싸움은 장원 곳곳에서 일었다. 침입자들이 안으로 쳐들어오는 속도는 무척이나 빨랐다. 어느 틈에 병장기 소리와 비명 소리는 엄생 주변의 이십여 장 정도까지 가까워져 있었다.

'시작인가?'

자신이 평생을 바쳐 일구어놓은 거대한 장원이 엄청난 변고에 휩싸였음에도 엄생은 미동도 하지 않았다.

"감히 여기가 어디라고! 대고께서는 그동안 호의로 대하셨거늘!"

도검 소리에 뒤섞여 나는 방고의 목소리였다.

"후후후, 두 개의 얼굴을 가지고 대청(大淸)의 섭정왕을 농락한 인물이지."

'갈의현!'

위험을 감지한 엄생은 서탁 뒤쪽의 휘장을 노려보았다.

창!

순간 요란한 병장기 부딪치는 소리가 있었다.

"으윽!"

뒤이어 터지는 묵직한 신음성, 방고의 것이다. 다음 순간 엄생은 망설이지 않고 휘장을 젖혀 금색 수실로 엮인 끈을 잡아당겼다.

"그럼 대체 그동안 무얼 했다는 것이냐?"

관철운은 신경질적으로 반응했다. 오로지 무공에만 매진해 이제 천하제일인의 뜻을 이루려 했는데, 엉뚱하게 난리가 난 것은 어쩔 수 없다 해도 풍정원마저 위태하다는 말에 발끈한 것이다. 대저 큰 상인이라면 시류(時流)를 타야 하는 법인데…….

"모두 제 불찰입니다. 이제 다시 시작하는 수밖에 없습니다."

"멍청한!"

관철운이 이십 년은 족히 연상인 엄생에게 이토록 심한 말을 하기는 처음이다. 몇 걸음 뒤에서 그런 아비의 모습을 보고 있는 엄영은 도무지 이해할 수 없는 상황에 바짝 겁에 질렸다. 갑작스레 자신의 거처에 나타난 아버지의 손에 이끌려 영문도 모른 채 이곳으로 오게 된 그녀였다.

마땅히 눈 둘 곳을 찾지 못해 동그란 눈으로 주변을 둘러보던 그녀의 눈에 돌 침상 위에 눕혀져 있는 괴이한 인물이 들어왔다.

'누구지?'

긴박감에서 벗어나려는 마음이 호기심을 일으켰다.

그 사람은 뼈만 남은 몰골로 얼마나 말랐던지 입고 있는 옷이 헐렁하게 침상 아래로 늘어져 있었다.

그런데!

옷이 눈에 익었다.

갑자기 알지 못할 불안감이 엄습했다. 유심히 그를 보던 엄영의 머리 속으로 한 사내가 스쳐 갔다.

혈안색마!

지금 돌 침상 위에서 자는 듯 누워 있는 사람은 바로 그였다.

'그럼 그때 탈출한 것이 아니라……!'

장원 누구도 그날 일에 대해 언급하지 않았기에 엄영은 그저 그가 비도를 통해 탈출했으려니 생각했다. 아찔해진 심신을 겨우 수습한 그녀는 얼른 아비 엄생의 눈치를 살폈다. 하지만 그는 석실 안의 괴인 앞에 머리를 조아리며 죄를 청하기에 여념이 없었다. 두려움에 감히 괴인을 마주 대하지도 못하던 엄영은 그제야 괴인의 모습을 자세히 살폈다. 희미한 석실이라 자세히 살피지도 못하고 아비의 손에 이끌려 덩달아 무릎을 꿇었던 그녀다.

그런데!

눈앞의 상대는 언뜻 보기에 선풍도골(仙風道骨)의 청년이 아닌가!

사치를 즐겨하지 않는 듯 깨끗한 백삼에, 양 귀밑으로 흘러내린 까만 머리, 연한 홍조를 띤 건강미가 넘쳐흐르는 젊은이다.

육순을 넘은 아비가 저런 어린 자에게 무릎을 꿇고 있다니!

도저히 이런 상황을 이해하지 못한 그녀는 상대가 뭔가 아비의 약점을 쥐고 흔드는 것으로 생각했지만 감히 입을 열지는 못했다.

관철운은 어릴 때 보았기에 그녀를 알고 있었지만 눈길도 주지 않고 말했다.

"그럼 내가 지금 이곳을 피해야 한다는 말이냐?"

"그렇습니다. 갈의현과 용진우는 당금 무림 최고의 고수로 인정받고 있습니다. 그들 둘이 손을 잡지 않고야 풍정원의 수비 태세를 잘 아는 갈의현이 이곳에 쳐들어왔을 리 없습니다. 게다가 용진우는 지금 이곳 소주에 있는데… 모습을 보지 못했습니다."

엄생의 표정에는 다급함이 어려 있었고 말투마저 거침이 없어 장원의 급박한 상황을 그대로 드러내 주고 있었다.

"용진우, 그놈이 갈의현을 위해 자리를 피해주었다는 말이냐?"

노기를 띤 그 말이 떨어지기 무섭게 관철운의 몸이 석실 밖으로 향했다. 미처 말릴 틈도 없었다.

'이러면 안 되는데!'

하지만 대야가 나섰으니 어쩔 수 없이 따라야 한다. 얼른 따라가려던 엄생의 표정이 복잡하게 바뀌더니 뒤를 돌아보았다.

아무도 생사를 장담할 수 없는 급박한 순간이다.

"혹시 변고가 생기면 입구 반대쪽으로 몸을 붙이면 안전할 것이다. 그곳의 돌은 청강석으로 되어 있다."

아버지의 전음.

엄영은 눈을 동그랗게 떴다. 서두르는 아버지에게 손을 이끌려 따라왔다가 돌연 혼자 남게 되는 상황을 맞으니 갑자기 두려움이 울컥 밀려들었기 때문이다. 오늘 무슨 일이 일어나고 있는지 조금도 이해하지 못하는 그녀였다. 단지 이 낯선 공간에 혼자 있어야 한다는 게 너무도 힘들고 겁날 뿐이었다.

강남제일원인 거대 장원, 풍정원.

"외곽은 모두 마쳤습니다."

수하 하나가 갈의현에게 다가와 보고했다.

"일단 병력을 철수시키고 그곳부터 폭파하도록 하라."

갈의현은 그렇게 지시를 하고 자신도 풍정원 밖으로 몸을 피했다.

그는 미리 준비했던 폭약을 매설하고 있었다. 풍정원이 워낙 넓기에 급한 대로 암동과 통할 만한 곳으로 의심되는 곳만 골라 폭파하려는 것이다.

병력이 철수하자 풍정원에서는 단풍나무들이 바람에 가지를 부대끼는 소리만 들릴 뿐 인기척은 찾을 수 없었다. 그 많던 식솔들은 대부분 죽임을 당했거나 포로로 잡혀갔기 때문이었다.

한편, 관철운은 엄생이 퇴각하면서 그가 있던 밀실에서 장원으로 통하는 암도의 입구를 파괴했기에 일단 장원 밖으로 난 암도를 통해 밖으로 나갔다가 담장을 넘어오는 수밖에 없었다.

풍정원이 기습을 받았다는 말에 그는 막연한 불안감과 조급증에 싸여 서둘렀지만, 꼬불꼬불한 암동 안이라 속력을 내지 못했다. 게다가 바깥쪽으로 난 길은 그도 처음이었다. 엄생의 표정으로 장원이 다급한 상황임을 아는 그였기에 혼신의 힘으로 신법을 전개해 달리는 중이었다. 그가 막 밖으로 통하는 출구에 도착했을 무렵이었다.

콰광! 쾅! 쾅!

별안간 요란한 폭음 소리가 나며 앞쪽의 통로가 차례대로 무너져 내렸다. 석실 전체가 내려앉고 있는 것이다.

"으앗!"

그는 재빨리 강기를 일으켜 몸을 보호했다.

쿠르르릉! 쿵!

암도를 만들고 있던 거대한 돌덩이가 부서져 육중한 돌덩이와 흙더미를 쏟아냈다.

"으헉!"

파파파팍!

그것들은 관철운의 몸에 닿기 직전 마치 벼락이라도 맞은 듯 사방으로 튕겨졌다. 끊임없이 쏟아지는 흙을 감당하지 못한 그는 온 힘을 다해 쏟아지는 것들을 향해 장력을 쳐내며 뒤로 몸을 날렸다.

그는 흙더미의 압력이 작게 느껴지는 곳으로 잇따라 장력을 떨쳐 내며 엄청난 속도로 석실 쪽으로 몸을 날렸다. 석실이라고 안전하리라는 보장은 없지만 달리 방법이 없었다.

사정은 사군이 있는 석실이라고 별반 다르지 않았다. 요란한 폭음이 일며 석실이 마치 난파선처럼 흔들렸다.

"악!"

엄영은 갑작스런 충격에 비틀하다가 바닥으로 쓰러졌다.

우릉! 우르르르……

폭음의 여파로 석실 사방이 으르렁거렸다.

쩌억! 쩍! 우르르릉!

석실을 받치고 있던 돌들에 죽죽 금이 가기 시작하더니 이내 갈라지며 틈을 드러내 돌덩이들과 가루를 쏟아냈다.

두 손을 바닥에 짚고 엉거주춤 사방을 바라보는 엄영은 새파랗게 질렸다. 하늘에서 날벼락이 풍정원에 치지 않고야 어떻게 이런 일이 일어날 수가 있는가! 어쩔 줄 몰라 하던 그녀는 문득 돌 침상 위에 누워 돌 조각과 가루를 고스란히 몸으로 받아내고 있는 사군을 발견했다.

"사진! 사진! 어서 일어나요!"

방금 전 밖으로 나간 아비도 걱정되었지만 그보다는 이런 상황에서도 죽은 듯 누워 있는 사람을 깨우는 일이 더 급했다.

'미안해요, 나도 어쩔 수 없어요.'

사군은 석실이 무너지려 한다는 것과 엄영이 다급하게 자신을 깨우고 있음을 알고 있었다. 하지만…….

엄영은 미친 듯이 소리 지르며 사군의 몸을 흔들어댔지만 아무런 소용이 없자 거의 실신할 지경이었다.

사군도 안타깝기는 마찬가지였다.

위기가 닥친 것을 알고 있지만 몸이 말을 듣지 않으니 답답하기만 했다. 순간 그의 뇌리에 스치듯 지나가는 사람이 있었다.

'고노!'

사군은 눈을 질끈 감고 단전에 온 힘을 쏟아 넣었다.

석실은 계속 요동쳤다.

우르르릉!

석실 천장이 다시 요란하게 울더니 크게 흔들렸다.

"끄응!"

엄영의 입에서 용을 쓰는 소리가 절로 새 나왔다. 그런 와중에도 그녀는 온 힘을 다해 사군을 돌 침상에서 끌어내리고 있었다. 다행히 사군의 몸은 예전보다 훨씬 가벼워져 있었기에 힘들게나마 바닥으로 끌어내릴 수 있었다. 그녀는 사군을 그나마 안전해 보이는 돌 침상과 바닥 사이의 모서리에 눕혔다.

그릉……!

다시 천장이 들썩거렸다.

쩌어억!

마침내 천장을 받치고 있던 거대한 돌이 갈라지며 그 틈으로 무수한 돌 조각과 흙이 쏟아져 내렸다. 하지만 사군에게 정신을 팔린 그녀는 자신의 위기를 알지 못했다.

"끙!"

그녀는 사군의 몸을 조금이라도 더 돌 침상 모서리 안쪽에 밀어놓기 위해 안간힘을 쓰고 있었다.

퍽!

어른 주먹만한 돌덩이가 머리를 쳤고, 순간 그녀는 미처 비명도 지르지 못하고 아찔한 충격과 함께 아득함 속으로 빠져들었다.

탁! 탁 타탁! 탁! 우수수수수…….

눈을 감고 있는 사군은 그 모든 상황을 알지 못했다. 갑자기 뜨거운 기운이 단전에서 폭발하듯 일어나 강한 아픔을 동반하며 석문혈(石門穴)을 박차고 나왔기 때문이다. 너무나 심한 아픔이라 정신이 몽롱해져 오는 순간 자신을 위해 애태우는 엄영의 모습이 머리 속을 스쳐 갔다.

'가엾은 여자.'

하지만 생각을 이어갈 시간도 길지 않았다.

어린아이 주먹만한 돌 조각들이 그를 향해 쏟아졌다.

너무 오랜만에 진기를 운용했음인지 몸이 말할 수 없을 정도로 피곤했다. 사군은 아픔도 잊고 편안한 안식 속으로 빠져들었다.

쾅! 쾅! 콰릉!

이어 석실을 둘러싸고 있던 석벽이 엄청난 굉음을 내며 돌 침상을 향해 쓰러졌다.

"쿨룩! 쿨룩! 쿨룩!"

사군은 목구멍에서 느껴지는 꺼칠한 이물감에 연신 기침을 해대며 눈을 떴다. 사방이 컴컴해 아무것도 구별할 수 없다.

"캬악! 퉤!"

목구멍에 간지러움을 느끼던 그는 흙먼지가 섞인 가래를 뱉어내고서야 기도가 시원해지는 것을 느꼈다.

"깨어나셨군요! 피를 흘리는 것을 보고 무척 걱정했어요."

반가운 여인의 목소리. 사군은 그제야 사람이 곁에 있다는 사실과 그 목소리의 주인공이 엄영임을 알았다.

이어 보드라운 손이 얼굴을 더듬어왔다. 사군은 가만히 손을 들어 그 손을 마주 잡아갔다.

"어머, 이젠 움직일 수 있군요!"

크게 놀라며 반가운 듯 말하는 엄영이지만 거칠게 갈라지는 목소리에 사군은 흠칫했다.

'맞아!'

그제야 석실이 무너지던 일이 기억났다.

"후후후… 운이 좋은 줄 알아라."

"헉!"

"내가 누구인지 알겠지?"

기운없는 목소리. 심연의 눈동자와 태산의 무게를 갖추고 있던 풍정원 주 엄생, 사군이 그를 만난 적이 없었다면 그 목소리에서 엄생의 본모습을 상상해 내는 것은 불가능했을 것이다.

"어, 엄 대고 어른……!"

사군은 감히 뒷말을 잇지 못했다. 처음 만났을 때 그저 하늘처럼 높게만 보였기에 아직도 그 무게를 덜어내지 못하고 있는 까닭이다.

순간 두 사람 사이를 끼어드는 목소리가 있었다. 소리의 임자는 무척이나 지치고 힘에 겨운 상태인 듯했다.

"됐다! 시간이… 많지 않으니 듣기만 해라."

"말씀하시지요."

엄생은 공손한 어조로 말했다. 끼어든 말소리의 임자는 관철운이다. 분노를 참지 못해 뛰쳐나갔던 그는 암도가 무너져 내리자 엄생과 함께 겨우 이곳으로 돌아와 있었다.

"네놈이 깨어나기만을 기다리고 있었다."

사군은 흠칫했다. 엄생과 말을 나누는 중에도 자신이 계속 누워 있는 무례를 범하고 있다 여기며 몸을 일으켰다. 그는 돌 침상 사이로 만들어진 비좁은 석굴 같은 공간에 있었기에 운신이 쉽지 않았다. 그런데……

'하!'

어리둥절할 정도로 몸이 가뿐하지 않은가!

그는 순간적으로 이런 상황을 이해하지 못했다. 이렇듯 석실 바닥에 누워 있는 것으로 보아 그간의 일이 꿈만은 아니었을 것이다.

'석실에 누워 있었던 것이 굉장히 오래되었던 것 같은데……'

머리 속이 복잡해졌다.

사군은 자신이 겪었던 일을 기억하려 애썼다. 갑작스레 큰 진동이 일더니 석실이 무너졌고… 엄영이 자신을 살리려고 돌 침상에서 끌어내리다가 돌에 맞은 것 같았는데… 하지만 생각은 석실 안 곳곳에서 느껴지는 인기척 때문에 길게 이어지지 않았다. 문득 아직도 석실 안을 다 살피지 않고 있었음을 알았다.

엄생이 공손해야 할 사람?

하지만 목소리의 임자는 어디에도 없었다. 이리저리 시선을 돌리던 그는 자신이 커다란 돌기둥 두 개가 엇갈려 있고 주변 곳곳에서 나뒹구는 크고 작은 돌덩이들 틈에 있다는 것을 알았다. 바로 곁에는 엄영이 웅크리듯 앉아 있었는데, 그녀 역시 돌 틈에 끼어 꼼짝도 하지 못하고 있었다.

잘 깎은 커다란 돌 틈에 끼인 그녀는 겨우 고개를 돌리거나 손을 뻗을 수 있을 공간에서 사군을 향해 환한 미소를 띠고 있다.

'바보! 나 같은 놈은 네 웃음을 받을 자격도 없어!'

갑자기 눈시울이 뜨거워진 사군은 고개를 돌렸다.

"으음!"

짙은 신음 소리였다.

소리나는 곳을 향해 시선을 돌린 그의 눈에 비친 엄생의 모습은 비참했다. 얼굴 전체에 말라붙은 핏자국이 있고, 안색은 곧 죽을 병자처럼 거무튀튀하게 변해 있었다. 게다가 하체는 크고 작은 돌들 사이에 끼어 상태가 어찌 되었나 알 수조차 없었다. 그를 금방 발견하지 못한 것은 중간에 얼기설기 나뒹구는 부서진 돌기둥과 바윗덩어리만한 큰 돌 조각들 때문이었다.

"엄 대고 어른!"

자신에게 이런 처지를 보였다는 것에 자존심이 상했을까? 그 목소리를 들은 엄생이 눈을 감아버리는 것이 보였고, 그것을 본 사군은 한층 마음이 무거웠다.

"아버님께 무슨 일이 있나요?"

비명 소리에 놀란 엄영은 사군을 올려다보며 다그치듯 물었다.

"아, 아니오!"

그런 아버지의 모습을 엄영에게 말해 줄 수는 없는 일이다. 사군은 황급히 말을 주워 담으려 했다. 고맙게도 그런 분위기를 반전시키는 괴인의 목소리가 사군의 말을 뒤이었다.

"따질 필요 없다. 어차피 인정을 하든 않든 저놈에게 남은 일을 부탁할 수밖에 없다. 그리고 다른 선택의 여지도 없으니… 으음!"

순간 엄생이 눈을 떴다.

"놈은 제게 빚을 졌습니다."

"내게는 아니다. 어쨌든 저놈의 말에도 일리는 있다. 그리고 사실 그건 그리 중요한 문제도 아니다. 만약 지금 저 녀석이 거절한다 해도 어쩔 도리가 없지 않느냐? 급한 것은 우리지."

"차라리 이대로 죽을지언정……."

"바보 같으니! 그러니 오랑캐 놈들에게 당했지! 우리 목표가 무엇이었더냐? 나는 무공으로, 너는 돈으로 천하를 장악하는 것이 아니었더냐? 천하에 너를 모르는 자가 없으니 꿈의 절반이나마 이루었다고 말할 수 있을지 모르겠지만 나 관철운을 아는 자는 누가 있더냐? 지금 석실 안에 있는 우리와 한두 명 정도가 전부 아니더냐? 철저히 실패한 인생이지."

지독히도 억울함이 깃든 목소리다. 스스로도 그런 감정에 빠져드는지 차츰 말소리가 잦아들었다.

"대야!"

"걱정 마라! 은원을 정리하기 전에는 죽지 않는다. 그리고 앞으로 네 딸년은 누가 보살핀단 말이냐? 네가 끌어안고 저승까지 갈 셈이냐?"

관철운의 말에 엄생은 입을 닫았다.

사군은 착잡했다.

마지막 순간까지 얽혀 있는 인간사에 휘말려 벗어나지 못하는 그들의 대화에 일말의 연민마저 느꼈다. 문득 같은 기분에 휩싸여 벗어나지 못하고 그 안에 섞여 있는 자신을 생각하자 부끄러움마저 느껴졌다.

"말씀해 보십시오. 만약 도리에 어긋나지 않는 것이라면 나름대로 최선을 다해보겠습니다."

"후후후. 내가 네 녀석과 나이를 반대로 먹은 느낌이구나. 좋다, 시간이 얼마 남지 않은 것 같으니 요점만 말하마. 하지만 나도 공짜는 싫으니 네놈에게 기회를 주마."

사군은 바짝 긴장을 하고 귀를 기울였다.

끄르릉!

갑자기 또 한 차례 땅이 으르렁댔다.

"빌어먹을 놈들! 또 화약을 폭파시키는 모양이군. 빠드득!"

관철운은 이를 갈았다. 이제 평생의 꿈을 펼칠 시기만 잡고 있었는데 죽음을 대비해 유언이나 남겨야 한다니! 아닌 밤중에 홍두깨도 이만한 것이 또 있으려는가.

충격을 받은 석실 안이 다시 꿈틀대며 돌 조각을 쏟아냈다.

툭! 툭! 빠직!

그들이 대화를 나누는 중에 겨우 만들어진 사군과 엄영의 작은 공간마저도 위협을 받고 있었다.

"네 뒤쪽 벽 틈에 작은 구멍이 보이느냐? 그 안으로 들어가면 이곳보다 안전할 것이다. 어서 그리로 가라."

'끄릉' 하는 소리와 함께 다시 벽이 꿈틀거리자 관철운의 목소리는 한층 더 다급하게 이어졌다.

"다이곤을 꼭 죽여다오!"

엄생이 비명처럼 소리 질렀다.

'다이곤을 죽여달라고? 죽어가는 순간에 그 말이 그토록 중요했나?'

돌연한 부탁이다.

석실에 누워 있던 동안 무슨 일이 일어났던가? 언제 엄생이 다이곤과 엄청난 원한을 맺었단 말인가? 하지만 그렇지 않고서야 이 순간에 그런 부탁을 할 까닭이 없다.

'그런데 왜 내게?'

순간 사군의 눈에 자신을 올려다보며 불안에 떠는 엄영의 모습이 들어왔다.

엄영의 까만 보석처럼 빛을 발하던 눈이 굳어 있었다. 아비의 비명을 들었건만 사진으로부터 들어야 할 그 어떤 대답이 두려워 감히 입조차 떼지 못하고 몸이 얼어붙어버린 그녀였다.

"어쩌시겠습니까?"

제갈강은 매서운 눈매로 총병(總兵) 이서봉(李栖鳳)의 눈을 주시하며 결단을 촉구하듯 덧붙였다.

"으음……."

"그럼 병사들을 불러 저를 포박하시지요. 총병 어른의 기개는 훗날 사가(史家)에 충신으로 오를 수 있을 겁니다. 썩어 무너진 황실에 충성을 계속하려거든 그리하십시오. 하나!"

제갈강의 목소리가 올라가며 이어졌다.

"목숨으로 값을 치르셔야 할 것입니다."

이서봉의 눈썹이 꿈틀했다.

정체도 확실치 않은 눈앞의 젊은 놈이 자신을 희롱하고 있었다. 만약 자신이 진정한 충신이라면 놈이 그 말을 시작하자마자 장군도로 목을 참해야 했다.

문득 막사 안이 너무 덥다고 느껴졌다. 어찌해야 하나. 순간 그는 자신의 목줄기를 더듬는 상대의 눈길을 느끼고는 몸을 움칠했다.

"으허허헛! 너무 다그치시는구려. 하지만 이미 답은 정해진 것이 아니오? 어찌 작은 방패로 몰아치는 광풍을 막을 수 있겠소?"

이서봉의 옹색한 말에 살기를 풀풀 날리던 제갈강의 안색이 일시에 봄눈 녹듯 풀리며 입가에는 편안한 미소마저 머금었다.

"역시 총병께서는 시류를 아시는 분이군요. 그런 분이시라는 것을 알기에 제가 찾은 것입니다. 사실 이미 감군(監軍) 고기봉(高岐鳳) 어른도 군사를 이끌고 청군에 투항하기로 하셨습니다. 현실을 직시할 줄 아는 분이시지요."

"벌써!"

이서봉은 흠칫했다.

그는 내심 눈앞의 이자가 자신을 찾아준 것을 고맙게 생각하지 않을 수 없었다. 또 몇 놈이 더 청군에 투항했을지는 누구도 몰랐다. 공연히 충성을 한다고 객기를 부리다가 빈 성에 홀로 남아 죽음을 자초할 뻔했던 것이다.

장강의 길목인 양주(揚州)는 청군의 대대적인 포위 공세를 앞두고 온통 공포에 질려 있었다. 질풍노도처럼 몰아치는 만주철기를 상대로 싸워야 한다는 생각에 마음이 무겁기만 했는데 투항 결정을 하니 일시에 체증이 내려가며 시원해졌다.

'폐하, 죄송하오. 하지만 목숨은 하나뿐이 아니겠소.'

이서봉은 그런 속말로 찜찜한 마음을 털어냈다.

"그럼 내일 아침 일찍 병력을 이끌고 성 밖으로 나오십시오."

자리에서 일어난 제갈강은 힘찬 동작으로 포권을 하며 말했다.

이것으로 세가는 살아남았다.

이 기세대로라면 어차피 명은 무너진다.

지금 양주성을 포위하고 있는 다탁은 아버지 제갈홍의 행동에도 불구하고 세가 식속들에게 책임을 묻지는 않을 것이다.

"자네가 양주성 안의 명군 장수들을 설득해 투항하게 만든다면 앞으로 우리 청군이 강남으로 진군한다 해도 자네 가문에는 피해가 없도록 하지."

어렵게 자리를 마련한 끝에 만난 다탁이 건넨 말이었다. 그가 비록 오랑캐 장수라고는 하지만 신의가 있는 자라는 것만큼은 인정했다.

'죄송합니다.'

아버지 제갈홍을 사랑하지 않는 것은 아니지만 그를 설득한다는 것은 불가능했기에 가문을 지키기 위해 택한 길이다. 제갈세가의 후손답게 그는 승부수를 던지고 있는 중이었다. 설사 자신의 판단이 잘못되었다 해도 아버지는 충신의 길을 가셨으니 가문이 받는 질책은 적을 것이다.

두두두두두!

빠르게 달려가는 마차 바퀴 소리는 지축을 흔들었다.

"커억!"

또 한 명의 호위 무사가 목숨을 잃었다.

오십여 명에 이르는 호위대를 구성해 출발한 길이었건만 계속 공격해오는 복면의 흑의인들에 의해 이미 십여 명이 명을 달리했던 것이다. 그들을 호위하는 무인들은 제갈세가의 구룡수호대였다.

"으음!"

달리는 마차가 주는 충격에 굳게 입술을 다물고 있던 장평 공주의 입에서 기어코 신음성이 새 나왔다. 맞은편에 자리한 목 태감은 얼굴이 새파랗게 질려 연신 닫힌 창을 조금씩 열어 전세를 살폈다.

다행히 그가 염려하는 청군 주력의 모습은 보이지 않았다.

"휴우……."

목 태감은 가슴을 쓸어 내렸다.

저 정도라면 신산묘계(神算妙計)의 가문으로 중원에서 알아주는 제갈가의 호위이니 달아날 방법을 준비해 두었으리라 믿기 때문이다. 포연이 자욱하던 방금 전 백척간두(百尺竿頭)의 상황에 비한다면 저 정도는 아무것도 아니다.

그나마 운이 좋았던 것은 청군의 대병들이 성안으로 밀어닥치기 전에 양주성을 빠져나올 수 있었다는 점이다. 한꺼번에 쏘아대는 수백 발의 포성에 얼마나 간장을 졸였던가. 목 태감은 얼마 전 벌어졌던 양주에서 청군과 명군의 엄청난 싸움의 공포를 생생하게 느끼고 있었다.

그의 눈에 싸움을 피해 사방으로 흩어져 달아나는 백성들의 모습이 들어왔다. 마차가 지나간 곳에서는 저마다 식구들을 챙겨 달아나기에 바빴는데, 개중에는 동작이 빠르지 못해 어이없이 목숨을 잃는 자들도 보였다.

'제길, 이러다가 아주 가는 것 아냐?'

시간이 흐를수록 목 태감의 얼굴에 불안이 가득했다.

호위들이 연신 뒤로 밀려 마차 가까이로 접근하는 상황이라 두려움이 왈칵 밀려들었던 것이다. 태감이 된 이래 이런 위급한 경우는 단 한 번도 겪어보지 않았다. 황궁이 무너졌을 때도 생명의 위험을 이렇듯 직접 피부로 느끼지는 못했었다.

"빌어먹을 겁쟁이들!"

입에서 불쑥 그런 말이 튀어나왔다. 양주를 지키라고 내보낸 장수들 중 일부가 성을 빠져나가 청군에 항복했고, 그 영향으로 애써 모았던 병력의 상당수가 성을 이탈해 결국 청군에게 양주를 내주고 쫓기는 신세가 되었던 것이다.

"막아라!"

호위대의 대장인 듯한 자가 소리쳤다.

마차 안에서 검을 뽑아 든 목 태감은 창가에서 마차의 휘장을 걷고 혹시라도 호위를 뚫고 접근해 오는 놈이 없나 살피는 것이 고작이었다. 그의 호화로웠던 생활을 말해 주듯 검신에는 요란하게 양각된 금박의 용호문(龍虎紋)이 새겨져 있었고 온갖 보석과 수실로 치장한 검집은 화려하기조차 했다.

몇몇 호위가 저마다 무기를 꺼내 들고 마차 좌우를 따르고 있었다. 하지만 복면의 습격자들은 이백여 명이 넘어 보였고 무공 역시 상당한 자들이라 역부족이라는 것이 확연하게 드러나는 상황이다.

"이, 이거……."

그런 상황을 가슴을 졸이며 지켜보는 목 태감은 어쩌면 이곳에서 뼈를 묻어야 할지도 모른다는 생각에 새파랗게 질렸다.

어쩔 줄 몰라 하는 그에게 백월(白月)이 다가갔다.

그가 영파상방의 호법이라는 것은 목 태감도 알고 있었다. 영파상방이 정략 혼인을 통해 중원표국을 집어삼켰다는 이야기는 이제 저잣거리에서 소문거리조차도 되지 못했다.

"걱정 마시오. 쓰레기 같은 놈들은 몇 백 명이 오더라도 소용없소이다."

나직하지만 자신감에 찬 목소리에 목 태감은 절로 안심이 되었다.

"놈들을 물리칠 수 있겠습니까?"

그는 신경을 써주는 백월이 고마워 반색하며 물었다.

"제법 하는 놈들이 한두 놈 보이기는 하지만 나머지는 그저 쓰레기들이니 걱정하실 필요 없소이다. 그저 편하게 계시기만 하십시오. 게다가 아무리 청병들의 기세가 하늘을 찌른다고는 하지만 순전히 무인들에 대해서만 말하자면 이곳부터는 우리 땅이나 다름없습니다."

백월은 그렇게 말하고는 마차에 바싹 붙었다. 그제야 목 태감은 약간 안도하는 표정을 지었다.

두두두두두!

갈림길에서 서남쪽으로 방향을 튼 마차가 언덕을 돌아드는 관도를 따라 무섭게 돌진했다.

멀리 뽀얀 흙먼지를 일으키며 나는 듯이 달려오는 마차와 그것을 호위하는 일단의 무인들, 그리고 그 뒤를 추격해 오는 한 떼의 기마들이 보였다.

제갈홍은 긴장했다.

"준비를 해야 될 것 같소."

그의 말에 정춘교는 고개를 끄덕이고 언덕 아래로 바람처럼 미끄러져 갔다.

관도를 끼고 늘어선 관목들 사이에는 이백여 명에 이르는 무인이 매복해 있었다. 제갈세가의 백팔지살과 묵월을 비롯한 십여 명의 상방 사람, 그리고 개방도와 월왕회 무리로 이루어진 무인들로 오늘 병력의 대부분은 제갈세가 사람들이기에 모두 암묵적으로 제갈홍의 지시에 따르고 있었다.

거리가 가까워지자 그는 추격자들의 전력을 살폈다. 다행히 대단해 보이지는 않았지만 아까부터 뭔가 알 수 없는 기운이 그를 옥죄어오고 있음을 느꼈기에 마음이 썩 편하지만은 않았다.

양주가 무너지고 남경 응천부에 새로 옹립한 황제가 청병들에게 잡혀가는 상황이 되기는 했지만 이곳 강남마저 청병들에게 내줄 수 없다고 다짐했다. 그러기 위해서는 새로 황제로 옹립한 주이해(朱以海)에게 힘을 실어줄 필요가 있기에 전 황제 주유검의 직계 공주인 장평을 이용하려는 것이다. 비록 매복은 하고 있지만 전력이 충분치 않아 제갈홍의 마음은 무겁기만 했다.

'반드시 살려야 한다!'

제갈홍은 다시금 이를 악물었다.

지금 그의 내심은 절대 편치 않았다. 세가의 자랑이던 중원제일의 정보망도 난세를 맞아 허무하게 무너졌다. 중원에 퍼져 있는 세가 사람들은 최근 알지 못할 세력에 의해 암습을 받고 있었기에 대피령을 내린 상태였다. 덕분에 실종된 아들의 행방을 아직도 찾지 못한 것은 물론, 최근에는 딸 제갈옥과도 연락이 두절된 상태였다. 공주 일행을 추격하는 무리에 대한 보고를 받은 것도 영파상방의 정춘교를 통해서였다.

나이 탓인가. 한없이 약해지는 마음을 달래듯 제갈홍은 은빛 수염을 쓰다듬어 가며 앞을 노려보았다.

두두두두두!

이십여 명의 호위만 남은 마차가 쏜살같이 관도를 지나치자, 그 뒤를 화살을 쏘아가며 이백여 명의 흑의인이 쫓았다. 기마 떼가 다가오자 제 갈홍의 수신호에 따라 앞으로 나선 정춘교는 품속에서 비표(飛鏢)를 꺼내 연신 허공에 뿌려댔다.

휙! 휙! 휙!

가벼운 파공음과 함께 날아간 비표는 말을 타고 달려오는 흑의인들을 정확하게 격중시켰다.

"으악!"

"커억!"

달려오던 흑의인 몇이 이마에 비표가 박힌 채 그대로 고꾸라졌다.

쐐액! 쐐액! 쐐액!

비표가 신호라도 되는 듯 숲 속에서 화살들이 쏟아져 날아 줄지어 달려드는 기마 대오의 허리 부분을 차단했다.

"으아악!"

"꿱!"

순식간에 말에서 고꾸라지는 자가 속출했다. 정춘교는 화살이 주춤하는 사이에도 계속 비표를 날려 화살을 피해 달려나가는 칠팔 명의 추적자를 쓰러뜨렸다.

"함정이다!"

한 떼의 주춤거리는 복면인 중에서 누군가가 소리치자 마차를 추격해 오던 기마들이 일제히 말 머리를 돌리기 시작했다.

"공격!"

정춘교의 입에서 힘찬 고함이 터져 나왔다.

"와아!"

숲 속에서 쏟아져 나온 이백여 명의 무인은 저마다 무기를 휘두르며 우왕좌왕하는 복면인들에게 달려들었다. 그리 넓지 않은 관도는 양쪽이 빽빽한 관목이 우거져 달아나기가 쉽지 않았다. 게다가 이미 기선을 빼앗긴 복면인들은 미처 대항도 하지 못하고 도륙되어 쓰러져 갔다. 싸움은 일방적인 살육전과 다름없었다. 말과 사람이 뒤엉키며 비명 소리가 끊이지 않았다.

그때였다.

별안간 맞은편 언덕 위에서 수백 명의 궁수가 나타나더니 싸움을 벌이는 무리를 향해 화살세례를 퍼부었다. 싸움에 열중해 미처 그들의 출현을 알지 못하고 있던 사람들은 한순간에 픽픽 쓰러져 갔다. 적과 아를 구분해 쏘는 것이 아니라 관도 위에서 움직이는 물체를 향해 무차별적으로 날려대는 강궁이었다.

"크아악!"

"으아악!"

말을 타고 도검을 휘두르던 사람들이 목표물이 되어 쓰러져 가자 모두 싸움은커녕 화살세례를 피해 달아나기에 바빴다.

"죽여라!"

어디선가 고함 소리가 나더니 수십 명의 복면무인이 날렵한 동작으로 관도를 향해 달려가 닥치는 대로 주살하기 시작했다. 그들은 불문곡직 백팔지살과 묵월이 이끄는 무인들을 베어갔다. 하나같이 상당한 무공의 소유자들이었다.

"헉!"

언덕 위에서 그것을 지켜보던 제갈홍의 안색이 변했다.

'함정이야!'

놈들은 양주 일전에 패해 달아나는 장평 일행을 이용해 이중삼중의 계략을 펼쳐 강남의 무인들을 함정에 빠뜨려 몰살시키려는 것이다.

'아직 명군이 곳곳에 주둔하는 강남 땅에 저토록 고강한 무공의 소지자들이 득실대다니… 어쩌면……'

이토록 철저한 함정을 펼칠 능력이 있는 놈들이라면 이쪽에 배신자가 있을지도 모른다. 그런 생각을 하는 제갈홍의 표정은 한층 더 어두워졌다.

싸움판에서의 정춘교는 무척이나 바빴다.

'헉! 저놈은!'

범인이라면 휘두르기조차 힘들어 보이는 굵직한 철검을 면도(面刀) 다루듯 하는 노인을 보고는 내심 헛바람을 들이키지 않을 수 없었다. 복면을 하고 있었지만 북검 갈의현임을 알아보는 것은 어렵지 않았다.

"으아악!"

또 한 명의 개방 제자가 도륙됐다. 철검을 한 번 휘두를 때마다 그의 상대가 되는 자는 몸이 양분되다시피 해서 죽어갔다. 멀리서 보기에도 가슴이 서늘했다.

정춘교의 눈길을 끈 사람은 또 있다.

가볍게 검을 휘두르며 기회를 보아 지풍을 뿌려대는 노인이다. 파공음도 없이 날아간 지풍은 정확히 상대의 사혈을 짚어가고 있다.

'거문 진인이로군!'

저런 지풍으로 노익장을 과시할 자라면 그뿐이다. 문득 파군 진인과 녹존 진인은 이미 사군에게 당했다는 것이 떠올랐다. 그나마 다행이다.

제갈홍은 역습을 가해오는 무리의 면면을 살폈다. 상대가 강남 땅에서 얼굴을 내놓을 수는 없기에 복면을 했지만, 무공의 특징이나 움직임만 보아도 대충은 알 수 있는 것이다.

'갈의현에 거문 진인이라니!'

그는 고개를 좌우로 흔들었다. 그의 곁에서 약간 떨어져 호위를 하던 제갈가의 무인들도 고개를 돌려 그의 눈치만 보고 있는 다급한 상황이다.

놈들에게 시원스런 반격을 가해 강남 무인의 기개를 높이는 반전의 계기로 삼으려 했는데 이렇게 된다면 어쩔 수 없다. 마차가 달리던 쪽을 힐끔 보니 다행히 매복 공격에 힘입어 싸움판에서 자취를 감춘 지 오래다.

싸움판을 보는 정춘교라고 다르지 않다.

상대의 두 고수가 이끌고 있는 정예에는 이쪽의 전력을 완전히 압도했다. 이런 상황에서 더 버티다가는 개죽음뿐이라는 생각이 퍼뜩 그의 머리를 스쳤다. 남은 것은 퇴각뿐이다.

"가자!"

주변의 호위들에게 다급한 명령을 내린 그는 달려드는 복면인들에게 잔혹한 살수를 펼쳤다.

"크윽!"

"컥!"

복면인들은 비명을 지르며 쓰러졌다.

'퇴각하라!'

묵월과 백월, 그리고 눈에 띄는 몇 명의 수하들에게 전음으로 퇴각 명령을 보낸 정춘교는 뒤도 돌아보지 않고 몸을 날렸다.

'줄을 잘못 섰나?'

문득 후회가 밀려들었다. 남경 응천부의 동북을 책임지겠다던 남궁철 상의 큰소리도 청군이 가까이 밀려들면서 사라졌고, 최근 세가 사람들은 중원에 과연 그런 세가가 존재했었는가 의문을 품을 정도로 모습을 감추어 버렸다.

그런 남궁철상에 관한 말을 꺼낼라 치면 '시류(時流)를 타는 변절자'란 욕을 앞에 달고 말하는 정춘교는 내심 그런 판단과 결정이나마 할 수 있는 남궁철상의 처지를 은근히 부러워하고 있었다.

백만이 넘는다는 명군이 그토록 쉽게 무너질 것이라고는 예상할 수조차 없었다. 게다가 강남 일대에서 청군이 심어둔 간자를 비밀리에 척살한 일이 알려지며, 강남 일대에서 그는 진정 종묘사직을 위하는 충성스러운 사람으로 소문이 났기에 이제는 달리 선택의 길도 없었다. 그런 소문을 낸 것이 자신을 한편으로 묶어두려는 제갈홍이라는 짐작은 했지만 대놓고 따지지도 못했다.

경공을 최대한 펼친 그는 이내 싸움판에서 모습을 감추었다.

'저놈들은!'

갈의현의 눈에 수하 몇 명과 함께 숲 속으로 달아나는 묵월의 모습이 들어왔다. 평소 영파상방을 주목하고 있었기에 흰 수염을 휘날리며 경공을 펼쳐 달리는 그를 쉽게 알아보았던 것이다.

'영파상방의 늙은 쓰레기들!'

갈의현이 몸을 날리자 수하 몇 명이 그 뒤를 따랐다. 수하들은 동북 관외에서 활약하던 자들을 불러 모은 것으로 작금에도 그 수효는 계속 늘어나고 있었다.

파팟!

누군가 그의 등을 베어갔다. 영파상방의 무인으로 마침 갈의현이 묵월에게 향하는 길목에 있다가 자신을 공격하는 것으로 알고 강하게 저항해 왔던 자였다.

쐐액!

"으악!"

엄청난 파공음이 뒤따르는 갈의현의 둔중한 일검은 막아서는 상대의 검을 부수고 들어가 그대로 가슴까지 내리 그어버렸다.

"쯧쯧."

그는 그 사이 저 멀리 달아나는 묵월을 보며 혀를 찼다. 제법 비중이 있는 놈을 잡을 수 있는 기회를 놓쳐 버렸다.

두두두두두…….

마차는 요란한 바퀴 소리와 함께 계속 남쪽으로 달아났다. 워낙 치열한 싸움이었기에 양측 모두 정작 오늘의 목적물인, 이미 피신해 버린 마차에 신경을 쓰지 못했던 것이다.

"으아악!"

수뇌부들을 미처 쫓아가지 못한 수하들은 곳곳에서 비명을 지르며 쓰러져 갔다. 차츰 사방에서 무기를 내던지고 목숨을 구걸하는 자들이 늘어갔다. 가장 먼저 그런 대열에 합류한 것은 월왕회 무리였다. 그것을 본 갈의현은 복면 속에서 회심의 미소를 지었다.

"후후후, 이곳은 되었고… 이제 그자의 능력을 보는 일만 남았군."

황제였던 아비를 잃은 일개 계집인 장평 공주 따위는 그의 관심사가 아니다. 오늘의 진짜 목표는 제갈홍이다. 비록 장평이 적지 않은 무게를 지닌 여인이기는 하지만 중원무림의 두뇌라 일컬어지는 제갈세가의 수장을 제거하는 일에 비하면 그 가치가 한참 떨어진다는 것이 그의 생각이다.

제갈홍은 다섯 명으로 구성된 호위와 함께 경공을 펼쳐 달리고 있었다. 퇴각할 경우 추적자들의 추격을 분산시키기 위해 뿔뿔이 흩어져 달아나는 것은 기본적인 수칙에 속했다.

'또 손해를 보았어.'

그는 오늘 싸움에서 세가의 정예인 백팔지살의 삼 할 이상을 잃었음을 알고 있었기에 경공을 펼쳐 달아나면서도 내내 마음이 편치 않았다.

오십여 리 정도 달렸을까?

"이쯤 하면 된 것 같구나. 잠시 쉬어가자."

노구에 무리를 했기에 몹시도 지친 제갈홍은 야산의 작은 구릉에서 신형을 멈추며 말했다. 노가주의 몸 상태를 아는 수하들은 군말없이 그의 말을 따라 제갈홍의 주변을 경계하는 형태로 섰다.

"휴우……."

꽤나 힘이 드는지 제갈홍은 긴 숨을 토해내며 수하가 건넨 수건으로 번들거리는 목줄기의 땀을 닦아냈다. 그의 머리 속은 여전히 오늘 싸움에 관한 일로 가득했다.

'누가 가능성이 있을까?

오늘 이토록 철저히 당한 이면에는 이곳 군웅들 중 배신자가 있다는 것이다. 믿고 싶지 않아도 믿어야 할 현실에 그는 입을 굳게 다물었다. 아무리 좋은 묘계를 동원한다 해도 자기 편에 간자가 숨어 있다면 오히려 상대의 함정에 빠질 수밖에 없다. 그러기에 비록 이번 일전에는 참패를 한 셈이지만, 공주 일행은 무사히 달아났으니 배신자만 가려낼 수 있다면 본전은 하는 셈이라는 것이 그의 생각이었다.

바위 위에 앉아 방금 전의 일전을 곰곰이 회상하던 그의 머리 속을 퍼뜩 스쳐 가는 생각이 있었다.

'맞아!'

개방과 월왕회에서 그를 돕기 위해 파견한 병력 중에 중간 간부급이 하나도 보이지 않았다는 사실이 떠올랐다. 능구렁이 같은 개방 방주 유석대라면 배신을 하지 않더라도 자신의 수하를 아껴 시원찮은 자들만 추려 보낼 수도 있는 것이다.

'하지만 월왕회라면…….'

아무리 내일을 모르는 난세라고는 하지만 제갈세가나 영파상방 총행 두 정춘교가 함께하는 일에 회주 자신은 물론 소홍성에서 그토록 위세당 당하다는 사대호법 중 한 놈도 보내지 않았다는 사실은 도무지 말이 되지 않았다.

겨우 당주 한 명이 인솔하는 몇십 명이 고작이라니……. 일이 너무 급박하게 돌아가는 통에 미처 신경 쓰지 못했던 부분이다. 게다가 그 당주라는 놈도 그가 보았던 월왕회 간부들 중 가장 비리비리해 보이는 놈이었다.

제갈홍은 속으로 쓴웃음을 삼켰다. 하기는 시류를 타고 약자들의 주머니나 터는 그런 건달 패거리에 불과한 무리에게 무얼 더 바란단 말인가. 그렇게 치부해 버리니 마음이 한결 편해진 그는 문득 이곳에서 너무 오래 쉬었음을 알고 자리에서 몸을 일으켰다.

그때였다.

파파파팟!

돌연 숲 속에서 십여 명의 복면무인이 쏟아져 나왔다.

"막아라!"

백팔지살 중 지(地) 자 항의 수좌인 제갈춘이 수하들에 앞서 몸을 날리며 소리쳤다. 그러지 않아도 방금 전부터 알 수 없는 기운에 당혹하던 그였다.

싸악!

상대를 막아섰던 그는 찬란한 검광을 뿌려대며 하늘을 쪼갤 듯 내려쳐 오다가 벼락같이 자신의 가슴팍을 쑤시고 들어온 상대의 칼을 보고는 눈을 부릅떴다.

"크윽! 너, 너는……."

제갈홍도 그것을 보았다.

"유성검법(流星劍法)!"

아무리 복면을 했다지만 중원무림에서 무인으로 행세한다면 방금 전의 검법을 몰라볼 사람은 없다.

'남도(南刀) 용진우야!'

제갈홍은 가슴이 내려앉는 충격을 맛보았다.

"크윽!"

또 다른 비명이 터져 나오며 용진우의 돌진을 막아서던 세가의 무인 하나가 튕기듯 뒤로 나뒹굴었다. 제갈홍은 죽음을 직감했다. 순간 뇌리 속에 퍼뜩 떠오르는 사람이 있었으니 바로 엄생이었다. 그는 자신을 향해 다가서는 예리한 도기(刀氣)에 짓눌리면서도 힘겹게 물었다.

"엄생은 결국 그렇게 선택했나?"

용진우가 엄생과 갈라선 것을 알지 못했기에 이런 상황을 엄생이 청국에 붙은 것으로 판단한 것이다.

팟!

번뜩이는 검이 제갈홍의 목을 스쳤다.

"아니, 내 선택은 내가 하오."

마지막 순간 용진우는 중얼거리듯 한마디 내뱉었다.

'무슨 소리지?'

말이 있기도 전에 목줄기에서 한줄기의 피가 옆으로 번지며 제갈홍의 자랑이던 은빛 수염을 붉게 물들여 갔다.

"끙!"

힘들게 안으로 기어들어 가 고개를 드니 작은 원형 공간이 나타났다. 그래도 십여 명은 족히 들어갈 수 있을 정도는 되었는데, 천장에 매달려 사방을 대낮처럼 환히 밝히고 있는 커다란 야명주 한 개와 벽면 쪽으로 나 있는 돌문이 눈에 들어왔다.

몸에서 뭔가 스멀거리는 듯한 이상한 기분이 드는 곳이라 다가서는 사군의 움직임은 무척이나 조심스러웠다.

허무이관(虛無二關).

전면 벽 위의 검은빛이 도는 돌에 양각으로 새겨놓은 글귀다. 그리고 보니 무너진 돌 더미 중에 '일(一)'자가 새겨진 것을 본 것 같기도 했다.

그의 뒤를 따라 엄영도 끙끙거리며 안으로 들어왔다.

석실을 비추는 돌이 다른 곳과 달리 견고한지는 모르겠지만 그곳은 용케 붕괴를 모면하고 잘 버티고 있었다.

'연공실이군.'

사군은 구석에 작은 흙 단지 하나만 덩그러니 놓여 있는 것을 보고는 그렇게 짐작했다. 안을 들여다보니 작은 단환들이 반쯤 채워져 있었다. 한 개를 집어 코로 가져가니 향긋한 소나무 냄새가 났다. 벽곡단이다.

다른 벽면을 둘러보니 사람이 검을 쥐고 움직이는 모양이 차례로 그려져 있었고 맨 앞에 '옥허초혼검법(玉虛招魂劍法)'이라 써 있는 것이 눈에 들어왔다. 뒤이어 새겨진 도형들은 그 검법의 초식 변화를 나타낸 것으로 보였다. 그림 아래에는 구결이 새겨져 있었다. 세 개의 초식으로 된 난해한 검법이었다.

이런 기연은 하늘만이 내릴 수 있다고 하지 않던가. 엄영도 어리둥절해하는 것으로 보아 아마도 모르고 있었던 것 같다.

"외워라!"

괴인의 전음이 천둥처럼 머리 속을 파고들었다. 사군은 더 이상 망설이지 않고 천심통을 전개했다.

몇 번 읽기를 반복하니 마침내 도형과 구결들이 그의 뇌리 깊숙이 각인되었다. 상대의 불운으로 자신이 기연을 취한다는 것이 미안하기는 했지만, 마음속 욕심은 연청아의 말처럼 하늘의 기연은 원래가 그런 것이라고 믿게 만들었다.

갑자기 두통이 나는 듯 머리가 지끈거려 오기 시작했다. 아마도 한꺼번에 너무 많은 것을 각인시켰기에 그런 것 같았다.

그때였다.

끄릉!

아직도 붕괴가 끝나지 않았는지 석실 주변이 그르렁거렸다.

"악!"

"헉!"

사군과 엄영은 누가 먼저랄 것도 없이 서로 끌어안고 바닥에 주저앉았다. 탁탁거리며 돌덩이가 떨어져 구르는 소리에 이어 우수수 하는 흙먼지 소리가 났다. 두 사람은 천장을 올려다보며 제발 이곳이 무너지지 않기를 마음속으로 비는 것이 고작이었다.

꾸르르릉!

가슴을 철렁하게 만드는 요란한 소리와 함께 갑자기 석벽 하나가 빙글 회전하더니 안쪽으로 공간이 나타났다.

"앗!"

사군의 눈에 하반신이 온통 피로 엉켜진 백의 차림의 중년인이 들어왔다. 처음 대하는 낯선 사람, 하지만 사군은 이내 그 사람의 정체를 짐작했다.

바로 곁에서 목소리만 드러냈던 괴인이었다.

석실 안의 괴인, 자신이 돌 침상 위에 누워 있는 동안 곁에서 밤낮없이 무공을 연마했던 자다. 피는 머리와 가슴, 그리고 팔과 다리 등 어디서부터랄 것도 없이 흘러내리고 있었다.

얼마나 많은 피를 쏟았던지 주변마저 핏물로 흥건했다. 엄영은 사군의 비명 소리에 고개를 돌렸다가 놀란 나머지 입도 떼지 못했다. 숨을 쉬느라 헐떡거리는 모습이 고스란히 눈에 들어왔다.

'저러고도 살아 있다니!'

그런 끈질긴 목숨이 그의 고강한 무공 덕분이 아닐까 하는 생각이 문득 스쳤다. 보통 사람이었다면 차라리 이미 죽어 모든 것을 잊을 수 있었을 것이다.

'지금 자신의 상태를 모를 리 없을 터인데……'

석실에서 정이 쌓였음인가. 사군은 마음이 착잡했다.

그런데… 노인인 줄 알았는데 저렇게 젊었던가.

"놀랐느냐?"

저렇듯 심한 상처를 입고도 살아서 말을 할 수 있다니……. 피로 허리까지 범벅이 된 사람이 여전히 살아서 입을 연다는 사실은 보는 사람으로 하여금 더욱 끔찍함을 느끼게 했다.

"네놈은 내게 갚아야 할 빚이 있다."

얼굴에서 일말의 고통이나 삶에 대한 구걸을 볼 수 없다는 사실이 사군으로 하여금 더욱더 연민을 느끼게 만들었다. 그가 계속 입을 다물고 있자 중년인은 말을 이었다.

"네놈이 몇 달 동안 살아 있을 수 있는 것은 본좌가 저쪽에서 흘러나오는 공청석유(空淸石乳)를 한 방울씩 먹여주었기 때문이지. 물론 가끔이기는 하지만, 한 방울을 마시면 일반인도 한 달가량은 아무것도 먹지 않고 지낼 수 있고, 무림인이라면 십 년 이상의 내공을 끌어올릴 수 있는 정도다. 세 방울을 마셨으니 네놈의 몸에 반 갑자는 족히 되는 내공을 심어준 셈은 물론이고, 그 이전에 몇 달간 아무것도 먹지 않은 상태에서 목숨이 붙어 있는 이유이기도 하니 그보다 더 큰 빚이 없지 않느냐?"

그의 말대로라면 이 안에서 벌써 몇 달을 보냈다는 말이 아닌가. 하지만 그 생각도 잠깐뿐 크게 생색을 내는 상대의 말투에 은근히 기분이 나빠진 사군이 애써 냉정한 말투로 대답했다.

"네 녀석이 내 독문 점혈법을 어떻게 풀었는지 궁금하지만 지금은 그런 얘기를 나눌 시간이 없으니……."

"제가 언제 공청석유를 먹여달라고 했나요? 그리고 나를 이곳에 끌어다 놓은 사람도 당신 아닌가요?"

사군은 덧붙이는 괴인의 혼잣말에 반항이라도 하듯 소리쳤다.

그런대로 말투가 공손한 것은 그동안 석실 안에 함께 있으면서 몸으로 느꼈던 괴인의 고절한 무공을 알고 있기에 같은 무인으로서의 경외심이 남아 있는 탓이었다.

말을 하면서 그는 상대를 자세히 살폈다.

피를 뒤집어쓴 듯한 괴인의 상태는 여전히 끔찍했다.

보통 사람이었다면 이미 죽을 때가 지났을 것이다.

사군은 문득 죽어가는 사람에게 너무 심한 말은 했다는 자책감에 갑자기 미안한 생각이 들었다.

"죄, 죄송합니다."

사군은 얼른 무릎 꿇고 사죄했다.

관철운은 이를 악문 채 말을 이었다.

"이, 이리 들어오너라……."

사군은 당황했다.

괴인은 입가에 피를 줄줄 흘리며 힘겹게 자신을 부르고 있었다. 그는 조심스런 걸음으로 석실 안으로 들어갔다. 아무래도 다가가 상세를 살펴

주어야겠다는 생각이 들었기에 그는 엉거주춤 작은 석실 안으로 들어갔다. 순간 상대의 손이 슬쩍 움직이는가 싶더니 석실이 다시 그르렁거리며 닫혀 버렸다.

"앗!"

놀란 사군은 눈을 부릅뜨고 상대에게 공격을 가할 태세를 취했다.

"괜찮다. 곧 나갈 수 있을 것이다. 게다가 이곳은 석실 전체가 청강석(靑剛石)으로 되어 있어 한동안은 버틸 것이다. 그 이후는 네 운수소관이다. 시간이 없다. 내 부탁은 다이곤을 죽여달라는 것이다."

'엄생도 그랬는데?'

모두가 다이곤을 죽여달라고 한다. 사군은 이런 상황을 도무지 이해할 수 없었다.

대답이 없자 괴인이 말을 이었다.

"내, 내게 등을 돌리고 앉거라."

사군은 어리둥절했다. 하지만 목소리나 행동으로 보아 나쁜 짓을 할 사람으로 보이지는 않았다. 무엇보다도 그 말을 순순히 따르게 만든 것은 괴인의 무서운 눈이었다. 사군은 그 눈빛에 두려움을 느껴 얼른 몸을 돌리고 앉았다.

'엇!'

상대의 장심이 등 뒤에 닿는 것이 느껴지자 사군은 가슴이 찡해옴을 느꼈다.

이런 경험이 처음은 아니다.

고노도 그랬다.

죽을 때를 맞아 자신에게 내력을 전해주고 그렇게 가버렸다. 무공을 닦은 사람들은 죽음을 이렇게 맞는 모양이다.

"운기를 시작하거라."

옛일을 회상하니 또다시 머리가 지끈거렸지만 사군은 정신을 집중해 운기를 시작했다. 이럴 경우 자칫 잡생각을 했다가는 주화입마에 빠진다는 것을 잘 알고 있었다.

꾸르르릉!

마치 까마득한 곳에서 엄청난 폭포를 이루며 떨어지는 느낌을 주는 노도와 같은 기운이 사군의 몸속으로 스며들었다. 부드럽게 단전으로 들어와 경혈을 타고 돌아야 할 내력이었다.

짧은 순간 그 뜨거운 기운은 이내 사라졌다.

"울컥!"

괴인의 입에서 나온 시커먼 핏덩이들이 석실 바닥을 흥건히 적셨다. 마침내 그는 칠공에서 주르르 피를 흘리며 쓰러졌다.

"으으으으……!"

사군의 입에서도 비명이 터져 나왔다.

'아!'

어느 순간 몸 안으로 더 이상 내력이 쏟아져 들어오지 않고 있었다. 급격한 몸의 변화 탓인지 별안간 머리 속이 새카매졌다.

사군의 신형도 서서히 옆으로 쓰러져 갔다.

쿵!

질펀한 핏물 위에 두 사람이 쓰러진 석실 안은 가끔씩 가늘게 이어지는 사군의 숨소리만 들릴 뿐 깊은 적막에 잠겨 버렸다.

바깥쪽 석실에 홀로 남게 된 엄영은 안으로 들어간 사군을 걱정하며 기다리다가 문득 아버지 생각이 났다.

'아버지!'

일단 생각이 나니 불길한 생각이 온통 머리를 헤집었다. 어디선가 아버지 엄생이 돌 더미에 깔려 자신의 구원을 애타게 기다리고 있을 것만 같았다.

숨이 가빠졌다.

'내가 나쁜 년이지!'

고통에 찬 목소리를 내던 아버지를 두고 어째서 이곳까지 따라 들어오게 되었는지 스스로도 자신을 이해할 수 없었다.

"안 돼!"

화닥닥 몸을 일으킨 그녀는 들어왔던 곳을 통해 다시 기어서 밖으로 나갔다.

"아!"

석실은 다행히 완전히 붕괴되지는 않았지만 공간을 뿌옇게 떠도는 먼지로 온통 뒤덮여 있었다.

그녀는 돌덩이를 이리저리 치워가며 아버지를 찾아 헤맸다. 한참을 끙끙거리며 헤매던 그녀의 눈에 저만치 새하얀 상아 반지를 낀 손 하나가 눈에 띄었다. 감히 손을 써볼 엄두도 내지 못할 큼지막한 돌덩이며 흙덩이가 작은 무덤처럼 쌓여 있는 곳이었다.

"아버님!"

눈에 익숙한 상아 반지는 그곳에 파묻힌 사람이 누구임을 말해 주기에 충분했다.

"아!"

벌벌 떨리는 가슴과 후들거리는 발걸음에 철벅 자리에 주저앉은 엄영은 한참을 그런 상태로 있었다.

얼마가 지났을까.

툭! 툭! 투투투툭!

이미 절반 이상이 무너진 천장에서 다시 흙더미며 작은 돌덩이들이 아래로 흘러내리기 시작하더니 석실 전체가 진동을 일으켰다.

우르르……!

공포감에 아득해진 그녀는 그 자리에서 정신을 잃었다.

얼마나 시간이 흘렀을까.

"으음……!"

신음 소리와 함께 눈을 떴다.

야명주가 환히 밝히는 석실 천장이 눈에 들어왔다. 벌떡 고개를 돌리니 뒤쪽에 백의인이 있던 곳은 이미 무너져 내린 돌 더미로 뒤덮여 그 자리조차 짐작하기 어려웠다.

"아!"

사군은 그제야 정신을 잃기 전에 일어났던 일을 기억했다. 또 한 사람이 죽기 직전 자신을 위해 공력을 쏟아주었던 것이다.

좌정한 사군은 운기를 해보았다. 내력은 거침없이 경락을 따라 돌았지만 진기가 늘어났다거나 하는 느낌은 전혀 없었다. 문득 진기가 융합되는 데에 시간이 필요하다는 고노의 말이 떠올랐다. 하기는 고노의 진기도 시간이 지나서야 흡수되기는 했다.

사군은 비틀거리며 일어나 극락왕생을 비는 절을 올렸다.

'내 탓이 아닙니다.'

하지만 그럼에도 마음속에 빚을 진 듯한 찜찜함이 가셔지지는 않았다. 사군은 자리에 털썩 주저앉아 무릎 사이로 고개를 파묻었다. 무슨 까닭으로 괴인은 자신에게 내력을 전하다가 죽음을 맞았던가? 다이곤을 죽여달라던 두 사람의 말은 또 무엇인가?

온갖 생각이 머리 속에서 교차했다.

한참을 그러고 있던 사군은 고개를 번쩍 들었다.

"엄영!"

석벽은 이미 무너져 있었다. 사군은 급히 밖으로 나갔다.

"아!"

사군은 가슴이 철렁했다.

엄영이 있던 석실은 절반 이상이 붕괴되어 큰 돌들이 그곳의 절반 이상을 메우고 있었다.

"안 돼!"

사군은 비명을 지르며 돌 더미를 향해 달려들었다. 엄영이 그곳에 깔려 있을 것이라 생각한 그는 온 힘을 다해 가장 큰 돌덩이를 뒤로 끌어냈다. 순간 그 충격으로 석실이 흔들리는가 싶더니 요란한 소리를 내며 무너져 내렸다.

쿠릉! 쿠르르르릉!

"아아악!"

끝이 뾰족한 쇳덩이로 머리 속을 쑤셔대는 아픔이었다.

눈을 떴다.

칠흑같이 어두운 공간. 사군은 몸을 일으켜 세우려 했다.

쿵!

허리를 펴기도 전에 머리통이 뭔가에 부딪친 듯 강한 충격을 받아 뇌호혈이 짜르르 하도록 진한 아픔이 전해지며 긴 여운을 남겼다.

사군은 두 손으로 머리를 감싸 쥐며 그 자리에 무릎을 꿇었다.

"씨벌."

얼마나 아픔이 지독했던지 입에서 욕까지 튀어나왔다.

한동안 아무런 생각도 하지 못하고 아픔을 달래던 그는 문득 이곳이 어디지 하는 의문이 들었다.

'그렇지! 석실이 무너졌어!'

짧은 순간이었지만 한동안 석실에 누워 있던 일이며 괴인에게 이끌려 내력을 전수받던 일, 그리고 엄영을 찾으려다가 무너지는 흙더미에 깔린 기억 등이 빠르게 스쳐 갔다.

사군은 야안(夜眼)을 일으켰다.

깜깜하기만 하던 공간이 그제야 환하게 눈에 들어왔다.

그곳은 길게 덮여 천장을 받쳐 주던 돌들이 군데군데 갈라지며 무너진 상태였는데, 다행히 뻐끔한 천장으로 흙덩이가 보이기는 하지만 오랜 세월 굳어진 탓인지 더 이상 흘러내리지 않았다. 게다가 그가 있는 쪽은 돌덩이 몇 개가 떨어진 것을 제외하면 그런대로 멀쩡하다 할 수 있었다. 부러져 떨어진 돌판의 두께가 반 척(尺)은 족히 되었기에 그나마 버텨준 것으로 보였다.

저만치 비스듬히 떨어져 흙더미 위에 꽂힌 반 장(丈) 정도의 긴 받침돌이 그의 머리 위쪽으로 기울어져 있었는데, 방금 전 사군이 일어서다가 충격을 받은 것은 바로 그 돌에 부딪쳤기 때문이다.

사군은 돌을 피해 옆으로 몸을 뺐다.

그는 이곳저곳 덮인 흙과 돌덩이를 치워가며 엄영을 찾아보았다. 커다란 돌들이 곳곳에서 서로 엇갈려 받치고 있어, 비록 넓지 않은 공간이라 할지라도 여간 어려운 일이 아니었다.

시간이 지날수록 마음이 무거워졌다.

뒤질 만한 곳은 내공까지 끌어올려 가며 돌덩이를 치우고 헤집어보았지만 육중한 돌들이 얼기설기 얽혀 있어 도무지 더 이상은 헤집어볼 엄두조차 내지 못했다. 작은 산더미처럼 돌덩이들이 쌓인 반대편을 제외하고는 모두 찾아보았지만 엄영의 흔적은 찾을 수 없었다.

이대로 끝났는가.

하긴 저런 돌 더미 밑에 깔려 있다면 살아 있을 수는 없을 것이다.

'그래, 이곳을 네 무덤으로 알게.'

어떻게 해야 하나 한참을 그곳만 보던 사군은 돌무덤을 향해 큰절을 올렸다.

엄생과 엄영 모두에게 큰 죄를 지었다는 생각에 더욱 가슴이 아팠다.

그나마 아버지와 함께 가는 길이니 외롭지는 않을 것이다.

가슴이 너무 무거웠다.

'차라리……'

이대로 죽어버린다면 아무도 모를 것이다.

사군은 눈물을 훔치고는 비스듬히 쌓인 흙더미 위에 몸을 뉘었다. 편안한 느낌. 모든 것을 훌훌 떨치게 만드는 안락함이다. 사군은 그 평온함 속에 몸을 맡겼다.

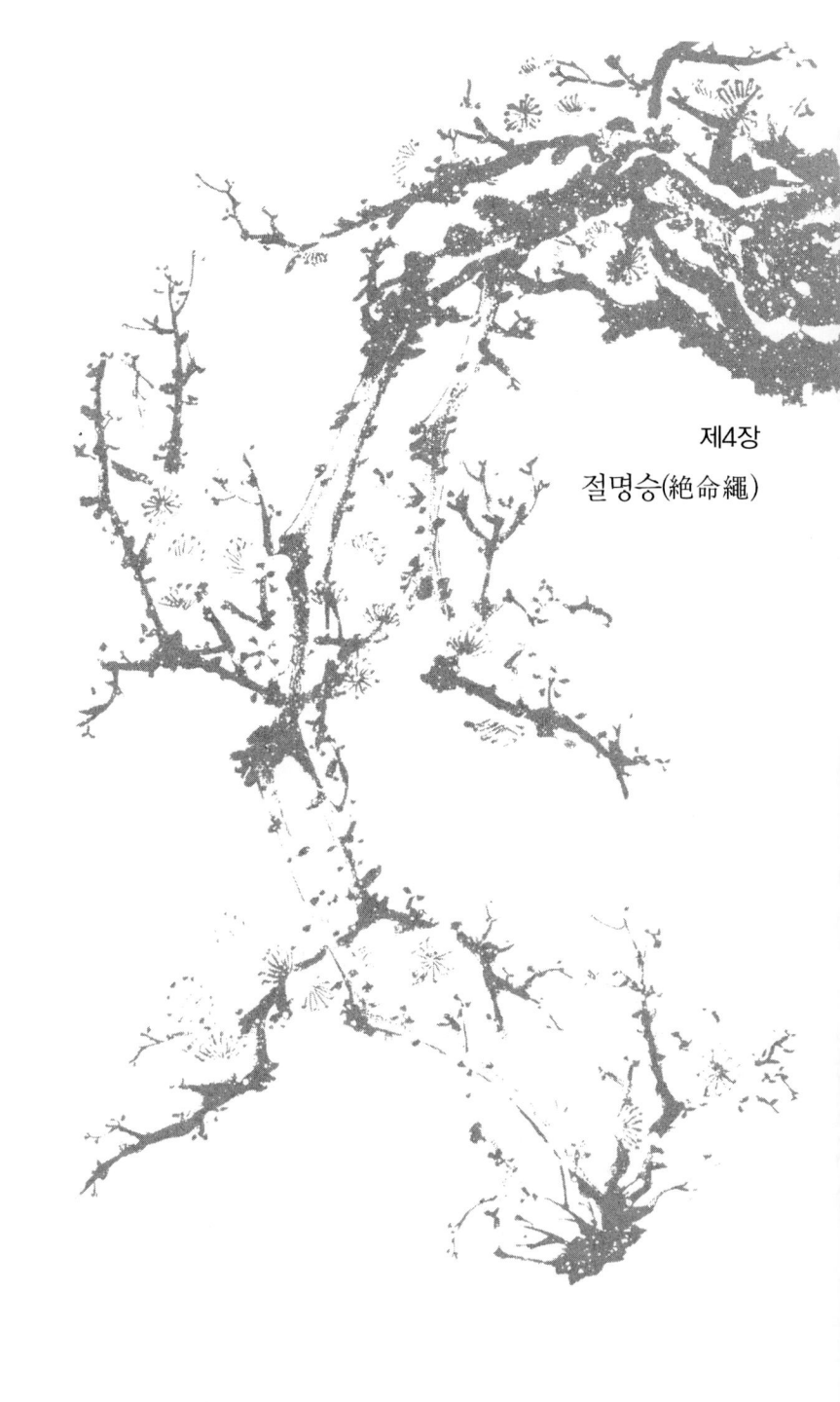

제4장

절명승(絶命繩)

고노의 공터도 눈으로 뒤덮였다.

모처럼 만에 절강 대부분을 하얗게 덮어버린 큰 눈이다. 눈은 노송 가지는 물론 앙상한 나뭇가지에도 걸렸다가 조그만 바닷바람이라도 불라 치면 하얀 가루를 허공 전체에 뿌려댔다.

공유군상(空有群像)～ 공납만상(空納萬像)～ 극유잡중(極有雜衆)～

눈을 치운 바위에 걸터앉아 초점없는 눈으로 습관처럼 손을 움직여 뭔가를 따내는 흉내를 내고 있는 예향의 입에서 흘러나오는 노랫가락이다. 말이 어눌하기는 했지만 그런대로 알아들을 만은 했다.

'쯧쯧쯧……!'

지켜보는 추 노인은 내심 혀를 찼다.

조춘에게 욕을 당할 뻔하고 눈앞에서 부모를 잃고… 가슴에 묻어둔 사람마저 행방을 알 수 없으니 어린 나이에 가혹하다 할 만했다.

그녀에게 닥친 변고가 그렇게 만들었는지도 몰랐다.

예향의 사군에 대한 집념은 날이 갈수록 깊어가더니 마음의 병으로 변해 가끔씩 정신이 혼미해졌고, 추 노인으로서도 손을 쓸 수 없는 그 증세는 마침내 그녀의 하루 대부분을 지배하고 있었다.

말이 어눌해진 것은 물론이요, 수시로 정신마저 오락가락하는 모습을 안타까이 지켜보고만 있어야 하는 것도 추명에게는 크나큰 고역이었다.

하루 종일 뽕잎을 따는 시늉으로 시간을 보낸 예향은 저녁에 한 번 정도 정상으로 돌아오기는 했다. 주로 사위가 어스름해지는 저녁 무렵인데, 추 노인은 그럴 때가 더 가슴이 아팠다. 하는 일이라고는 한구석에 웅크리고 앉아 그저 눈물을 뚝뚝 흘릴 뿐이었다. 그런 모습을 보노라면 추 노인의 가슴은 찢어질 듯했다. 계집과 잠깐이나마 살림을 차린 일조차도 없건만 어느새 친손녀처럼 살가운 정마저 느끼고 있었다.

사군의 소식을 알아보겠다고 나섰던 길이었다. 다행히 소득이 없지는 않았다. 하지만 예향이 저리되고 보니 차라리 길을 떠나지 않은 만 못했다.

"할아버지, 군 오라버니가 저를 더러운 년이라고 욕하면 그때는 뭐라고 대답해야 하지요?"

너무 울어 빨갛게 물든 눈으로 묻는 말이다.

"네 잘못이 아니지 않느냐? 조금도 걱정하지 마라. 이 할아비가 잘 말해 주마. 만약 너를 섭섭히 대했다가는 내가 그냥 두지 않을 게다."

추 노인은 팔뚝까지 걷어 보이며 씩씩거리듯 말했다. 하지만 내심은 마치 몹쓸 일이나 당한 것처럼 착각하는 그녀를 안타깝게 느끼고 있었다.

"정말요?"

확인하듯 묻는 말. 그저 습관적인 질문일 뿐, 정말 그렇게 믿는 것은 아니라는 것을 추 노인도 알고 있었다.

"그럼! 살다 보면 이런 저런 일이 있게 마련이지. 게다가 내가 강호에서 듣기로 놈도 어떤 여우 같은 계집에게 당해 한 번 정을 주었다고 하더라."

사군이 혈안색마였다는 것을 아는 사람은 많지 않다. 그렇다고 중환자나 다름없는 예향에게 사실 그대로를 말해 줄 수는 없었다.

"괜히 저를 안심시키려고 하시는 말씀인 거 다 알아요."

말소리 끝이 물기에 젖어 잦아들었다.

"아니란다. 혹사낭 연청이라는 계집에게 홀려 몸을 주었다고 들었다. 다행히 이제는 정신을 차렸다고 한다. 제놈도 깨끗하지 못한데 누굴 탓한단 말이냐. 만일 네 눈에 눈물이 나게 했다가는 이 할아비가 절대 그냥 두지 않을 게다."

추 노인의 말끝도 흔들렸다.

예향은 수십 년도 지난 까마득한 그 옛날 무림세가의 사내에게 몸을 버리고 죽어버린 어린 여동생의 환생이었다. '섭섭히 대했다가는 내가 그냥 두지 않을 것'이라는 말은 공연한 허풍이 아니다. 그녀를 이대로 버려둔다면 여동생을 두 번 죽이는 일이 되는 것이라고 믿기에, 반드시 녀석을 찾아내 짝을 지어줄 심산인 것이다.

예향의 입에서 나직한 노랫가락이 흘러나왔다.

공유군상(空有群像)~ 공납만상(空納萬像)~ 극유잡중(極有雜衆)~

'좋은 조짐이야.'

추 노인은 그렇게 믿었다. 평소의 노랫가락과 다른 점이라면 정신이 멀쩡한 상태에서 부른다는 것으로 한동안 없었던 일이다. 추 노인도 나직이 따라 부르기 시작했다. 하도 많이 들어서 이제는 그의 귀에도 못이 박힌 가락이다.

공유군상(空有群像)~ 공납만상(空納萬像)~ 극유잡중(極有雜衆)~

두 사람의 가락이 한데 섞여 공터 전체에 나직이 깔렸다.

"드르릉! 드르릉!"

예향은 코 고는 소리에 잠에서 깨어났다.

맞은편 침상의 추 노인이 코를 골아대며 깊은 잠에 빠져 있었다. 예전에 고노가 쓰던 초막을 두 사람이 거처할 수 있도록 조금 넓게 손을 보아 두 개의 침상을 들여놓고 그곳에서 같이 생활하고 있었다.

자리에서 일어나 밖으로 나왔다.

밤하늘에는 총총한 별이 보석처럼 박혀 있었고 대지는 하얀 은물결로 뒤덮여 있었지만 그것을 바라보는 눈에는 초점이 없었다. 아니, 전혀 관심도 없다는 듯 그냥 한번 휘 둘러보았을 뿐이다.

흐릿한 시선으로 한동안 사방을 둘러보기만 하던 눈이 한곳에 고정되었다.

비탈에 박혀 반쯤 모습을 드러낸 사람 크기의 바위다. 쌓인 눈이 바람에 날렸는지 다른 곳보다는 얇게 덮인 눈이 얼어 달빛에 반사되어 휘황한 빛을 발했다.

예향은 갑자기 공터 중앙으로 걸어갔다. 고개를 돌려 얼어붙은 눈이 반짝거리는 바위를 응시한 채였다.

삘릴리이…….

환청이다.

예향이 지금 듣고 있는 것은 상림에서 들었던 피리 소리다.

하늘로 들어 올린 손이 우아한 곡선을 그리며 허공을 휘감아 돌다 내려오며 덩달아 몸이 덩실거렸다.

예향은 피리 소리에 맞추어 잠화고낭무를 추고 있었다.

물오른 풍만한 젖가슴은 춤사위를 타고 출렁거렸고, 가는 허리는 추위도 잊고 바람결을 타며 요염하게 움직여 갔다.

탁, 탁, 타악, 탁!

예향은 아무것도 잡지 않은 빈 손으로 마음속의 소고를 두드렸다.

바위를 응시하던 두 눈은 반짝이는 은빛의 광채에 휩싸여 주술에 걸린 듯 요염함을 더했다. 애타는 눈길이 사군을 보았다.

예향은 응답이라도 하듯 요염하게 눈웃음을 쳐가며 그 열정을 받아냈다. 앵두 같은 입술은 수시로 살짝살짝 벌어지며 색정(色情)을 토해냈고, 이리저리 비틀리는 엉덩이에서는 사내를 옥죄어 버릴 듯한 관능이 요동쳤다. 육정(肉情)이 넘쳐 나는 춤사위는 이내 열기를 쏟아 공터의 찬 공기를 뜨겁게 데워 버렸다. 예향만이 느끼는 열정이었다.

젖가슴이 스멀거렸다.

"으흥……."

예향의 고개가 자연스레 뒤로 젖혀지며 코에서 숨결을 토해냈고, 마침내 정염이 넘쳐 나는 빨간 입술이 사군을 향해 다가갔다. 예향은 손을 뻗어 사군의 목을 감쌌다. 타오를 듯한 뜨거운 열기가 훅훅거리는 것이 느껴졌다. 그 숨결만으로도 전신을 짜르르한 쾌감 속에 빠지게 만들고 있었다.

마침내 두 개의 입술이 하나가 되었다.

예향은 촉촉이 젖은 입술을 연신 움직여 가며 사군의 입술을 탐했고, 뜨겁게 달궈진 자신의 모든 것을 내주었다. 젖가슴에 따스한 온기가 전해졌다. 더해가는 열기를 참지 못한 그녀는 꽃뱀처럼 혀를 내밀어 사군의 입 안을 휘젓고 다녔다. 믿음직한 사군의 손이 허리를 감아 당기는 것을 느끼는 순간 예향은 몸을 휘청했다.

군 오라버니는 억센 힘으로 자신을 끌어안았고, 두 손은 한없는 보드라움을 찾아 안으로 안으로만 파고들었다. 예향은 그 모든 것을 관대하게 허락했다.

"하아!"

손은 멈추지 않았다.

짜릿한 전율이 머리끝에서 발끝까지 스치며 지나갔다. 알지 못할 시간에 풀려 버린 앞섶을 가르며 허리를 지난 손이 은밀한 곳으로 파고들고 있었다. 군 오라버니의 두근거리는 심장의 박동마저도 고스란히 전해졌다.

"군 오라버니!"

은밀한 비처만큼이나 촉촉하게 젖은 기다림의 목소리!

어서 하나가 되기를 원했다.

몸은 더 이상 참을 수 없을 정도로 달아오르고 있었다. 스쳐 지나가는 사고한 감촉에도 마냥 떨어대는 육신이었다.

어느새 치맛단이 올라가 있었다.

아찔한 순간, 마침내 그곳으로 파고드는 우람한 남성을 느끼는 순간 예향은 아득한 황홀경 속으로 빠져들며 다리에서 힘이 풀려 버렸다.

쿠당탕!

갑자기 몸이 붕 뜨면서 진한 아픔이 느껴졌다.

공터였다.

방금 전까지 자신을 뜨겁게 달궈놓았던 군 오라버니의 모습은 간 곳이 없고 냉기를 품은 찬바람만이 텅 빈 공터에 눈발을 일으키며 휩쓸고 지나갔다.

"군 오라버니!"

겁먹은 눈길로 급히 사방을 휘돌아 보았지만 보이는 것은 황량함만이 가득한 눈 내린 대지와 하얗게 덮인 앙상한 가지들, 그리고 처연한 달빛뿐이었다.

예향은 멍한 표정으로 몸의 움직임을 멈추었다.

얇은 옷을 파고든 바닥의 한기에 이제는 일어날 법도 했건만 망연한 눈동자는 그렇게 한참을 초점을 잃고 있었다.

예향은 돌연 자리에서 벌떡 일어났다.

"더러워!"

뭔가를 혐오하는 듯한, 나직하지만 감정이 강하게 실려 있는 말소리가 입에서 흘러나왔다. 그러고 보니 자신은 더럽힘을 당한 여자였다.

갑자기 눈이 표독스럽게 바뀌었다.

그녀는 공터 옆면의 비탈로 향했다. 비틀거리며 눈이 얼어 있는 미끄러운 산비탈을 따라 걸으며 사방을 두리번거리던 눈이 한곳에 고정되었다. 거센 바람에 부러져 나간 노송 가지, 끝이 날카롭게 부러진 그 위에는 하얀 눈이 쌓여 있었다.

씨익!

예향의 얼굴에서 미소가 번졌다. 더러움을 혐오하는 달빛이 쏟아낸 파르스름한 독기를 진득이 품은 잔인한 미소다.

손을 내밀어 가지를 꺾으려 했지만 물기를 머금은 탓에 쉽게 되지 않았다. 주변을 두리번거리던 그녀는 작은 돌멩이 하나를 주워 들고는 사정없이 가지를 쳤다. 이를 악물고 독기를 가득 담은 표정은 달빛과 눈빛에 시퍼런 야경(夜景)에 더해 일견 괴기스럽기까지 했다. 가지가 비틀거릴수록 예향의 얼굴에서는 더욱 잔인한 미소가 번져 갔다.

픽! 픽!

마침내 나뭇가지가 돌망치질을 견디지 못하고 꺾여 버리자 끝을 잡고 힘껏 당겨 가지를 떼어냈다.

딱!

삼 촌(三寸) 정도 길이의 끝이 날카로운 가지가 비명을 지르며 떨어져 나오자 예향의 몸이 비틀했다. 가지를 손에 들고 마주한 얼굴에서 잔인한 미소가 피어났다. 다시 산비탈을 내려온 그녀는 예전에 고노가 항상 앉아 있던 바위 위에 걸터앉아 치마를 걷어 올렸다. 바위에 쌓인 눈도 치우지 않은 채였다.

"더러워!"

파란 광기를 뿜어내는 눈이었다. 가지를 손에 든 그녀는 한참을 쳐다보다가 고의 안으로 푹 쑤셔 넣었다.

"악!"

모진 아픔에 눈을 부릅떴지만 손을 멈추지는 않았다.

끝이 날카로운 나뭇가지는 마치 남근이 율동을 하듯 은밀한 곳을 들락거렸다. 표독스러운 얼굴이 고통스러워하는 표정으로 바뀌었지만 손은 여전히 움직임을 멈추지 않았다.

"으흐으으……."

입에서 울음인지 신음성인지 모를 소리가 흘러나왔다.

잔인한 미소를 띠었지만 나오는 소리는 그 종류도 알 수 없는 괴이한 소리였다. 고통이 심한지 이마에서 시작된 진땀은 이내 땀방울로 뭉쳐져 얼굴에 줄줄 쏟아져 내리기 시작했다.

"으흐으!"

'응?'

추 노인도 잠결에 그 소리를 들었다. 비록 입을 앙다물어 가며 내는 미약한 소리였지만 추 노인의 귀를 속이지는 못했다.

"헛!"

자리에서 벌떡 일어난 그는 맞은편 침상이 비어 있는 것을 발견하고는 알 수 없는 불안감에 서둘러 옷을 걸치고 밖으로 나갔다.

"아니!"

추 노인은 순간 멈칫했다.

바위에 앉아 치마를 걷어 올리고 나뭇가지로 사정없이 자신의 음문(陰門)을 쑤셔대는 예향을 보았기 때문이다. 추 노인은 퍼뜩 정신을 차리고 황급히 몸을 날렸다.

"향아!"

비명을 지르듯 예향을 부르며 달려가 얼른 나뭇가지를 빼앗아 들려 하자 예향은 발버둥질을 치며 반항했다.

"이런!"

달빛 아래에서도 빼앗아 든 가지에 피가 묻어 있음을 확연히 알 수 있었다. 비릿한 피 내음을 맡은 그는 고개를 설레설레 저었다. 그러고 보니 바위 아래 눈 위에는 피가 흥건하게 떨어져 있었다.

"이리 줘!"

소리치며 달려드는 예향의 얼굴에는 섬뜩한 살기마저 어려 있었다. 추 노인은 나뭇가지를 힘껏 멀리 던져 버리고 예향을 꼭 붙들었다.

"향아, 진정해라!"

"더러워! 더러워! 더러워!"

입에 거품까지 물어가며 악을 쓰듯 소리 지르던 예향의 얼굴이 하얗게 탈색되는가 싶더니 돌연 눈을 까뒤집고는 추 노인의 품에서 무너져 내렸다.

"향아!"

예향을 번쩍 안아 들고 의원을 찾아 나서려는 바로 그 순간이었다. 추 노인은 갑작스런 인기척에 고개를 홱 돌렸다.

"제가 늦었군요."

공터 아래로 통하는 길 입구에 네 명의 아리따운 여인의 시중을 받으며 나타난 노파가 그를 지켜보고 안타깝다는 듯 말했다.

추 노인이 문을 부릅뜨며 고개를 뒤로 젖혔다.

"아니, 당신은!"

"그래요, 저예요. 고맙군요. 이토록 추하게 변했는데도 저를 기억해주시다니. 수소문해서 찾느라 늦었어요."

추 노인이 뭐라고 대꾸하려는 순간 정신을 완전히 잃지는 않았는지 예향의 입에서 미약한 말소리 흘러나왔다.

"군 오라버니, 미안해요."

"미, 미안하오. 지금 이 아이가 정신이 옳지 않아 해괴한 짓을 저질렀소. 급히 의원을 찾아가야 하니……."

추 노인은 퍼뜩 정신을 차리고 다급한 어조로 말했다.

"일단 제가 살펴보지요."

노파가 그의 승낙을 기다리지도 않고 예향을 안으려고 하자 추 노인은 어정쩡한 상태로 예향을 건네주었다.

"안으로 들어가지요."

어느 틈에 그곳까지 보아두었던지 예향을 건네받은 노파는 움막으로 향하며 말했다. 시비들이 황급히 그녀 뒤를 따랐다.

　사락, 사락, 사락…….
　흙을 긁어내는 손길은 조심스럽기만 했다.
　우수수수수.
　압력에 못 이긴 흙덩이가 또다시 흘러내렸다. 이번에는 양이 좀 많았기에 내심 긴장했지만 무너져 내리지는 않았다.
　"휴우……."
　만일에 대비해 뒤쪽으로 조금 물러나 있던 사군은 조용히 한숨을 내쉬었다. 만약 흙더미가 쏟아져 내린다면 며칠은 또 그곳에서 허비해야 하는 상황이었다.
　긴장이 풀리자 그는 소맷춤에서 벽곡단을 꺼내 입 안에 넣고 우물거렸다. 항아리가 깨지면서 석실 바닥에 쏟아진 것을 긁어 모아 가져온 것으로, 이마저도 없었다면 꼼짝없이 굶어 죽었을 것이다. 이곳에서는 시간이 가는 줄고 모르기에 그저 배가 고파지면 한 알을 집어넣곤 했는데, 옷이 불룩하도록 쑤셔 담아온 것이 이제는 바닥을 드러내고 있었다.
　"응?"
　질겅거리며 다음 작업에 대비해 흙이 무너진 곳을 살피던 그의 안색이 밝아졌다. 무너진 그곳 뒤쪽으로 암도가 모습을 드러냈기 때문이다. 힘들게 길을 뚫다 보면 드문드문 이렇게 멀쩡한 길이 나타나 그를 즐겁게 하곤 했다. 며칠 일거리를 거저 번 셈이다.
　사군은 틈 사이로 몸을 빼 그리로 건너갔다.
　"아!"
　입에서 탄성이 터져 나왔다.
　길게 쭉 뻗은 암도는 끝이 보이지 않을 정도로 길었기 때문이다. 그는 조금도 지체하지 않고 빠른 속도로 그곳을 지나쳤다. 조금이라도 지체하면 다시 무너질지도 모른다는 걱정을 하는 것은 이제껏 고통스럽게 굴을 파다시피 했던 시간을 생각하면 당연하다 할 수 있었다.

한참을 따라가도 이상이 없다는 것이 그를 긴장하게 만들었다.

'어쩌면……'

시간이 갈수록 어떤 기대가 그를 설레게 만들었다.

한참을 지나왔을까. 과연 위쪽으로 출구로 보이는 계단이 나타났는데, 위가 꽉 막혀 있는 곳이었다. 가까이 다가가니 손잡이 하나가 눈에 띄었다.

그걸 앞으로 당기는 사군의 손이 가늘게 떨렸다.

꾸르릉!

요란한 소리와 함께 막혀 있던 부분이 옆으로 비켜나며 환한 달빛이 새 들어왔다. 얼른 밖으로 나오니 관제묘(關帝廟) 안이었는데, 출구는 바로 관우상으로 된 받침대였다. 출구 밖으로 나온 그는 관우상 받침대를 다시 밀어 덮어두고는 관제묘 밖으로 나왔다.

가슴을 탁 터지게 하는 시원한 공기가 코를 간질였다.

"하아……"

사군은 크게 숨을 들이켰다. 익숙했던 퀴퀴하고 음습한 지하의 냄새 대신 상큼한 풀 내음이다.

한참을 그러다가 어느 정도 마음이 진정되자 그제야 주변을 살폈다.

얕은 언덕배기에 있는 관제묘는 주변에 허름한 집들이 군데군데 눈에 띄는 한적한 곳으로, 이미 밤이 깊었기에 인적은 자취도 보이지 않았다. 건물 사이 뒤쪽으로 길게 담을 두른 풍정원이 눈에 들어왔다. 군데군데 무너진 담장 뒤로 보이는 건물도 예전의 모습과는 많이 다르게 보였다.

눈시울이 시큰했다.

'엄영!'

구중심처의 깊은 곳에 숨어 지냈던, 개구쟁이를 연상케 하는 귀여운 모습의 엄영은 더 이상 세상에서 볼 수 없다. 마지막 가는 모습도 보지 못했다. 죽은 시체도 보지 못한 것이 못내 가슴이 아팠다.

"내가 복수해 줄게."

사군은 누군가 화약을 동원해 풍정원을 공격했다는 엄생의 말을 들었기에 유언처럼 남긴 그의 말에서 나름대로 그자가 다이곤일 것이라고 추측했다.

꼬르륵! 꼬륵!

사람 사는 세상에 나오니 풀 내음만 있는 것이 아니었다. 이미 식사할 때는 한참 지난 밤이었건만 음식 냄새가 그로 하여금 허기를 느끼게 했다.

한번 맡기 시작한 냄새는 그를 지독한 식욕에 시달리게 만들었다.

하지만 주머니도 비었고… 하긴 밤이 깊었으니 돈이 있더라도 소용이 없을 것이다.

잠시 망설이던 그는 황여섬을 떠올렸다.

요염한 눈동자로 제발 소리치지 말아달라던 여인. 사내를 아는 듯 익숙하게 보듬어오던 그 손길도 그리웠다. 일단 작정을 하자 다른 모든 것은 머리 속에서 사라져 버리고 오직 그녀의 나신만이 눈에 선연했다.

비탈을 내려간 사군은 건물 사이로 난 골목길을 따라 몸을 날렸다.

"으음!"

황여섬의 보드라운 두 손이 젖가슴을 더듬었다. 묘한 쾌감이 번져 왔지만 허전한 가슴을 달래기에는 역부족이었다. 열기를 못 이긴 그녀의 몸은 초겨울로 접어든 쌀쌀한 날씨임에도 이불을 차버리게 했다.

"아!"

빈 가슴을 달래는 깊은 탄식 소리였다.

침상 위에는 요기가 철철 넘쳐흐르는 순백의 나신이 욕정에 못 이겨 꿈틀거리고 있었다. 색기가 절절 넘쳐흐르는 아련한 눈망울이 초점을 잃었다.

한 사내를 그리고 있었다.

하지만 아득하게 몸을 이지러뜨려 주던 그 사람은 오래전부터 소주에 더 이상 나타나지 않았다. 그 아득한 느낌을 다시 감당하고 싶었다.

더러운 여자로 소문이 난 자신을 두고 성안 사람들이 입방아를 찧어댄다는 말을 듣고 있기는 했지만 누가 뭐래도 신경 쓰고 싶지 않았다.

사는 것은 원래 그런 것이 아닌가.

무엇 때문에 돈을 벌려고 기를 쓰고, 무엇 때문에 권력을 차지하려고 목숨을 거는가. 황제의 명으로 산해관을 지키다가 나중에는 도리어 오랑캐에게 붙어버린 오삼계도 진원원이라는 첩 하나 때문에 나라를 배신했다고 하지 않던가.

진원원은 원래 이곳 소주에서 기녀를 하던 하찮은 여자였다. 그런 기녀 하나가 중원의 판도를 바꾸어 버렸다.

인간의 욕망이란 것이 원래 그러할진대…….

돈과 권력, 그리고 여인!

사내가 그러할진대 여자라고 달라야 한다고는 생각지 않는다.

여자라는 이유 하나로 입을 열어 말하지는 못하지만, 돈과 권력, 뜨겁게 안아줄 사내가 바로 여자들이 원하는 바가 아닌가.

음식남녀(飮食男女)!

인간이 가장 기본적으로 추구하는 원초적인 욕망일 뿐이다.

본질적인, 쾌락에 대한 자연스런 욕망은 표면적으로만 억제되어 있을 뿐 위로는 황제로부터 아래로는 천민까지 나름대로의 방법으로 모두 즐기고 있다. 다만 알려지고 아니고의 차이일 뿐이다.

누구나 앞에서는 점잖고 현숙한 남녀지만 뒤로는 마음껏 사랑을 즐긴다. 황여섬이 혐오하는 것은 즐거움을 나누는 행위가 아니라 숨기고 덮으려는 비열함일 뿐이다.

그날 이후 혈안색마가 괴성을 지르는 바람에 자신이 당했다는 소문이 성안에 자자하게 퍼졌지만, 미움이나 후회는 조금도 없었다. 어차피 좋게 소문이 났던 몸도 아니었고, 그런 이목이 두려워서 하고 싶은 일도 못 하면서 살다가 평범한 여자로 죽어가기는 싫었다.

'보고 싶어!'

황여섬은 오히려 지금 이 순간 너무도 그를 그리고 있었다.

스르르 가슴을 지나 허리를 타고 내려간 다른 한 손이 뜨겁게 달아오른 숲을 매만져 갔다. 한껏 달아올라 촉촉이 물기를 머금고 애타게 사내를 기다리는 꽃잎이 만져졌다.

"아흥!"

반쯤 벌어진 입술에서 옅은 교성이 흘러나왔다.

교성은 서로의 느낌을 전하고 나누는 교(交)와 그 가운데서 느끼는 황홀경인 감(感)이 아우러지며 나오는 사랑의 소리다. 원초적 본능에서 나오는 소리기에 교성(交聲)은 마침내 아름다운 교성(嬌聲)이 되어 흘러나오는 것이다. 이렇듯 외로운 밤을 이기지 못해 스스로가 섞이며 교와 감을 느끼려니 허전함이 가득한 고성(孤聲)이 나올 수밖에 없다.

혈안색마와 몸을 섞은 이후로는 다른 사내들은 눈에 차지도 않았다. 그 때문에 얼마 전까지 간간이 밤을 즐겁게 해주었던 일꾼을 내차버린 것이 지금은 못내 아쉬웠다.

그때였다.

<u>스르르……</u>.

문이 열리는 소리였다.

"어맛!"

놀란 황여섬은 화닥닥 이불을 덮었다.

"앗!"

하지만 상대의 모습을 본 그녀는 벌떡 몸을 일으켰다. 눈부신 젖가슴이 희미하게 비쳐 오는 달빛 아래 그대로 드러나며 덜렁거렸다.

"후우!"

사군은 여인의 눈을 보았다.

촉촉이 젖어 있는 눈!

그게 무엇을 말하는지 너무나 잘 알고 있었다. 사군은 조금도 망설이지 않고 훌렁훌렁 옷을 벗어갔다.

우뚝 솟은 양물!

황여섬은 몸을 떨었다.

'그분이야!'

얼굴을 보는 것만으로도 이미 몸이 후끈 달아올랐다.

꿈인가 현실인가!

침상에서 후닥닥 일어난 황여섬은 혈안색마를 향해 달려가 그대로 품에 안겼다.

사군은 뜨겁게 덮쳐 오는 여인의 입술을 남김없이 빨아들였다. 엉덩이를 들어 안자 불기둥은 그대로 꽃잎을 헤치고 깊고 뜨거운 수렁 속으로 빨려 들어갔다.

"아학!"

짧은 비명이 터졌다. 온몸에 쩌릿쩌릿 번져 가는 쾌감을 참지 못한 그녀는 입술까지 바들 떨어가며 교성을 질러대야 했다.

사군은 이곳이 좋았다.

누구 하나 귀찮게 하거나 무섭게 구는 사람 없는 낙원 같은 곳, 이곳에는 그가 감당해야 하는 힘겨운 일은 하나도 없고 그저 즐거움만 있을 뿐이었다. 하루 종일 귀공자처럼 모셔지다가 밤이면 뜨겁게 속살을 들이대는 황여섬이 있는 이곳보다 더 좋은 곳은 없었다.

'보물을 얻었어.'

황여섬은 자신을 다시 찾아준 혈안색마가 미치도록 고마웠다. 내심 간절하게 바랐던 소원이 이루어진 것이다.

평생 이 사내와 운우지락을 즐기며 살고 싶었다.

여자이니 벼슬길에 오를 수 있는 것도 아니요, 비단 장사로 돈을 넉넉하게 벌어놓은 아버지가 있으니 재산이 더 필요한 것도 아니다. 단 하나 아쉬운 것이 있다면 힘있는 사내인데……

황여섬은 자신의 행운을 마음껏 즐겼다.

아버지 황종도는 지병을 얻어 자리에 누운 지 몇 년이나 되기에 꾸중을 들을 일도 없었다. 어머니도 아픈 남편을 위한 불공을 드린다며 이곳을 자주 찾는 시주승이 있는 절에 가 있었다. 한 번 가면 육보시를 단단히 하고 오니 돌아오려면 적어도 한 달은 족히 걸릴 터였다.

단 하나 걱정이 있다면 혈안색마가 다른 여자를 찾아 떠나는 것이었기에, 그저 조금도 불편을 느끼지 않도록 몸과 마음을 다해 모시다시피 하고 있었다.

황여섬은 당당했다.

남들이 자신을 욕해도 좋다. 어차피 남의 입심 하나에 모가지가 오가는 살벌한 세상 속을 살아가는 인생이다. 가난한 자의 배고픔의 아우성은 부자들이 내지르는 방귀 소리만도 못한 것이 인심이다. 한쪽에서는 밤새 굶어 죽은 사람들의 옷가지마저 벗겨가는 비정(非情)이 판을 치고, 다른 한쪽에서는 목숨을 담보로 탐욕을 찾아 헤매는 핏발 선 눈알들이 도처에서 번뜩인다.

무엇을 위해 속박으로 몸을 묶어두려는가.

'난 이렇게 살 거야.'

사내와 뜨거운 시간을 보내는 것에는 적어도 그런 비정함과 살벌함은 없지 않은가. 내 몸을 사랑하는 사내 몸을 받아들이는 일에 누구의 눈치를 보아야 한다는 말인가.

하늘이 무너지고 땅이 꺼지는 환상만이 가득한 곳이라면 차라리 그곳이 극락일진대, 누구를 위해, 무엇을 위해 즐거워하는 나를 속박하고 옭아매야 하는가. 그 사슬에 스스로를 감기 위해 인간이 만든 구리돈 한 푼만의 가치도 없는 예법이라는 것을 지켜가고 싶지는 않았다. 황여섬은 오늘도 벌거벗고 욕망의 밭을 가꾸었다.

정춘교는 소주에 와 있었다.

'나이 탓이야.'

칠십이 다 되었으니 언제 땅속에 파묻힐지 알 수 없었다.

하는 일마다 제대로 되는 것 같지 않은 지금 그의 심정은 모든 일을 다 때려치워도 사군만은 찾아서 돌아가고 싶었다.

'반드시 찾아야 해.'

정춘교는 입술을 지그시 깨물었다.

딸의 슬픔은 극에 달해 이제는 식사도 거른 채 눈물로 하루하루를 보내고 있었다. 아무리 달래도 허사였다. 어쩌면 굶어 죽을지도 모른다는 무서운 생각에 공연한 욕심으로 일을 벌였다는 후회만 가득했다. 딸이 그 모양이니 우국충정이니 정세니 하는 것들도 다 귀찮기만 해 그저 사군만 찾아 돌아가고 싶었다.

그가 알고 있는 마지막 행적은 음천규와 떨어져 오송강을 건넜다는 것이 전부였다. 죽었다면 당연히 소식이 있을 터인데, 절명승 음천규도 소주까지 들어와 사군을 찾아 나선 것을 보면 그런 것 같지는 않았다. 듣자하니 성질이 더럽기로 소문난 만큼이나 놈은 아직도 이를 벅벅 갈고 있다는데, 사군의 정체는 모르는 것으로 보여 그나마 다행이었다.

정춘교만큼 사군을 잘 아는 사람도 없었다.

'녀석은 여자 없이는 하루도 힘들어하는 놈이야.'

생각에 생각을 거듭했다.

문득 소주를 떠나지 않았다면 여자가 있는 집으로 스며들었을 가능성이 높다는 생각이 들었다. 그것도 아는 여자. 그는 혈안색마에게 당했던 여인들을 차례로 수색해 보기로 했다.

백월은 청구원의 담을 넘었다.

평소에는 백의를 입었지만 오늘은 야행을 위해 흑의 경장을 걸쳤다.

"아흑! 아학!"

"학! 학!"

건물 쪽으로 스며들자마자 들리는 것은 방 안을 뒤흔드는 여인의 힘겨운 교성이었다.

'그놈이군!'

백월은 직감적으로 그런 생각을 했다.

계집을 저토록 미치게 할 사내라면 그가 알기로 녀석밖에 없었다. 괘씸한 생각보다 은근히 놈이 부러웠다. 그러고 보니 그 좋았던 청춘의 숱한 날들을 어떻게 보냈는지 기억조차도 나지 않았다. 하지만 무인이기에 결단코 계집을 가까이 한 적은 없었다. 이제 곧 무덤으로 들어갈 백발이 되었건만 남긴 것도 없었다.

석대에 걸터앉은 백월은 그 소리를 즐겼다. 마음마저 헤집는 저런 교성에도 하초가 불끈거리지도 않는다는 것이 가슴 아팠다.

'휴우……'

내심 긴 한숨이 나왔다.

주공의 무남독녀가 밥까지 굶어가며 애타게 그리는 사내이니 영파상방의 미래는 이제 저놈에게 달린 것이나 진배없다. 슬며시 자리에서 일어선 백월은 담장을 넘어 밖으로 사라졌다.

"청구원에 있는 것을 알아냈습니다."

예상했던 일이었다. 백월의 말에 정춘교는 고개를 끄덕였다.

"나 혼자 다녀오겠네."

정춘교는 자리에서 일어섰다.

아마 놈은 임무를 수행하지 못한 것이 두려워 돌아오지 못하고 그곳에 숨어 있었던 것 같다. 소주에 있다면 당연히 놈을 허벅지로 조여줄 계집과 함께 있을 것이란 추측은 했었다. 돌아가더라도 이 일을 딸자식에게 그대로 말해 줄 수는 없을 것이다.

'괘씸한 놈!'

아니다. 말해야 한다.

그런 놈에게 딸의 평생을 맡긴다면 화아는 앞으로 숱한 날들을 괴로워하며 지내야 할지도 모른다. 차라리 이런 기회를 통해 놈이 바라는 것은 네가 아니라 냄새를 풍기는 꽃일 뿐이라는 것을 말해 주는 것이 나을 것이다. 당장은 아픔이 있을지라도 먼 미래를 본다면 그게 나을 것이다.

뇌호혈에 박힌 은침이 빠지는 날, 놈은 화아를 헌신짝 버리듯 차버릴지도 모른다. 계속되는 작은 아픔으로 큰 아픔을 막아줄 수 있다면 차라리 그게 낫다. 게다가 얼굴을 숨기고 일을 벌여야 하는 대업에 꼭 필요한 놈이 아닌가.

청구원의 담장을 넘은 정춘교의 눈매가 싸늘하게 바뀌었다.

"조용히 정리하고 아무도 몰래 나오너라!"

"헉!"

황여섬과 뜨거운 시간을 보내고 있던 사군은 심장이 떨어지는 듯한 충격에 몸을 떨었다. 분명 정춘교의 전음이다.

"무슨 일이지요?"

방사 중에 갑자기 놀라는 그를 보고 당황한 황여섬이 물었다.

"아, 아니야."

사군은 얼른 고개를 저었다. 방금 전까지만 해도 침상 위에서 제왕처럼 군림하며 여체에 파묻혀 열락의 시간을 보냈던 그였다. 하지만 정춘교의 목소리를 듣는 순간 몸이 싸늘하게 식으며 아무런 생각도 나지 않았다.

그것을 보는 황여섬은 가슴이 철렁했다.

'떠나려 하고 있어!'

직감이었다.

방금 전까지만 해도 절정의 쾌락에 젖어 있었기에 아직도 몸이 뜨거웠지만, 상대의 마음이 읽히는 순간 가슴을 뚫고 지나가는 횅한 찬바람이 느껴졌다. 자신의 힘으로는 절대 막을 수 없다는 것을 잘 알기에 가지 말라고 말하고 싶지도 않았고, 그러기에 더 가슴이 아팠다.

'언젠가는 닥칠 일이었어.'

그렇게 마음을 수습한 황여섬은 모르는 척 흐트러진 옷을 여몄다. 이게 마지막일 거라는 예감이 들었다.

마지막 가는 길이기에 자신의 예쁜 모습을 보여주고 싶었다.

살며시 상대의 손을 잡아주었다. 떨고 있었다. 이 사내도 지금 맞이하는 이별이 가슴 아픈 것이다.

사군도 말없이 황여섬의 눈을 보았다.

아쉬웠다.

한마디 해주고 싶었지만 밖에서 정춘교가 다 듣고 있을 터이니 소리를 낼 수도 없었다. 황여섬의 손을 꼭 쥐어준 그는 아무 일도 없었던 것처럼 침실을 벗어났다.

덜컹!

문을 열고 나가는 손길은 너무도 떨렸다. 밖으로 나온 사군은 어둠 속에 장승처럼 서 있는 정춘교를 발견했다.

마음이 무거웠다. 정춘교는 자신이 이곳에서 무슨 짓을 하고 있었는지 훤히 꿰뚫고 있을 것이다. 변명을 떠올려 보려 했지만 머리만 아파왔다.

"가자."

다행히 정춘교는 아무런 말 없이 앞장서서 몸을 날렸다.

사람이 떠난 정원에는 찬바람만 들이쳤다.

황여섬의 눈가에 이슬이 맺혔다.

몸이 멀면 마음도 멀어진다고 했던가. 자신도 그렇게 될까 두려웠다. 엉켜 있었던 몸만큼이나 마음까지 가까워져 갔던 사내였다.

작은 인기척에 잠에서 깨어나 달려온 시비 수아는 습관처럼 침구를 정리하느라 침상 앞에서 반쯤 몸을 수그리고 바쁘게 움직이고 있었다.

황여섬은 몸을 따라 이리저리 요동치는 수아의 엉덩이를 보았다.

'너도 여자겠지?'

황여섬은 손을 내밀어 그 엉덩이를 슬쩍 매만졌다.

"어맛!"

놀란 수아가 화들짝 몸을 일으켰다.

금방 건져 올린 물고기같이 싱싱한 몸이다.

'너도 사내를 사랑해 보렴!'

복건상방(福建商幫) 영파공소(寧波公所).

밤이 깊었다.

소주에서 돌아온 음천규는 한동안 수하들 앞에 나서지 못하다가 청군이 날로 기세를 떨치자 요즘 들어 바쁜 나날을 보내고 있었다.

선부의 발길질에 차여 오송강 선착장에서 잠에 빠졌다가 뒤늦게 달려온 수하들에 의해 겨우 객잔으로 옮아가 잠을 잤던 그였다. 그보다 더한 수모는 없을 것이라 해도 과언이 아닐 정도로 망신살이 뻗친 사건이었다. 체면을 생각해 당시 그를 객잔에 데리다 눕혔던 두 호법이 그 일을 떠벌리지는 않았겠지만, 수하들에게도 체면이 몹시 상한 것은 틀림없었다.

"드르릉! 드르릉!"

오늘도 그는 그날의 수모를 생각하며 이를 갈다가 겨우 잠에 빠져들었다.

스르르르

사군은 담장을 넘어 천천히 몸을 움직였다.

음천규를 없애 체면을 세우고 나서 표국으로 들어가겠다는 그의 부탁을 정춘교가 허락했기에 가능한 일이었다. 내심 정춘교를 몹시도 두려워하고 있었기에 음천규를 없애 임무를 완수하면 그래도 질책은 덜할 것이라는 나름대로의 계산이 있었다.

야간 근무를 서는 매복자들이 없는 것은 아니었지만, 돌아갈 시간에 쫓기다가 마음이 흐트러져 발각되었던 지난번 실패를 거울 삼아, 이번에는 최대한 침착을 유지해 조심스레 움직였다.

건물 십여 장 가까이로 다가서자 살기가 느껴졌다.

'두 명!'

처마 밑과 큰 석등 아래였다. 사군은 천천히 몸을 움직여 바람을 기다렸다가 그 결에 지풍을 실어 보냈다.

이기어기(以氣馭氣).

둥실 바람결을 탄 지풍은 스르르 석등을 휘감고 돌아 상대의 사혈을 짚어갔다. 죽음의 바람! 비명 소리도 없었다. 또 하나의 지풍을 바람결에 태워 보낸 사군은 천천히 몸을 움직였다. 그런데…

처마에 매복해 있던 자가 사혈을 제압당하며 바닥으로 추락하는 것이 보였다. 큰 소리가 날 상황.

'이런, 제기랄!'

휘릿!

사군은 유가무상보를 펼쳐 그자를 받아냈다.

'으음!'

잠결의 음천규도 미약한 파동을 느끼기는 했다.

바람을 타는 유가무상보만 아니었다면 적의 침입을 금방 눈치 채고 벌떡 몸을 일으켜 머리맡에 둔 자신의 병기인 절명승을 잡아갔을 테지만, 아직 자신을 향한 살기를 느끼지 못하고 있었다.

'휴우……!'

매복자의 시신을 받아내고 한동안 안쪽의 반응을 지켜보던 사군은 그제야 안심했다. 이윽고 서서히 문을 열고 안쪽으로 스며들었다.

'응?'

문을 여닫는 바람결의 파동이 음천규를 자극했다.

이미 처마 밑에 숨어 있던 매복자가 떨어지며 상당한 충격파를 전했기에, 잠결에도 은은한 긴장을 느끼고 있던 그는, 또 다른 공기의 흐름에 눈을 번쩍 떴다. 한동안 그런 상태로 기다렸지만 아무런 기미가 느껴지지 않자 그가 다시 눈을 감으려는 순간이었다.

그의 몸이 다시 움찔했다.

음천규는 스르르 손을 뻗어 머리맡에 놓아둔 해승을 잡아갔다. 거실에서 밀려와 은은히 침실 공간을 흔들어오는 공기의 파동이 느껴졌기 때문이다.

'음!'

몸에 무거운 긴장이 전해져 왔다.

상당한 고수만이 뿜어낼 수 있는 기도!

음천규는 한 손으로 침상 바닥을 밀치듯 하며 몸을 튕겨 올렸다.

팟!

순간 침상을 찔러오던 사군의 검이 음천규를 따라 허공으로 방향을 틀었다. 음천규의 신형이 허공에서 빙글 돌아 침상 기둥을 박차고 거실로 뛰쳐나갔다. 효과적으로 채찍을 휘두르기 위해 넓은 공간으로 이동하는 것이다.

파파파팟!

사군의 신형이 거머리처럼 뒤를 바싹 따라붙으며 그의 요혈을 노렸다.

상대에게 가까이 접근해 압박 공격을 가하는 것에는 청룡첩(靑龍貼)만 한 신법이 없다. 청룡투 신법이 검술과 결합되며 그 진가를 발휘하고 있는 것이다.

'약아빠진 놈!'

좁은 거실 안에서 피해 다니는 것도 마땅치 않았던 그는 해승의 중간 부분을 짧게 거머쥐는 것으로 채찍의 반경을 줄여 휘두르며 상대의 공격을 떨쳐 내려고 했다.

좌악! 철컥! 좌악! 철컥!

집게 같은 이빨이 달린 해승의 끝 부분이 괴이한 소리를 내가며 사군의 검을 감아왔다.

'독이 발려져 있다고 했지!'

스치기만 해도 목숨을 잃고 말기에 병기, 그러기에 절명승(絶命繩)이라 불린다 했던가. 사군은 정춘교의 경고를 잊지 않았다. 훌쩍 뒤로 물러선 사군은 다시 기회를 엿보았다. 하지만 그것은 실수였다.

쉬릿!

채찍을 원래대로 길게 잡은 음천규는 몸을 비틀며 날아오는 뱀을 연상할 현묘한 동작으로 사군을 감아갔다.

그의 성명절기(成名絶技)인 해승칠편(蟹繩七鞭)의 초식 중 교탈비사(巧奪飛蛇)라는 초식이다. 뱀처럼 꾸불거려 상대를 혼란에 빠지게 만드는 것으로, 교묘하게 상대의 병기를 휘감아 부숴뜨리거나 빼앗는 수법이었다. 만년한철의 고리로 이어진 채찍이기에 그 위력은 상상을 초월했다.

챙!

맞부딪쳐 간 사군의 검이 단 한 번의 충격으로 반 토막이 나버렸다. 채찍의 변화는 읽었으나 미처 채찍의 강도(强度)를 생각하지 못했던 까닭이다. 일반 병기점에서 구입한 허름한 검이 만년한철에 당할 수는 없었다.

"헛!"

놀란 사군은 헛바람을 들이키고 얼른 뒤로 물러섰지만, 음천규의 쇠사슬은 날카로운 검처럼 꼿꼿이 펴지며 마치 검으로 찔러오듯 그의 심장을 노리면서 파고들었다. 끝에 달린 두 개의 집게가 심장을 물어뜯을 듯 으르렁거렸다.

"천강괘심(天罡卦心)!"

벽력같은 일성과 함께 찔러오는 해승의 날카로움은 그 상상을 초월했다. 두세 걸음 뒤로 물러서던 사군은 뒤가 벽면으로 막혀 있음을 알고는 허공으로 날아 몸을 뒤집었다.

쐐액! 철컹!

허공을 찌른 해승이 어느새 형태를 바꾸더니 방향을 틀어 바닥에 내려서는 사군의 등을 찔러왔다.

"철삭관주(鐵索貫舟)!"

영사칠편의 마지막 초식에 해당하는 것으로, 순식간에 휘리릭 방향을 틀어 연검처럼 찔러가는 수법이다. 이제껏 음천규의 손에서 철삭관주 초식을 비켜간 상대는 없었다.

팟!

몸을 틀기는 했지만 미처 신형을 바로잡지 못한 사군의 허리 부근을 해승이 스쳐 갔다. 순간 옷자락이 걸레처럼 찢겨 나가며 이내 그 주변이 시커멓게 물들었다. 옷에 묻은 독이 퍼져 나가는 것이다.

'으음!'

급박한 와중에도 슬쩍 눈을 돌려 혹시 피부에 독이라도 묻었나 살피던 사군은 등골이 서늘한 충격을 맛보았다.

차악! 철컥!

그때부터 사군의 신형이 어지러워지기 시작했다. 신법은 수시로 허점을 보였고, 그럴 때마다 음천규의 절명승은 무서운 파공음과 함께 빈틈을 파고들었다.

'제길, 막을 무기가 없으니!'

만년한철에 독이라니!

싸움을 피해 달아나고 싶기도 했고, 가까스로 피하는 상황에 등에서는 식은땀이 흘렀다. 문득 '임무를 완수하기 전에는 절대 돌아오지 말라'던

정천교의 일성이 머리를 스쳐 갔다. 싸움을 피해 다시 어디론가 숨어들었다가는 목을 따버리겠다는 경고와 함께였다.

두려움이 전신에 엄습했다.

그 대상은 공기를 찢으며 사방팔방에서 연신 공격을 퍼붓는 음천규가 아니라 짙은 살기를 가득 담고 노려보던 정천교의 두 눈이었다.

그동안 반복된 주입으로 인해 정천교와 정청화는 뇌리에 감히 범접하지 못할 경외의 대상으로 각인되어 있었다. 그가 아는 정춘교는 어디에 숨어 있더라도 반드시 찾아내고야 말 사람이었다.

'좋아!'

정춘교에 대한 두려움이 그를 분발하게 만들었다.

촤악! 철컥!

또다시 괴이한 음향과 함께 절명승의 집게가 그의 어깨를 노렸다가 물러갔다.

"타앗!"

단호한 기합성과 함께 사군은 다음 공격을 위해 뒤로 회수되는 절명승을 따라 몸을 움직였다. 아차 하면 채찍 끝에 달린 톱니 모양의 집게에 의해 중독될 수도 있었기에 반쪽난 검으로 집게를 견제한 채였다.

"헛!"

회수되는 쇠사슬과 함께 빨려오듯 다가서는 상대를 본 음천규는 헛바람을 들이키며 요란하게 해승을 흔들어댔다.

이어진 사슬들이 촤르륵거리는 기분 나쁜 소리와 함께 몸을 감아왔지만 사군은 두려워하지 않고 검으로 쳐냈다. 공세의 예봉을 흩뜨리는 청룡봉(青龍封)의 수법으로, 아무리 만년한철로 된 쇠사슬이라고는 하지만, 미처 탄력을 받기 전의 가까운 거리에서 그 위력을 모두 발휘할 수는 없었다. 찰캉거리며 사슬에 휘감겨 고개를 틀어오는 집게도 간단하게 방향을 트는 것으로 그만이었다.

휘청거리며 감아오는 채찍을 피해 구르듯 다가선 사군이 발로 음천규의 허리를 올려 찼다.

"컥!"

오른발을 이용한 간단한 측질횡등(側跌橫蹬)의 수법!

쇠사슬 채찍을 밀치고 파고드는 발길질을 막아내지 못한 음천규는 짧은 비명과 함께 허리를 뒤로 꺾었다. 가슴을 파고드는 충격을 늦추기 위한 것이었지만, 순간적으로 숨이 턱 막혀오는 것은 어쩔 수 없었다.

사군의 공격에는 항상 이타가 있다.

빡!

어느새 끌어당겼다가 다시 나간 오른발이 앞으로 내민 음천규의 이마를 차버렸다.

철컹!

충격에 순간적으로 힘을 잃은 손이 해승을 놓쳐 버렸다. 그것을 본 사군은 눈을 희번덕였다.

푸욱!

해승과 부딪치며 부러져 나가 반 토막만 남아 있던 사군의 검이 음천규의 심장을 파고든 것이다. 이어지는 발길질에 가슴을 훤히 드러내며 젖혀지던 몸은 그 충격으로 또다시 활처럼 앞으로 꺾어졌다.

"커억!"

청룡섬(靑龍閃)!

검을 놓은 사군은 음천규의 이마를 향해 다시 한 번 주먹을 날렸다. 이미 심장에 박은 반 토막의 검으로 마지막 일격을 가했건만, 피를 본 탓인지 이성을 잃은 광포한 일권이 더해진 것이다.

빡!

음천규의 몸이 뒤로 붕 날아 나가떨어졌다.

쿵!

믿을 수 없다는 듯, 전면을 응시하던 눈동자가 힘을 잃는 순간, 음천규의 몸이 스르르 바닥으로 무너지며 요란한 소리를 냈다.

쾅!

문이 부서지는 소리와 함께 검을 빼 든 몇 명의 상방 무사들이 내실 안으로 들이닥쳤다. 바닥을 치는 요란한 해승 소리에 급히 달려온 것이다.

"자객이다!"

그들은 쓰러진 음천규와 사군을 번갈아 보더니 눈을 부릅뜨고는 사군을 향해 검을 겨누고 달려들었다.

"자객이 들었다!"

"침입자다!"

땡땡땡땡!

평온하게 밤을 즐기던 공소 전체가 들썩거리며 비상 사태를 알리는 타종 소리가 밤 공기를 찢었다.

순간 사군의 손에서 붉은 광망이 번쩍이다가 사라졌다.

청룡대수인(靑龍大手印)!

펑!

비명 소리도 없었다. 선두에 섰던 두 무사가 장력에 휩쓸려 그 자리에서 목숨을 잃었고 뒤따라 안으로 들어서려던 또 한 명은 비칠거리다가 뒤로 나자빠졌다.

휘익!

사군은 들어올 때와 마찬가지로 담장을 넘어 사라져 갔다.

"잡아라!"

추적을 지시하는 누군가의 목소리는 공허하게만 들릴 뿐이었다.

"들어가 보아라!"

말투는 싸늘한 한기를 느낄 정도로 냉막했다.

사군은 굽실 인사를 하고 정청화가 있는 내실로 향했다. 비록 서릿발 같은 목소리이기는 했지만, 일단 정춘교의 허락을 받은 이상 거리낄 것은 없다. 그는 조심스런 발걸음으로 안으로 향했다. 방 가까이 다가갈수록 짙은 여인의 체향이 그의 심신을 자극했다.

침실 안에서 정청화도 그 소리를 듣고 있었다.

'지금 오고 있어.'

다른 계집과 사통하는 것을 잡았다는 말을 들었을 때도 그저 사군을 빨리 보고 싶은 마음뿐이었다. 하지만 안으로 들어오는 발걸음 소리를 듣는 순간부터 돌연 괘씸한 생각이 들었다.

'나쁜 놈! 내가 얼마나 가슴을 졸였는데!'

눈물로 보낸 그 시간에도 녀석은 다른 장원 깊숙이 몸을 숨기고 계집과 날밤을 지새웠다고 했다.

'감히!'

방금 전까지만 해도 시큰했던 눈이었지만 이내 아미가 상큼 치솟으며 배신감에 몸을 떨었고 엄청난 분노가 솟구쳤다. 일벌백계의 교훈을 주어 다스려야 했다.

사군은 안으로 들어섰다.

그 순간까지도 그저 계면쩍었다. 하지만 앙팡진 정청화의 얼굴을 마주하는 순간 문득 다른 여자와 놀아난 사실이 떠올랐다. 두려웠다. 엄청나게 큰 죄를 범했다는 것이 느껴지는 순간, 씨익 웃는 것으로 오랜 이별의 시간을 때우려던 그의 표정은 이내 두려움이 가득한 얼굴로 바뀌었다.

'이놈!'

의자에서 벌떡 일어나 나는 듯이 달려온 정청화는 엄청난 강도로 사군의 뺨을 후렸다.

보타 신니의 제자 정청화가 휘두르는 손길은 매웠다.

촤악 하는 소리와 함께 사군은 머리가 핑 도는 엄청난 충격에 몸을 가누지 못하고 비칠거렸다. 하지만 중심을 잡은 사군은 얼른 무릎을 꿇었다.

팍!

발길질이 사군의 어깨를 짓눌렀다.

욱씬하는 충격과 함께 무릎을 꿇은 몸이 휘청거렸다.

"꺼져!"

정청화는 버럭 소리를 내질러 사군을 내쫓았다.

비칠거리며 일어나 물러나는 사군의 뒷모습이 애처로웠다. 안기고 싶었다. 어디 있다가 이제 돌아왔냐며 투정도 해보고 싶었다. 그 부드러운 손길이 그리웠고, 꽃잎을 짓이기고 둥굴을 달궈 버려 마침내 몸을 태워 버리는 불기둥이 그리웠다. 하지만 그 어떤 열망도 자존심보다 우선할 수는 없었다.

물러나는 사군은 눈물을 글썽이고 있었다.

'내 잘못이야.'

임무를 실패한 것은 자신이었다. 정춘교의 질책이 겁나 돌아오지 못하기는 했지만, 오늘처럼 잘 처리했다면 조금도 문제가 없었을 터였다.

그런데… 자신의 거처로 돌아온 사군은 정청화의 체향을 맡고부터 불끈거리는 몸을 주체하지 못했다.

"으……."

그녀를 안을 수 없다는 사실이 그를 미치게 만들었다. 거처로 돌아오는 중에도 얼얼한 아픔을 주는 곳은 아직까지 화끈거리는 뺨이 아니라 수시로 불끈거리는 하초였다. 유가무상보를 전개해 영파에서 이곳 소흥까지 한달음에 달려오게 만든 것도 정청화의 따스한 가슴 때문이었다.

침상 구석에 웅크렸다.

몸이 덜덜 떨려왔다. 어째서 이런 일이 생기는지 몰랐다. 하루에 한두 번은 기본으로, 심하게 기력을 쓰거나 하면 그 증세는 참을 수 없으리만치 혹독했다.

덜덜덜덜.

밤이 깊었건만 사군은 이까지 마주쳐 가며 떨고 있었다. 아른거리는 여체의 유혹이 계속적인 양물의 팽창을 가져왔기에 머리를 저어가며 그 유혹을 떨쳐 내려 했지만 뇌를 가득 메운 여체와 그 황홀한 기억은 집요하게 그를 괴롭혔다.

추웠다.

겨울의 초입에 들어와 갑작스레 추위가 기승을 부리는 날씨 때문이 아니라, 불타오르는 양물을 달래줄 수 없기에 가슴까지 시리게 하는 추위는 그를 덜덜 떨게 했다.

정청화는 몸을 웅크렸다.

살포시 짓눌린 가슴이 바르르 몸을 떨었다. 손만 닿아도 불에 덴 듯 뜨겁게 몸을 달구어주던 사군이 돌아와 있었다.

하지만 오늘 하루만큼은 꼭 벌을 주고 싶었다.

사군이 얼마나 뜨거운 밤을 원하는가를 잘 알고 있었다. 하지만… 벌써 몇 번이나 안 된다고 다짐했지만… 혼자 침상에 들기에는 너무나 춥고 외로운 겨울 날씨였다.

창을 열었다.

싸늘한 밤 공기가 순식간에 전신을 감쌌다. 하지만 여체를 달구기 시작한 은은한 열기는 좀체 식을 기미가 보이지 않았다.

'그렇게 혼났으니 지금쯤은 정신을 차렸을 거야.'

불쑥 치미는 생각이다.

뺨을 맞고 발길에 짓눌려 바들거리는 그를 보는 순간, 잠깐이나마 후련했던 마음은 이내 사라지고 가슴을 저미게 하는 아픔만 있었다. 그 마음을 숨기려 꺼지라고 일성을 내질렀지만, 비틀거리며 물러서는 그를 보니 가슴이 더욱 시렸었다.

눈물이 고였다.

주변을 둘러보고 인기척이 없음을 확인한 정청화는 사군의 거처를 향해 몸을 날렸다. 건물 안으로 스며들어 사군의 침실 앞에 선 그녀의 눈에 들어온 것은… 무릎을 당겨 웅크리고 앉아 부들거리며 떨고 있는 애처로운 사내의 모습이었다.

따스한 가슴으로 꼬옥 안아주어야 했다.

"내 방으로 오너라!"

애써 무심을 가장해 전음을 날린 정청화는 얼른 처소로 돌아왔다. 눈물이 쏟아질 것 같았다.

'쯧쯧쯧!'

몰래 두 사람을 지켜보던 정춘교는 내심 혀를 챘다.

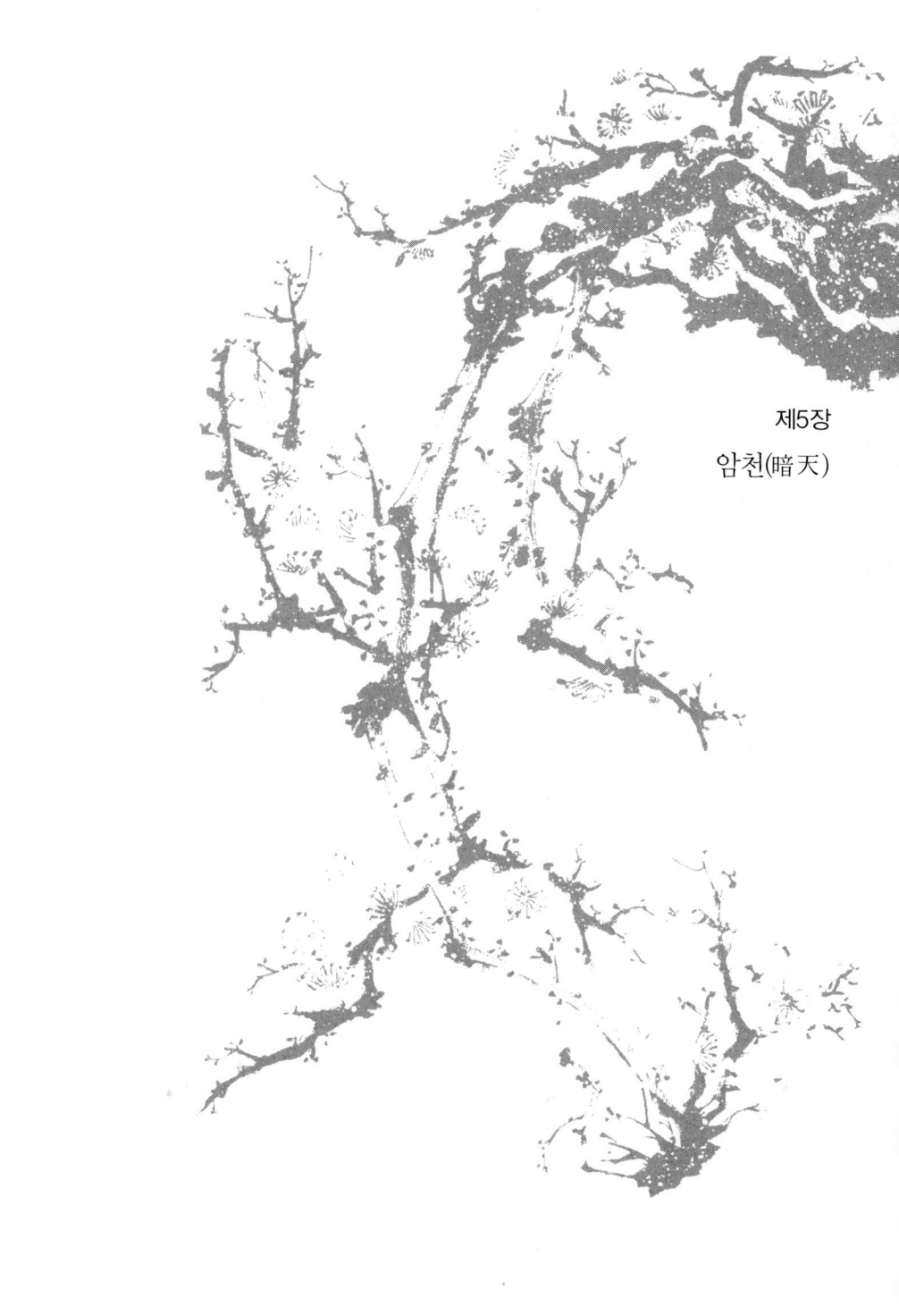

제5장

암천(暗天)

항주성 외곽의 작은 평야.

소흥 일대에 포진한 명군과 전당강을 눈앞에 두고 대치한 청병들의 진영이다. 적을 앞두고 군기의 엄중함을 보이려는 듯 수백의 막사가 열을 지어 나란히 늘어섰고, 그 사이로 번을 서는 경비병들과 순찰병들이 수시로 오갔다.

스르르르······.

구름이 다시 달빛을 가리자 흐릿한 그림자가 둥실 바람을 탔다.

벌써 십수 차례나 반복되는 일이었다.

그림자는 점차 군진의 중심으로 가까워지고 있었다. 흐릿한 구름이 밀려나며 달빛이 사위를 훤하게 비추자 그림자는 이동을 멈추었다. 한동안 미동도 않던 그림자가 다시 이동을 시작한 것은 작은 구름이 잠깐씩 달빛을 가려줄 때뿐이었다.

마침내 수십 개의 막사를 지난 끝에 흐릿한 인영은 몇 개의 호화로운 군막이 연이어 펼쳐져 있는 곳에 도착했다.

사군은 가장 중앙의 막사를 주목했다.

막사 대부분에는 불이 꺼져 있었지만 그곳만은 자정이 넘은 지금까지도 환하게 불이 밝혀져 있었다. 대장기를 우뚝 세우고 칼을 찬 무장 하나가 병사들과 함께 막사 앞을 지키는 것으로 보아 군진의 수장이 묵고 있는 것이 틀림없어 보였다.

'후후후……'

사군은 회심의 미소를 지었다.

창검으로 무장한 병사들이 몇 명씩 무리를 지어 번을 서거나 순시를 돌기에 몸을 숨기고 이곳까지 오는 것은 쉽지 않았다. 하지만 이미 몇 번의 적장 암살을 하면서 막사의 구조나 형태에 대해 어느 정도 경험이 있기에 일은 점점 쉽게 느껴지고 있었다.

일반적으로 중앙 막사 인근은 군사 기밀을 유지하거나 번거로움을 피하려는 듯 순시를 도는 병사들이 별로 없다는 것이 오히려 움직임을 편하게 하곤 했다. 이곳도 예외는 아니었다.

돌연 막사 안에서 호탕한 웃음과 함께 유창한 한어가 흘러나왔다.

"핫핫핫! 다행히 명조(明朝)의 황족들이 저마다 황제를 칭하고 힘을 분산시키고 있으니 강남 정벌이 의외로 쉽게 마무리 지어지는 듯하오."

"장군께서 우리 청국에 빨리 투항한 것으로 보아 대세를 읽는 눈이 탁월한 것을 알 수 있소. 아무튼 그런 능력이 전공(戰功)으로 이어지기를 기대하겠소."

"이를 말이오. 반드시 큰 공을 세워 나를 받아주신 섭정왕 전하의 체면을 세우도록 하겠소."

그의 말에 대답하는 자의 한어는 어눌했다.

'아니, 그럼!'

사군은 막사 안의 장수 중 하나가 나라를 배반을 하고 오랑캐에 붙은 자임을 알고는 분노를 금치 못했다.

'반드시 죽인다!'

사군은 나라를 망친 저런 변절자를 없애 버릴 수 있는 기회를 준 정춘교에게 진심으로 감사하며 서서히 진기를 끌어올려 기회를 엿보았다. 주변에 병사 네 명과 부장급의 장수 하나가 막사 출입구 쪽에 있을 뿐 다른 경계 병력이 없는 것을 확인하고는 서서히 막사 뒤쪽으로 접근했다.

마침내 막사와 삼 장 가량의 거리가 되자 무럭무럭 살기를 피워 올린 그는 최대한 진기를 끌어오려 몸을 날렸다.

팟! 팟!

길게 십자로 막사를 가름과 동시에 사군의 몸이 안으로 빨려 들어갔다.

커다란 중앙에 놓인 탁자에 주안상을 놓고 금배(金杯)를 기울이는 장수 차림의 두 중년인이 눈에 들어왔다. 두 사람 모두 떡 벌어진 어깨에 부리부리한 눈매의 전형적인 무장이다.

"헛!"

"아니!"

갑작스런 변고에 놀란 두 사람은 짧은 비명을 터뜨렸다. 하지만 전장에서 잔뼈가 굵은 무장답게 저마다 옆에 세워두었던 자신의 무기로 손이 갔다. 하지만 늦었다.

순간 사군은 무기를 꺼내 드는 그들을 향해 먹이를 낚아채는 맹수처럼 몸을 쏘아갔다.

쐐액!

"크윽!"

"흡!"

죽음을 알리는 단말마의 비명이 터진 것은 살기를 한껏 발산한 사군의 검이 등불에 번쩍이며 회수되는 즈음이었다.

"자객이다!"

작은 비명이었지만 밖에서도 들었는지 바깥 입구 쪽에 서 있던 부장이 안을 들여다보다가 검을 뽑으며 소리쳤다.

오늘 임무를 끝냈기에 안전한 탈출을 위해 몸을 돌리려던 사군은 다시 일어나는 살심을 어쩌지 못하고 자신을 향해 달려드는 무장에게로 검을 쏘아갔다.

"감히!"

몸을 돌려 달아나는 듯하던 상대의 갑작스런 반격에 일순 당황하던 무장은 습관적으로 칼을 휘두르며 사군의 검을 받았다.

창!

무장의 칼을 무 쪽처럼 잘라내며 그 사이로 검이 번쩍했다.

"으악!"

단 한 수에 자신이 당한 것을 도저히 믿을 수 없다는 듯 눈을 부릅뜬 무장이 몸을 휘청하는 순간, 사군은 막사 밖으로 몸을 뺐다.

"자객이다!"

"자객을 잡아라!"

"장군님 막사다!"

고함 소리가 사방에서 나며 침입자를 알리는 호각 소리가 곳곳에서 삑삑거렸지만, 당황한 병사들이 본 것은 막사 사이를 빠르게 스쳐 가는 그림자 하나가 전부였다.

"또 당했다는 말이냐!"

태사의에 앉아 있는 다이곤은 심기가 불편했다. 그는 북검 갈의현을 향해 신경질적으로 소리쳤다.

항주에서 두 장수가 자객의 손에 목숨을 잃었다는 소식이 있었다. 이번에 암살당한 장수들까지 벌써 일곱이나 목숨을 잃었던 것이다.

강남을 도모하는 일이 예상보다 지지부진하고 있는 데다 기껏 포섭해 품에 안은 장수들은 물론 청의 명장들까지 한낱 자객에게 목숨을 잃고 있었다. 장수를 잃으니, 진중(陣中)의 사기가 떨어지는 것은 물론 진격 속도가 너무나 늦어지고 있어 그를 초조하게 했다.

지금의 시간은 적어도 그의 편이 아니다.

흩어져 달아났던 명의 잔당들이 곳곳에서 집결해 세력을 규합해 대항하는 것은 물론 대규모 군대로 변모해 도처에서 청군을 공격해 왔다. 이런 상태가 지속된다면 어쩌면 장강 이북으로 다시 철수해야 하는 불행한 사태가 생길 수도 있었다.

"대체 놈의 배후에 누가 있느냐?"

"밝혀진 바로는 영파상방의 정춘교입니다. 제갈홍이 죽은 후로 강남의 무인들을 그가 조종하고 있다고 합니다. 휘하에 영파오월로 불리는 자들의 실력이 보통이 아니라고 들었습니다. 원래는 영파 지역의 중견상 방이었는데, 중원표국주의 아들 석호인과 딸의 혼사를 이용해 중원표국마저 집어삼킨 자입니다."

"흠… 엄생 못지않은 대단한 자로군."

"지금 계획을 세우고 있으니 곧 제거될 것입니다."

"아니야. 우리에게 지금 필요한 것은 그런 능력있는 사람이지. 우리가 명군의 수십 분의 일에 불과한 병력으로 중원을 도모할 수 있었던 것도 바로 그런 포용력 덕분이 아니었더냐? 자네는 그 일에서 빠지게."

"알겠습니다."

갈의현은 공손히 읍을 하고 물러갔다.

"흠! 그자를 안으면 반청 세력을 일거에 소탕할 수 있고 중원표국과 영파상방이 품에 들어온다는 말인데… 적임자가 없는 것이 아니지."

병법의 최고는 싸우지 않고 이기는 것이다. 그에 더해 그 적을 품 안에 넣고 조종할 수 있다면……. 다이곤은 제갈강을 떠올리고 있었다.

"부르셨습니까?"

사군은 머리를 조아렸다.

"자네……."

정춘교는 어딘가 서먹한 느낌이 드는 그 말에 잠시 멈칫했다. 자신이 하기는 했지만 스스로도 예상치 못했던 호칭이다.

사군도 마찬가지다.

잘못 듣지 않았다. 분명 '자네'라고 했다. 자신을 인정해 준다는 그 어떤 말보다도 가슴을 찡하게 만드는 말이었다.

털썩!

사군은 무릎을 꿇었다.

"하교해 주십시오!"

"아무래도 내가 세상을 잘못 읽은 것 같구나. 십수 만에 불과하다던 청군이 그토록 파죽지세로 몰려올 줄은 미처 몰랐다. 게다가 양주만 지켜낸다면 놈들이 감히 장강을 건너오지 못하리라 생각했는데… 휴 우……."

정춘교는 잠시 말을 멈추고 긴 한숨을 내쉬었다. 그는 장강 이남과 이 북으로 나뉘어진 판도를 구상했었다. 북은 청이 남은 명이, 그렇게만 되 었더라면 근왕병을 조직해 양주성으로 보내고 이곳 절강에서 청국의 간

세들을 척살했던 자신의 행동은 힘겹게 버티던 명 황실에 큰 공을 세운 셈이 되었을 터였다. 그렇게만 되었다면 당연히 조정은 물론 상계의 지지를 받아 영파상방을 중원 최고의 거대 상방으로 키워 딸 정청화에게 물려줄 생각이었다.

하지만 남경의 황제는 포로로 잡혔고, 항주까지 청군의 손에 떨어졌다는 소식을 들은 것은 불과 며칠 전이었다.

"내 딸을 자네에게 맡기지."

"무슨 말씀인지……?"

놀란 사군은 어깨를 꿈질하며 반문했다.

"난세야. 석호인 같은 무능한 놈이 화아를 지켜줄 수 있을 것 같지 않아. 자네와 혼인식을 치른 것은 아니지만 그 아이를 처음 가진 사내가 자네였고, 그 후로도 서로가 좋아 계속 서로 몸을 섞었으니 내 부탁이 무리한 것 같지는 않구나. 게다가 석호인 그자는 사내 구실도 하지 못하는 처지라 그동안 진짜 남편은 자네나 다름없었지."

사군을 대하는 정춘교의 말투는 그 속내를 대변이라도 하듯 어정쩡했다. 아직도 '감히 네 따위가 내 딸을…' 하는 생각이 드는 것은 당연했지만 그동안 놈과 미운 정 고운 정 들어버린 것 또한 나이 탓인지도 몰랐다.

하지만… 난세의 세상은 실로 바쁘게 바뀌고 있었다.

변화에 적응하는 자는 살아남을 것이요, 그렇지 못한 자는 스러지고 마는 것이 세상사가 흘러가는 이치다.

정춘교는 어젯밤 제갈강과 나눈 말을 실천해야 했다. 딸과 상방의 미래를 위해 그가 선택할 수 있는 마지막 길이기도 했다.

"놈을 넘겨주시지요. 마지막 기회라는 것은 잘 아실 테지요?"

"그럼! 지난번 장평 공주의 탈출을 돕기 위해 우리 측의 매복을 적들에게 알린 것도 자네인가?"

"후후후, 말씀드리기 어려운 질문만 골라서 하시니 대답을 드리기가 쉽지 않군요. 게다가 마음에 품고 계신 생각이 있으시니 아니라는 말씀을 드릴 수는 없겠군요."

"사실인가?"

"……."

"이놈! 네 아버님도 그곳에 계신 것을 잘 알지 않느냐!"

"갑자기 언성을 높이시다니… 대영파상방의 총행두께서 이리도 쉽게 흥분하실 줄은 미처 몰랐습니다."

"으음……!"

"이미 세상이 바뀌었습니다. 장강을 넘지 못하게 했다면 모르되 이미 강을 건너 남경 일대 모두가 청병들에게 떨어진 마당입니다. 아버님이나 저나, 그리고 총행두 어른께서 아무리 애써도 대군을 지휘하는 장수들이 속속 청군에 투항해 머리를 밀고 있습니다."

"나는 살부(殺父)의 죄를 얘기하고 있네."

"하늘에 두 가지를 빌었습니다. 첫 번째는 아버님이 그 매복에 직접 참여하지 않으실 것을 빌었고, 두 번째는 아버님의 지혜라면 능히 전세를 파악하고 몸을 빼실 것을 빌었지요."

"두 가지 소원 따위는 애초에 필요없었네!"

"가문과 아버님 모두를 위하는 일이었습니다."

"그만두게! 아비를 위험으로 몰고 가 끝내 죽게 한 것은 어떤 이유로도 용납이 될 수 없네. 설사 그 어른이 살아나셨더라도 말일세!"

"후후후후, 총행두 어른이 저라면 어찌하셨겠습니까?"

제갈강과의 긴 이야기는 그렇게 시작되었고… 그 마지막의 답은 사군이었다.

"자네가 해야 할 일이 있어."

정춘교는 오늘 진정 하고 싶은 말을 꺼냈다. 가슴이 아프지만 어쩔 수
없었다.

"말씀하십시오."

"당분간 청군이 전당강을 넘지 못하도록 자네가 도와야 해. 만약 그자
들이 강을 건너면 그때는 이곳 소흥은 물론 영파까지도 단숨에 휩쓸리고
말 것이네. 다시 말하면 이곳 중원표국도, 그리고 그 안주인인 내 딸 화
아도 무사할 수 없다는 것이고, 내 모든 것이기도 한 영파상방도 끝장이
라는 말이지."

'아가씨!'

움찔할 정도로 놀랐다.

정청화도 변을 당할 것이라 한다. 무지한 오랑캐 놈들에게 소흥이 넘
어간다면 명군을 위해 일했던 정춘교는 물론 그 딸도 당연히 문제가 될
것이니 틀린 말이 아니다. 하지만 그 많은 청병들을 어떻게 혼자서 맞이
하란 말인가. 그런 생각을 예상이라도 하듯 뒷말이 이어졌다.

"놈들이 양주성에서 백만 성민을 잔혹하게 죽였다는 말은 들어 알
고 있겠지? 이곳 절동(浙東) 일대에서는 우리 집안이 가장 먼저 표적
이 될 것이다. 아무리 수효가 많아도 싸움이란 무릇 장수가 하는 것.
자네 임무는 다이곤이나 다탁 등 청나라 오랑캐 친왕들의 목을 베는
일이다."

상대의 머리를 잘라라!

정춘교의 요구는 그것이다.

"혼자 하라는 것이 아니다. 명문세가의 자제 몇이 너와 함께할 것이

다. 그들은 또한 누구 못지않은 무공과 갖춘 자들로 굳은 결심으로 일을 결행하기로 한 사람들이다. 벌써 몇 달 전에 협조해 달라는 통보를 받았지만, 자네를 보내는 것이 화의 마음을 상하게 할까 망설였고, 그 이후로는 실종이 되어 생각할 여지도 없었지. 목숨을 걸어야 하기에… 휴……. 나 또한 너를 보내고 싶지는 않다만 이곳이 풍전등화의 위기에 몰리는 것은 물론이고 화아의 안위마저 위태로운 지경에 이르렀으니 달리 방법이 없구나. 어쩌면… 네가 나서는 이번 기회가 마지막일지도 모르지……."

하고 싶은 말, 해야 할 말을 끝났다.

사람을 제대로 써먹으려면 필요한 절차를 밟아야 한다. 정춘교는 사군을 달래주는 것도 잊지 않았다.

"당장 나서라는 것은 아니다. 돌아온 지 얼마 되지 않았으니 며칠 휴식을 취할 말미를 주마."

"알겠습니다."

"떠나는 날 행선지를 일러주겠다."

두 사람은 대화는 그렇게 끝을 맺었다.

정춘교는 큰 짐을 덜은 듯 홀가분했다. 그동안 사군이 해치운 청군의 앞잡이는 그 수가 적지 않았다. 다이곤에게 그 빚을 다 갚고 속죄를 하려면 가능한 한 더 많은 수급을 모아주어야 한다.

모두에게 좋은 선택을 할 수 있다면 좋으련만… 인간사 그런 좋은 선택을 할 수 있는 기회란 정말이지 몇 번이 되겠는가. 이번에도 가슴 아픈 선택을 해야 한다는 것이 그의 마음을 무겁게 만들었다.

석가장에는 또다시 미묘한 기류가 흘렀다.

중원 최대 표국인 중원표국의 본장인 석가장 전체를 야금야금 파고드는 그 암류의 진원지는 바로 안채다.

오늘도 정청화는 대낮부터 사군에게 몸을 맡기는 낯 뜨거운 행동을 서슴지 않았다.

"부국주 도행오도 이미 내게 넘어온 셈이고, 이제 세 단주(團主)와 당주급들만 제압하면 끝인데……."

침상 위의 정청화는 사군의 무릎을 베개 삼아 누운 채 풀어헤쳐진 젖가슴을 내맡기고 눈을 게슴츠레 뜬 상태에서 중얼거렸다. 전에는 그래도 대낮에 이런 행동을 하는 것은 자제했지만, 늘 그렇듯 처음이란 고비만 넘기면 무감각해지는 것이 사람이다. 한두 차례의 가벼운 낮 시간의 밀회가 아무 이상이 없다는 것을 확인한 이후로 두 사람의 사랑에는 밤낮이 없었다.

"걱정거리가 있나요?"

그녀의 넋두리 비슷한 혼잣말에 사군이 근심스런 표정으로 되물었다.

정청화는 그를 올려다보았다. 언뜻 보기에는 정상 같지만, 자세히 보면 눈이 흐릿하게 정기를 잃고 있는 사람.

이 사내!

자신의 뇌호혈에 은침이 박혀 있음을 알고 있기나 할까?

가슴이 아리고 불쌍하기까지 하지만 그렇다고 지금 은침을 빼줄 수는 없는 노릇이다. 언제 떠나 버릴지도 모른다는 두려움도 있지만 자신의 모든 결정이 사군에게 황법(皇法)이 되어 무한히 존중받는 이 상태가 좋기 때문이다. 천하를 오시하는 대장부가 되기보다 자신의 발 아래 무릎을 꿇고 떠받들어 주는 것이 더 좋다.

정청화는 고수들에게 둘러싸인 취련만 안고 배에서 달아나던 사군을 아직까지도 잊지 못하고 있었다. 당시 배에 남겨졌던 사람은 중상을 입은 시비를 제외하고는 그녀 혼자였다. 그때부터인가 정청화는 사군이 자신을 떠나 다른 여자에게 갈지도 모른다는 불안에 싸여 있었다.

사군은 그런 정청화를 보고만 있어야 하는 것이 못내 가슴 아팠다. 그러기에 그저 정청화의 젖가슴을 부드럽게 보듬어주는 것으로 자신이 곁에 있음을 깨우쳐 주려고 했다. 두 사람이 잘못하고 있다는 생각은 하지만, 그 모든 것이 자신의 잘못에서 비롯되었음을 알기에 더욱 가슴이 쓰렸다.

정청화는 수시로,

"흑흑, 그 일만 없었다면 나도 석호인 같은 망나니가 아니라 번듯한 가문의 귀공자와 혼인할 수 있었을 거야. 흑흑흑!"

하고 훌쩍이며 그의 품에 안겨오곤 했다.

그때마다 그저 쥐구멍이라도 들어가고 싶은 마음이었고, 정청화를 뜨겁게 안아주는 것으로 슬픔을 달래주려고 했다.

사군을 대하는 정청화의 태도는 보통 사람의 생각으로는 이해하기 어렵다. 그것은 아버지 정춘교와 마찬가지로 그녀 또한 현실과 사랑, 그리고 사군의 임무 속에서 확실히 마음을 굳히지 못했기 때문이다.

어떨 때는 세상에 하나밖에 없는 정인처럼 위해주다가도 조금이라도 마음이 불편할 때면 사군의 심장에 비수를 꽂는 말도 서슴지 않았다.

사실 오늘 그녀의 심기는 적잖이 불편했다.

중원표국을 실질적으로 장악하려고 표국 내 세 단주에게 은밀히 사람을 보냈건만 신통한 대답 없이 어정쩡한 태도를 보이더라는 사자의 전언 때문이다.

세 단주란 중원표국의 오늘을 있게 한 흑풍호송단, 보표단, 호위단의 수좌들을 말했다. 그들은 중원표국의 변화를 뒤로 한 걸음 물러나 조용히 지켜보고만 있었다. 석호인이 하는 짓거리로 보아 정청화에게 기대어

올 법도 하건만, 석자희의 은근한 견제가 그들로 하여금 행동을 망설이게 만들고 있었다.

태평성시라면 시간이 모든 것을 해결하겠지만 청병들이 강남을 몰아치는 이런 상황에서는 함부로 움직일 수 없다는 것이 그녀를 짜증나게 했다.

정청화 오늘 그 화풀이를 사군에게 했다.

"소주 소수장원(蘇繡莊園)의 문약란(文若蘭)이 자결했다고 하는구나. 혈안색마에게 몸을 망쳐 괴로워하다가 끝내는 목을 매 죽었다고 하더구나."

정청화는 매서운 눈초리로 사군을 노려보며 말했다.

"헉!"

사군은 가슴이 덜컥 내려앉았다.

목을 매 죽다니……! 그런 일이 생길지도 모른다는 생각은 했었지만 막상 그 말을 듣는 순간 천 길 벼랑 아래로 떨어지는 아득함에 머리가 텅 비어버렸다.

"석호장(石虎莊) 아가씨도 죽으려고 비상(砒霜)을 먹었는데 겨우 목숨은 건진 모양이라고 들었다. 그 여자도 혈안색마에 당했다지? 하긴 나도 한때는 죽음을 생각했었으니까."

정청화는 처연한 표정을 지으며 덧붙여 말했다.

"안 돼요!"

사군은 황급히 무릎을 꿇었다. 정청화가 없는 세상은 상상할 수도 없다. 겁에 질린 눈으로 발을 붙잡고 늘어지듯 매달리는 사군을 내려다보고 가슴이 아파진 정청화는 말투를 누그러뜨렸다.

"날 죽게 만들지 마."

부드러운 말투.

하지만 지금은 그 어떤 위협보다 더 두려운 말이다.

"죽는 한이 있더라도 그런 일은 없을 겁니다!"

사군은 부르짖듯 답했다.

유심장(唯心莊).

청홍장을 탈출한 연청아는 소주로 돌아와 유심장에 몸을 숨기고 있었다.

무엇보다도, 한동안 성안을 떠들썩하게 했던 혈안색마가 사군일 것이라는 확신이 있었고, 그가 마지막 모습을 보인 곳이 바로 이곳 소주였기 때문이다. 배도 이미 불룩 나와 있어 행동에도 상당한 제약이 따르는 것은 물론이고, 자칫 지난번과 같은 끔찍한 일을 또 당했다가는 자신보다 뱃속의 태아에게 끼칠 영향이 더 두려웠다. 이제는 몸도 쉽게 피곤해져 수시로 잠에 빠지는 시간이 많았다.

다행스러운 것은 장보도에 관한 세간의 풍문이 잠잠해졌다는 것이다. 잊혀질 만하면 갑자기 나타났다가 돌연 사라져 버리는 것이 보물 지도에 관한 얘기이기에 그토록 쉽사리 잊혀지고 있는지도 몰랐다.

"아악!"

이마에 축축한 땀이 가득한 연청아는 비명 소리와 함께 화들짝 놀라 침상에서 일어났다.

꿈이었다.

석호인과 조춘에게 몹쓸 일을 당한 이래 한동안 나타나지 않았던 악몽이 다시 찾아와 그녀를 괴롭히고 있었다. 얼마나 견디기 힘들었던지 눈가에 눈물까지 어려 있었다.

연청아는 미처 땀도 닦지 않은 채 불룩한 배를 가만히 쓰다듬었다. 뱃속에서 아기의 움직임이 느껴지고 있었다.

뚜벅. 뚜벅.

발자국 소리에 놀란 연청아는 퍼뜩 고개를 문 쪽으로 향했다. 불안이 엄습했기에 자신도 모르게 손이 머리맡으로 향했다. 배가 점차 불러오며 허리띠처럼 사용했던 연검은 풀어놓고 있었다. 하지만 그녀는 이내 손을 거두었다.

"험!"

작은 헛기침 소리와 함께 문이 열렸다. 아버지 연대종이다.

"몸은 괜찮으냐?"

땀에 젖은 얼굴을 본 연대종이 걱정스런 말투로 물었다.

"나쁜 꿈을 꾸었어요."

"쯧쯧쯧. 그런 꿈은 태아에게도 좋지 않은데……."

"꾸고 싶어 꾸는 꿈이 아니란 것을 잘 아시잖아요?"

가시 돋친 날카로운 말에 연대종은 고개를 돌렸다. 가슴 아픈 기억. 집을 비워둔 사이에 몹쓸 짓을 했던 놈을 베어버렸던… 그리고 그 상처를 안고 살아가는 불쌍한 딸. 이런 생각이 들 때면 딸의 눈을 마주하기 힘들었다.

잠시 어색한 침묵이 흘렀다.

"소식이 있나요?"

사군에 관한 일을 묻는 것이다.

"글쎄다. 죽었다는 소문을 듣지 못한 것이 전부인데……."

말꼬리를 흐렸다. 거짓말이기 때문이다. 사군의 행적이 발견된 곳은 의외로 소주가 아니라 소흥이었다. 근거지를 습격당하면 한동안 그곳에 모습을 드러내지 말아야 한다는 투도계(偸盜界)의 불문율과 같은 말이 있음에도 소흥까지 갔었다. 딸자식의 배를 불룩하게 해놓은 어린 사위 놈을 찾아 나서서였다.

한동안 수시로 주인이 바뀌는 자금성에 뭔가 먹을 것이 없을까 기웃거리다가 돌아왔던 그였다. 아이를 가졌다는 말에 아비가 누구냐고 물었고, 천연덕스럽게,

"사군이에요!"

하는 딸의 말을 처음 들었을 때는 너무 기가 차서 말이 나오지 않았을 정도였지만, 이미 생쌀이 밥이 되어버린 상황이었다.

소흥을 찾은 것은 정춘교 일행의 종적이 혈안색마가 사라진 날짜와 일치한다는 단서를 잡고 나선 길이었다. 사군이라는 녀석이 소주의 부녀자들을 겁간하고도 모자라 정청화의 정부(情夫)가 되어 있음을 알고는, 그 자리에서 일장에 쳐 죽이고 싶을 정도로 화가 났었다. 하지만 어찌하랴. 불러오는 딸의 배를 생각하며 부들거리는 손을 겨우 진정시켜야 했다. 생과부에 유복자를 만들 수는 없는 노릇이었다.

그저 '사내라면 삼처사첩이라도 큰 흉허물은 아니겠지' 하는 자조의 말로 위안을 삼은 것이 고작이었다. '영웅호걸은 호색(好色)' 이라는 말도 생각나기는 했었다. 또 다른 위안은 장보도를 지닌 것으로 알려진 딸의 생명을 지킬 사내라면 적어도 그 정도의 무공은 지녀야 한다는 생각이었다.

하지만 그가 정작 놀랐던 것은 정청화와 사군의 사통에 석가장 일부 사람들이나 정춘교의 묵인이 있는 것 같다는 느낌이었다.

"부탁이에요. 뱃속의 아기가 반드시 아버지를 만날 수 있도록 해주세요."

연대종은 또다시 고개를 돌려야 했다. 그토록 고집불통이던 딸이 애처롭게 사정하는 것을 지켜본다는 것은 너무도 가슴 아픈 일이다.

한숨이 절로 나오는 상황이었지만 딸의 가슴을 아프게 할까 감히 그러지도 못하는 처지가 더욱 그를 답답하게 했다.

'그나저나 현 총관이 잘 해내고 있는지 모르겠군.'

그동안 소홍에 다시 새로운 거처를 마련했고 중원표국에 처박혀 있는 사군의 행동을 감시하라며 현 총관을 붙여두었던 것이다.

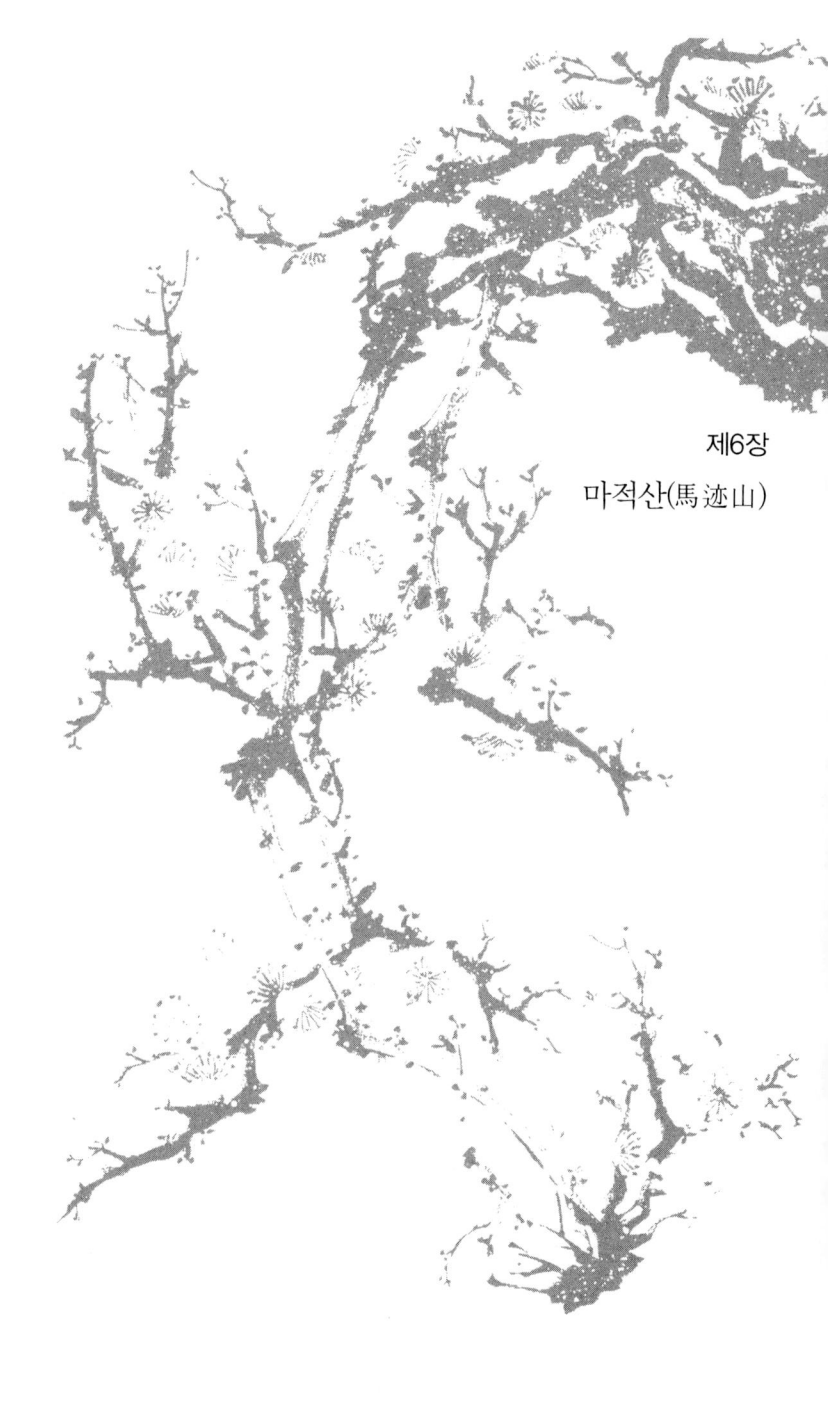

제6장

마적산(馬迹山)

마적산(馬迹山).

태호 북쪽에 위치한 작은 섬에는 취호장이라 불리는 작은 장원이 있었다. 마적산에 기대 산록을 따라 비스듬히 지어진 이 장원에는 얼마 전부터 곳곳에 망루가 세워지고 도검으로 무장한 장한들이 오가는 등, 마치 철통같은 요새를 방불케 하는 경비를 펼치고 있었다.

조금만 떨어져도 인적을 분간하기가 쉽지 않은 우중충한 날씨다.

평범해 보이는 작은 배 한 척이 서서히 섬으로 접근하고 있었다. 소선은 섬과 그 속에 몸을 숨기고 서서히 섬 뒤쪽으로 돌아들었다. 장원에서 새 나오는 불빛이 희미하게나마 섬의 방향을 알려주었다. 배 위에는 노를 젓는 사공 둘과 남녀 둘이 타고 있었다.

"준비하세요."

제갈옥은 사군을 돌아보며 무심한 말투로 말했다. 면사를 격해 있다고는 하지만 눈빛만 마주쳐도 일렁이는 가슴이기에 이렇듯 무심을 가장해 말하는지도 모른다.

사군은 고개를 끄덕이며 섬을 노려보았다.

긴장이 전신에 스멀거렸다. 오늘 잠입할 취호장에 어떤 위험이 있는가에 대한 충분한 정보는 없다. 다만 청국의 친왕급(親王級)에 해당하는 중요 인물이 이곳에 있고, 제일의 무인으로 알려진 북검 갈의현이 수시로 출입을 한다는 것, 그리고 경계가 예사롭지 않다는 것이 전부다. 그 인물이 어쩌면 당금 천하를 좌지우지한다는 섭정왕 다이곤(多爾袞)일 수도 있고, 바로 그 아래 서열의 친왕 다탁(多鐸)일 수도 있다는 말이 덧붙기는 했다.

사군은 마음을 가다듬었다.

배 위에는 가는 나무 기둥이 몇 개 실려 있었는데, 그중 세 개를 골라 옆구리에 끼었다. 배를 섬 가까이 대지 않고 사군을 상륙시키기 위해 제갈옥이 생각해 낸 방법이다.

제갈옥은 그런 모습을 말없이 지켜보았다.

혈안색마 사군.

도하촌 촌놈이라고 했다.

어쩌다가 제갈세가가 꾸민 장보도 사건의 중심에 서서 무림에 이름이 알려졌지만, 그가 혈안색마라는 사실을 아는 사람은 극소수에 불과하다. 나라를 구하겠다는 신념으로 어느 날 선실에서 세가제일의 재녀인 자신의 옷을 벗게 만든 촌놈이다.

그 때문일까. 섬으로 갈 준비를 하는 사군을 바라보는 제갈옥의 심경은 말로 표현할 수 없을 정도로 혼란스럽기만 했다.

'반드시 살아서 돌아와야 해요.'

미안한 마음이 겹쳐진 진심이 담긴 소망이건만 그렇게 비는 제갈옥의 속내는 궂은 날씨만큼이나 어두웠다.

휘릿!

그녀의 속마음을 알 리 없는 사군은 나무 중 하나를 호수 위로 던지고 나머지 두 개를 옆구리에 낀 후에 몸을 날렸다.

풍덩!

십여 장 앞쪽에 떨어진 짧은 나무 기둥이 물속으로 들어갔다가 다시 위로 솟구치자, 사군은 가볍게 그 기둥을 박차고 올라서며 또 한 개의 기둥을 칠팔 장 앞쪽으로 던졌다. 다시 통나무를 밟고 몸을 날리는 두 번의 솟구침으로 섬에 도착할 수 있었다.

'꼭 성공하세요.'

제갈옥의 면사가 흔들렸다.

힘겹게 눈발을 밀어내며 호수를 스쳐 가는 차가운 바람 탓만은 아니리라.

잠시 마음을 수습하느라 시간을 보낸 그녀가 배를 몰고 온 선부 중 한 명을 돌아보며 말했다.

"신호를 보내세요."

남루한 옷차림에 허연 수염을 호수 바람에 너풀거리고 있던 선부는 가볍게 고개를 끄덕이고는 목을 길게 뽑았다.

노가주 제갈홍을 보필해 제갈세가를 지켜온 여덟 개의 기둥인 팔노(八老) 중 수좌 제갈광(諸葛廣)이다. 노가주 제갈홍이 양주 싸움에서 패퇴해 도주하는 장평 공주를 구출하러 출정했다가 비명에 간 이후 세가를 나와 제갈옥을 대신 모시고 있었다.

제갈광의 목에서 묘한 소리가 났다.

"꾸르르륵! 꾸르르륵! 꾸르르륵!"

얼핏 들으면 호수 주변에서 짝을 찾는 물새 소리 같은 경쾌한 울림이 사방으로 퍼져 갔다.

"꾸르르륵! 꾸르르륵! 꾸르르륵……."

어디선가 그에 화답하듯 이런 우중충한 날씨에 어울릴 법한 애절한 물새 소리가 맞장구를 치자, 선부는 손에서 입을 떼고 제갈옥을 바라보았다.

긴장이 가득한 표정.

사군은 미끼다.

본인만 모를 뿐 제갈옥도 알고 제갈광도 안다.

그들이 아는 사군의 임무는 공격 직전에 적을 휘저어놓는 것이다. 오늘 기습을 위해 강남무림의 정예가 상당수 모이기로 했고, 신호가 온 이상 큰 이상은 없을 것이다.

제갈세가의 백팔지살(百八地煞), 정춘교가 파견을 약속한 영파오월(寧波五月), 사군을 주공이라며 따르는 절강삼괴(浙江三槐)와 그 수하들, 그리고 강남 협의지사들 중 무공에 자부심을 가지고 있는 상당수의 무림인들까지 도합 수백에 이른다.

그들 모두의 생명이 제갈옥의 가녀린 어깨에 매달려 있다.

"해낼 수 있어!"

면사 속에서 나지막하지만 단호하게 흘러나오는 말, 입 밖으로 내뱉을 말이 아니건만……. 마음속 긴장과 두려움은 그만큼 그녀를 압박하고 있었다.

제갈옥은 중요한 일을 치를 때면 늘 부딪쳐야 하는 알지 못할 불안감의 압박을 견디기 위해 작은 주먹을 불끈 쥐었다.

'긴장하고 계신 게야.'

제갈광은 고개를 돌렸다. 일렁이는 물결 위에서 보이는 섬은 작고 시커먼 그림자로 남았다.

다이곤은 검푸른 눈가에 만족한 미소를 띠었다.

"드디어 무덤으로 가는군!"

그는 멀리 태호의 마적산이 보이는 혜산(慧山) 정상의 장막 속에 있으며 그곳에서 일어나는 상황을 예의주시하고 있었다. 우중충한 날씨였건만 그는 호수 안에서 움직이는 사람들보다 더 자세히 상황을 꿰뚫고 있었다. 그의 날카로운 눈은 도검이 일으키는 미세한 금속 광을 놓치지 않고 있었다.

잠시 후 흐릿한 등불들이 여름날 떼지어 들판을 나는 한 무리의 개똥벌레처럼 저마다 불을 밝히고 섬으로 향하는 것도 보았다.

"놈들의 주력입니다."

그의 몇 걸음 뒤로 한눈에 보기에도 둔중한 철검을 어깨에 멘 갈의현이 서 있다가 그것을 보고 말했다.

"저놈들만 보내면 끝인가?"

"숨통을 끊는 것이나 진배없습니다."

"좋군! 좋아! 매우 좋아! 그건 그렇고 제갈강 그자는 아비는 물론 친동생까지 사지에 몰아넣다니, 정말 대단한 자로군."

"후후후. 딴에는 가문을 살리겠다는 대의멸친(大義滅親)의 신념으로 행하는 일로 말하고 있습니다만, 제가 알아본 바에 의하면 그간 세가 내에서 여동생과 비교해 떨어진다는 평가를 받아온 것에 한을 품지 않았나 생각됩니다."

"좀 모자란 놈이로군. 하지만 제갈세가를 무너뜨리는 데에 그자를 대신할 인물이 없으니 당분간 중용할 필요는 있겠군. 게다가 여동생에게 한을 품는 속 좁은 작자라니……. 핫핫핫! 쓰임새가 크겠어."

"그렇습니다."

"중원의 속담 중에 이이제이(以夷制夷)라는 말이 있는 것을 아느냐? 제갈강은 정보를 주고 용진우는 놈들을 소탕하고…… 나는 그저 팔짱만 끼고 구경하다가 후에 머리를 쓰다듬어 주며 작은 상을 내리면 되지. 이게 바로 이이제이의 완벽한 실천이 아니냐?"

"그렇습니다."

"싸움이 끝난 후에 혹시라도 포로가 있으면 잘 설득해 우리 편으로 만들도록 하라. 아직도 강남에는 반청 인물들이 많이 있으니 머지않은 장래에 써먹을 날이 있을 것이다. 원래 그런 자들일수록 충성을 과시하기 위해 더욱 열성으로 명령에 따르게 마련이지. 아무리 생각해도 너무 효과적이야. 으핫핫핫핫!"

섬을 바라보는 다이곤의 눈동자에 작은 불빛들이 떼지어 일렁였다.

상황은 제갈옥의 우려만큼이나 좋지 않았다.

그들의 움직임을 살피고 있는 사람들은 또 있었다.

마적산 산정 부근의 세 사람이었다. 공동삼진인, 그들은 날카로운 안력으로 눈발을 뚫고 섬으로 날아드는 사군을 지켜보고 있었다.

"흠, 대단하군!"

"그렇습니다. 지난번에도 우리를 놀라게 했지요. 제 육양장을 맞고 저렇듯 살아났다니 정말 대단한 놈이로군요."

파군 진인의 말에 녹존 진인이 답했다.

"흐흐흐. 녀석이 하는 짓거리를 지켜보는 것도 재미있을 것 같군요."

거문 진인 또한 미소를 지으며 말했다.

세 사람은 서로 눈빛을 교환한 후 산정 아래로 몸을 날렸다.

사군은 경비 무사들의 눈을 피해 장원 안으로 스며들었다.

장원은 사방 벽면을 따라 두 개씩 건물이 서 있는 사합원 양식에 중앙에 한 건물이 덩그러니 놓여 있는 구조였다. 사군은 그중 남쪽에 있는 건물 담장 건너편에 몸을 숨겼다. 이미 장원 주변을 샅샅이 살폈지만 특별히 이상한 점을 발견하지 못했다.

뒤로 물러난 사군은 장원이 내려다보이는 망루로 접근했다.

지면에서 삼 장 정도의 높이로 지어진 망루 꼭대기에 있는 작은 초소는 사방을 짚으로 엮어 만든 거적에 둘러싸여 있었다. 눈발은 사람의 움직임과 발자국을 가려주기에 충분했다. 사군은 조용한 눈매로 망루의 사다리를 노려보았다.

'세 명!'

상대의 호흡으로 정확한 위치를 파악한 다음 손을 흩뿌렸다.

팟! 팟!

두 갈래 지풍이 거적 사이에서 쏟아져 갔다.

"헛!"

남은 한 명은 갑자기 쓰러지는 두 동료를 보며 당황해 헛바람을 들이키는 순간, 사군은 안으로 들어서며 그의 아혈을 제압했다.

"시끄럽게 굴면 이 자리에서 죽인다. 내가 묻는 말에 확실히 대답해주기를 바란다. 네가 아니라도 말해 줄 사람이 둘이나 더 있다는 것을 잊지 마라."

검을 뽑아 목줄기에 들이대며 음산한 어조로 말하자 놀란 장한의 눈에 공포가 어렸다.

"이곳이 대체 무엇을 하는 곳이냐?"

아혈을 풀어준 사군이 물었다.

"모, 모릅니다. 그저 몰래 침입하는 놈들이 있는지 지키라는 명령을 받은 것이 전부입니다."

죽음에 대한 두려움이 가득한 눈으로 술술 불어대는 말이다.

사군은 이해할 수는 없었다.

"바른대로 말하지 않는구나!"

사군의 음성은 더욱 음산해졌다. 그때였다.

"흐흐흐! 우리가 그 답을 해줄 터이니 쓸모없는 내 수하들은 그만 괴롭히는 것이 어떠냐?"

어디선가 늙수그레한 목소리가 들려왔다.

사군은 화들짝 놀라 사방을 둘러보았다. 망루 전면에 복면인 하나가 서 있었다. 상대가 '우리'라고 했기에 다른 곳도 둘러보았다.

'제길!'

세 명의 복면인이 눈발 속에서 망루를 가운데 두고 품 자 형으로 포위를 하고 있었다.

"그만 내려오시지!"

그 말과 함께 복면인 중 하나가 장력을 날렸다. '펑' 하는 소리와 함께 망루가 휘청거리며 뿌지직 하는 소리를 내며 천천히 옆으로 기울었다.

"으헛!"

놀란 사군은 얼른 진기를 끌어올려 옆면을 박차고 뛰쳐나갔다.

"으악!"

쿠당탕! 쿵쾅!

요란한 소리와 함께 삼 장 높이의 망루가 쓰러지자 안에 남아 있던 장한은 비명을 지르며 옆으로 튕겨져 나갔다.

팟!

사군이 미처 땅에 내려서기도 전에 날카로운 지풍이 날아왔다.

스읏!

추혼지(追魂指)!

거문 진인의 성명절학으로 단 한 수에 혼을 앗아간다는 무서운 수다. 다른 지법과 달리 지풍을 날려도 파공음이 나지 않기에, 상대는 소리없이 다가오는 지풍을 알지 못해 돌연 사혈을 당하며 죽음에 이르는 것이다.

"훗!"

다가오는 살기를 감지하고 얼른 몸을 틀자 핑 하는 소리와 함께 살기를 동반한 지풍이 귓전을 스쳐 갔다. 입에서 헛바람이 절로 나왔다.

몸을 튼 그를 향해 또 다른 공격이 퍼부어졌다.

쐐액!

허리를 노린 파군 진인의 칠상검초(七傷劍招)다.

"헛!"

사군은 몸을 뒤로 젖혀 철판교(鐵板橋)의 수법을 연상케 하는 동작으로 수평으로 갈라오는 상대의 공격을 겨우 피했다.

"타앗!"

중심을 잃고 구르는 듯 보이던 사군이 검을 비틀었다.

거문 진인을 노리고 찔러가는 한 수였다.

"으헛!"

드러누운 듯한 사군을 향해 공격을 퍼부으려던 거문 진인이 화들짝 놀라며 옆으로 몸을 틀었다.

"앗!"

순간 사군을 향해 공격을 퍼부으려던 녹존 진인은 갑작스레 그 사이로 끼어드는 거문 진인에 놀라 황망히 쏘아가던 육양장(六陽掌)을 거두어들였다.

파팟!

허둥대는 그를 향해 사군이 몸을 일으키며 검을 날렸다. 삼 인의 연수 합격이 무적이라는 세간의 말이 헛말은 아니었다.

쐐액!

파군 진인의 칠상검초가 공격하려는 사군의 등을 노렸다.

카캉!

사군은 하는 수 없이 옆으로 몸을 틀며 그의 검초를 받았다. 검과 몸이 엇갈리는 그 짧은 순간, 사군의 오른발이 습관처럼 뻗어 나가 파군 진인의 왼쪽 정강이를 걷어찼다.

퍽!

"우웃!"

설마 이런 순간에 발길질이 날아오리라고는 예측하지 못했던 그는 뼈가 부서지는 고통을 맛보아야 했다. 그는 다른 형제들이 사군을 협공하는 틈에 겨우 전장에서 몸을 뺐다.

"제길!"

왼발 정강이 아래가 너덜거리는 것이 느껴졌지만 고통에 이를 악물며 아프다는 말은 차마 입 밖으로 내지 못했다.

녹존 진인과 거문 진인도 그런 상태를 알았다. 그들은 사군에 대해 더욱 이를 갈며 매서운 공격을 퍼부었다.

파군 진인의 부상으로 사군은 한결 여유를 되찾았다. 그는 청룡투의 신법을 이용해 치고 빠지는 수법으로 두 사람을 상대해 가며 간간이 천마앙복(千魔仰伏)과 명왕개밀(明王開密) 등 삼밀가지검법(三密加持劍法)의 초식으로 두 사람을 바쁘게 만들기까지 했다.

순식간에 현란한 검초와 지풍과 장풍이 한데 뒤섞여 싸움판 주변을 살기가 난무하는 파공음으로 뒤덮이게 만들었다.

"꿀떡!"

"으음!"

간간이 이어지는 무거운 침묵 사이를 침 삼키는 소리가 메웠다. 어느 틈에 모여들었는지 수십 명의 무인이 그들을 멀찍이서 둘러싸고 한 수 한 수마다 손에 땀을 쥐고 구경을 하고 있었다.

그들은 돈에 팔려 청국에 붙은 무인들로 이곳에 대기하다가 명을 받으면 섬 밖으로 나가 임무를 수행하고 돌아오곤 했다. 그들이 맡은 일은 명군의 척후병이나 연락병을 기습해 정보를 빼내거나 차단하는 일이었는데, 간간이 장수급의 무장들을 살해하는 임무를 맡기도 했다. 적분에 전당강이나 장강 일대는 적아(敵我)의 구역을 구분할 수 없을 정도로 전선(戰線)이 혼란스러웠다.

정춘교나 제갈옥 등으로 대변되는 강남의 충의지사(忠義志士)들이 마적산을 주목해 사군을 파견하기로 결정한 것도 바로 그런 이유였다.

"후우……."

부상당한 파군 진인이 가늘게 숨을 내쉬었다.

사군의 발길질에 아픔을 참지 못하다가 운기조식으로 겨우 상세를 진정시킨 참이었다. 짧은 순간이었지만 어느 정도 고통을 경감시킬 수 있었다.

'찢어 죽일 놈!'

파군 진인은 두 사람을 상대로 용호상박(龍虎相搏)의 대결을 펼치는 사군을 보고 입술을 질끈 깨물었다. 어린 놈이 벌써 저 정도라니 싹수치고는 너무 파랬다. 지금 이 자리에서 살려둔다면 십 년이나 이십 년 후에는 무림제일인이니 무림일절이니 하는 듣기 싫은 칭호로 놈을 불러주어야 할 터였다. 게다가 녀석에게 당한 상처가 예사롭지 않아 앞으로 평생

반불구로 살아야 할지도 모른다는 생각이 들지 분노가 그의 전신을 휘감았다.

'어차피 공동삼살이 공명정대하게 상대를 대하지는 않았지.'

살심을 굳힌 그는 조식을 위해 옆에 두었던 검을 집어 들고 내공을 끌어 모으고는 싸움판을 살폈다.

사군의 검기를 허둥대며 피하는 녹존 진인의 모습이 눈에 들어왔고, 동생을 돕기 위해 연신 지풍을 날려대는 거문 진인의 다급한 모습이 뒤를 이었다.

놈을 향한 살심이 굴뚝같았지만 그는 조용히 때를 기다리기로 했다.

절뚝거리며 싸우는 볼썽사나운 모습을 수하들에게 보여 훗날 술자리 안줏감이 되어 두고두고 씹히는 것도 싫었지만, 그보다는 이런 몸으로 아차 하는 순간에 아주 가는 수가 있었다. 그는 싸움판에서 눈을 떼지 않고 필살의 일격을 노릴 기회를 찾았다.

하지만 그는 목숨을 건 싸움판에서 절호의 기회란 항상 스스로가 만드는 것이라는 사실 또한 잘 알고 있었다.

그는 거문 진인과 녹존 진인에게 은밀히 전음을 보냈다.

"놈을 내 쪽으로 유인해라!"

"하앗!"

"타아!"

파군 진인의 의도를 눈치 챈 두 사람은 사력을 다해 사군에게 공격을 퍼부었다.

'이것들이!'

사군은 죽을 둥 살 둥 해가며 이제와는 다르게 갑작스레 공격을 퍼붓는 두 사람의 태도에 적잖이 당황했다.

싸움에도 박자가 있다.

상대를 매섭게 압박해 가다가도 자신이 상처받지 않을 적당한 수준에서 물러나 주고, 그러다가 다시 공세를 받아주고 또 전환해 가다가 한 수의 틈을 노리는 것이 바로 싸움의 묘미다. 지켜보는 사람들도 바로 그런 것을 즐기는 것이다.

상대가 갑자기 몰아친다면 그 또한 이유가 있는 것이다.

사군은 알 수 없는 불안감에 연신 양보를 해가며 뒤로 물러섰다.

'걸려들었군!'

애써 살기를 죽이고 기회를 엿보던 파군 진인은 바라던 기회가 왔음을 알았다. 그는 순간적으로 한껏 공력을 일으켜 전속력으로 사군을 향해 쏟아져 갔다.

"이놈!"

파파파팟!

아무런 초식도 펼치지 않고 검을 꼿꼿이 세워 그저 상대의 심장을 노리고 달려드는 극쾌(極快)의 한 수!

"앗!"

그제야 사군은 갑자기 등 뒤에서 폭발하듯 다가오는 살기의 정체를 알아챘다.

버들가지처럼 휘어지고 종잇장처럼 구겨지도록 훈련을 받았던 사군이지만 그 장력만큼은 피하지 못했다.

'잊고 있었어!'

순간 그는 잠시 싸움판에서 잊고 있던 또 한 명의 상대를 떠올렸다. 하지만 그 시간마저도 길지 않았다.

팟!

몸을 틀었건만 온전히 피하지 못했다. 검광이 번쩍인다고 느낀 순간 가슴이 화끈했다. 사군은 막 뒤로 고개를 돌려 상대의 상태를 살피다가 거문 진인의 눈과 마주쳤다. 순간 거문 진인의 손이 들리며 그대로 그를 향해 뭔가를 떨쳐 냈다.

사군은 습관적으로 뇌려타곤의 수법을 펼쳐 얼른 몸을 굴렸다.

"크윽!"

이미 부상을 입은 몸이라 지풍을 완전히 피하지는 못했다.

소리없이 다가온 강맹한 살기가 그의 옆구리를 훑고 스쳐 지나는 순간, 입에서 고통에 찬 신음성이 터져 나왔다.

뒤를 이어 녹존 진인과 거문 진인의 공격이 뒤를 따르자 다시 옆구리에 일장을 맞은 사군의 신형이 줄 끊어진 연처럼 비틀거리며 반대편으로 나가떨어졌다. 순간 사군의 머리 속으로 무수한 불꽃들이 스쳐 갔다.

죽음을 알리는 귀화(鬼火)다.

정신이 아득해져 오는 가운데 장력에 밀려 비탈을 굴러 내렸다. 거문 진인과 녹존 진인이 번개처럼 그의 곁으로 날아 내리며 공세를 취하려고 했다.

"아직 죽이지는 마라!"

장보도를 잊지 않고 있던 파군 진인은 사제들이 손을 쓸까 걱정이 되었는지 얼른 사군의 곁으로 달려오며 소리쳤다. 다리를 절뚝거리면서도 그의 경공은 아직 쓸 만했다. 싸움은 이미 끝났건만 사력을 다했기에 무척이나 힘들었는지 그는 연신 숨을 가쁘게 몰아쉬었다.

"후우… 대단한 놈이기는 하지만……"

거문 진인은 숨을 크게 내쉬며 말했다.

"살려두면 후환이 남을 게다. 일단 뇌옥에 넣어두고 이놈을 보낸 자가 누군지 알아보도록 해라."

파군 진인은 그렇게 말하며 사군의 혈도 몇 곳을 점하자 아직도 뜨고 있던 사군의 눈이 급격히 초점을 잃어갔다.

섬 밖의 호수 위에서도 검광이 보였다.

"아……!"

제갈옥은 끝내 탄식을 참지 못했다.

결국 그렇게 끝이 날 것이라는 예상은 했지만 그 시간은 너무도 빨리 왔다.

"그러게 내가 진즉에 서두르라고 하지 않았느냐! 쓸모없는 영파상방의 늙은 폐물들을 기다리다가 우리 소주인만……."

그녀와 오륙 장 떨어진 배에 타고 있던 온세정은 버럭 소리를 질렀다. 맺지 못한 끝 말은 '죽게 만들었다'는 강한 질책이었건만, 문득 말이 씨가 된다는 속담을 떠올리고 얼른 입을 닫았던 것이다.

"가랏!"

마음이 급해진 온세정은 제갈옥의 대답을 기다리지 않고 뒤를 돌아보며 크게 소리쳤다.

명령만 기다리고 있던 수하들이다. 온세정이 탄 배에서 약간 떨어져 뒤를 따르던 수십 척의 쾌속선은 그 말이 떨어지자 요란하게 물살을 젓는 소리를 내며 빨리듯 앞으로 뛰쳐나갔다.

"우리도 가요!"

뾰족한 고함이 뒤를 이었다.

제갈옥도 마음이 급했다. 사군을 먼저 마적산으로 들여보낸다는 결정을 한 순간부터 늘 조바심에 싸여 있던 그녀다.

수백 명의 장한이 나누어 탄 쾌속선 수십 척은 빠른 속도로 섬으로 접근했다. 쾌속선의 선두에 서 있는 사람은 온세정이었다.

'아직 늦은 것은 아니야!'

그는 몇 번이고 그렇게 스스로에게 믿음을 주려고 노력했다.

휘잉!

바람이 불어왔다. 망망대해처럼 드넓은 태호에 부는 바람은 결코 만만하지 않다. 속도는 빠르지만 바람에 약한 것이 쾌속선이다. 배가 물살에 일렁이자 바람을 타려는, 혹은 피해보려는 듯 노를 쥔 자들의 손길이 더욱 빨라졌다.

'으응?'

선수(船首)의 온세정은 바람 속에 실려 있는 묘한 냄새에 고개를 갸웃했다.

'유황 같은데?'

그는 문득 고개를 돌려 뒤따르는 쾌속선들을 일별했다. 누가 유황을 태우고 있나 하는 생각에서였다. 흐릿한 시야 속에서 뒤뚱거리는 배를 다독여 섬으로 가는 데 몰두해 있는 수하들이 눈에 들어올 뿐이었다.

무심히 고개를 되돌리던 온세정의 눈빛이 경악으로 물들었다.

'놈들이 화약을!'

그렇다.

지금의 바람은 섬 쪽에서 불고 있다. 그 바람에 유황 내음이 실려 있다면…….

"이런!"

대포(大砲)다.

온세정은 너무 당황한 나머지 어찌할 바를 모르고 허둥댔다. 어느새 섬은 겨우 이십여 장 남짓한 거리에서 시커먼 그림자로 다가와 있었다.

"함정이다!"

싸늘한 바람이 빠르게 등줄기를 관통했다. 하지만 이미 늦었다.

쾅! 쾅! 쾅! 쾅! 쾅!

드넓은 호수의 수면을 요란하게 뒤흔드는 포성이 연이어 터져 나왔다.

"퇴각하라! 서둘러라!"

벌겋게 달아오른 온세정의 입에서 침이 튀었다.

"아니야! 전진이야!"

돌연 온세정이 타고 있는 쾌속선에 달린 작은 선실 안에서 다급한 고함과 함께 백의의 중년인이 뛰쳐나왔다.

"돌격! 섬으로 돌격!"

그는 온세정을 본 체도 않고 주변의 쾌속선들을 향해 목이 찢어져라 소리쳤다.

"무조건 앞으로! 배를 돌리면 전멸이다!"

이번에는 온세정이다.

이런 상황에서 포탄을 직접 맞는 것보다 더 무서운 것은 배를 돌리다가 와류(渦流)에 휘말리는 것이다. 총사 서관은 그 점을 알기에 다급히 나섰고, 뒤늦게 상황을 깨달은 온세정이 거들었던 것이다.

수하들도 포탄이 퍼붓는 순간 이미 함정임을 알았다. 순간적으로 혼란에 빠졌던 쾌속선들은 가랑잎처럼 휘청거렸지만, 서관과 온세정의 잇단 지시에 이내 방향을 잡고 앞으로 나가려 했다.

쾅! 쾅!

"으아악!"

거리가 멀지 않았지만 날씨가 우중충해 포수들의 시야를 방해하고 있는 것이 그나마 다행이랄까. 하지만 상대가 섬에 배치한 포의 수가 적지 않아 얼핏 소리만 듣기에도 십여 문 이상 되어 보였다.

펑! 펑!

빗맞은 포탄이 쾌속선 주변에 떨어지며 만들어내는 물기둥도 큰 위협이었다. 섬 쪽에서 불꽃이 번쩍하면 다음 순간 영락없이 포성이 귀를 때렸고 이어 비명 소리와 함께 풍덩거리는 소리가 뒤를 이었다. 물살에 부딮쳐 침몰하는 배들도 적지 않았기에 섬 주변은 아수라장을 방불케 했다.

온세정을 악을 썼다.

"앞으로! 어차피 뒤로 돌리면 몰살이다! 한 놈이라도 죽이고 갈 수 있게 섬으로 몰아라!"

수하들이라고 그런 상황을 모르지는 않았다. 그들은 동료들이 탄 다른 배가 포탄에 맞아, 혹은 물기둥에 휩쓸려 침몰하는 것을 보면서도 이를 악물고 섬을 향해 노를 저었다.

"함정이야!"

제갈옥의 면사가 세차게 흔들리는 것은 결코 호수를 밀어가는 바람 탓만은 아니었다. 갑작스런 포성이 일 때부터 그녀는 자지러지듯 놀랐고, 이어 사방에서 이는 비명 소리는 그녀의 가슴을 온통 헤집어 버렸다.

쾅!

천장파파의 용두장이 갑판을 때렸다.

"이건 정춘교 그 늙은이의 짓이 틀림없어요. 영파오월인지 하는 노폐물들이 약속 시간이 지나도록 오지 않을 때부터 수상하더니만⋯ 이 찢어 죽일 놈!"

천장파파는 입에 거품까지 물어가며 길길이 뛰었지만 지금 있는 곳은 좁은 배 안이었고, 그것이 그녀를 더욱 미치게 만들고 있었다.

제갈옥은 지금 그녀의 분노 따위에 신경 쓸 겨를도 없었다.

지금 그녀가 강요당하고 있는 것은 선택이었다.

섬으로의 돌격이냐 퇴각이냐!

다행히 온세정이 이끄는 상검문의 정예들이 앞장섰고, 백팔지살과 강남의 협사들이 탄 배들은 그녀를 따라 약간 뒤로 처져 있어 물살에 이리저리 휩쓸리기는 해도 포탄의 일차적인 공격 목표가 아니었다.

제갈옥은 입술을 질끈 깨물었다.

"퇴각 신호를 보내세요!"

조바심을 내며 그녀를 지켜보고 있던 제갈광의 얼굴이 환하게 펴졌다.

'역시!'

이런 순간 필요한 것은 골육도 돌보지 않는 냉혹한 평정심이다. 그것을 기대했고, 제갈옥의 결정은 그의 기대를 저버리지 않았다. 제갈광은 망설이지 않고 두 손가락을 입으로 가져가 길게 휘파람을 불었다.

"삐이이이이익! 삐이이이이익! 삐이이이이익……."

제갈옥의 신형이 휘청했다.

죽음을 맹세한 동지들을 앞서 보내고 뒤에서는 달아나다니…… 얼굴을 가려주는 얄팍한 면사라도 없었다면 내리지 못했을 결정인지도 모른다. 하지만 남은 이들이라도 살려야 한다. 섬에서 눈을 떼지 않던 제갈옥은 긴 휘파람 소리가 끝나기 무섭게 몸을 획 돌렸다.

'배신자가 정춘교 총행두일까?'

딴에는 완벽한 작전이라고 생각했었다.

사지(死地)일 것이 분명한 팔노의 도움을 받아 섬 주변 가까운 뭍 쪽에는 세가의 정예인 구룡수호대(九龍守護隊)까지 매복시켜 달아나는 적을 소탕하도록 했었다.

이번 공격에 함께하기로 한 영파오월이 약속을 지키지 않았으니 당연히 정춘교를 의심해야 했지만 아직도 확신을 갖지 못하는 것은, 다이곤의 앞잡이가 되어 움직인다는 오라비에 관한 소문을 들었기 때문이다.

세가의 식솔 중에는 오라비를 따르는 사람들도 적지 않았다.

그 소문이 사실이라면 이번 습격의 정보도 당연히 그리 흘렀을 것이고 오라비도 이번 작전을 꿰고 있을 것이니 도리어 매복에 걸린 것은 너무도 당연했다.

'내가 죽일 년이야!'

'설마 오라비가' 하며 애써 그 부분을 간과한 것이 수백의 지사를 개죽음으로 몰았다는 사실이 그녀를 미치게 만들었다.

멀리 호수에서 일어나는 상황을 지켜보는 구룡수호대 제일대주(第一隊主) 제갈연(諸葛延)은 가슴이 타 들어갔다.

'글렀어!'

그도 섬을 습격하러 간 제갈옥 일행이 매복에 걸린 것을 알았다. 그의 임무는 혹시라도 육지로 달아나는 놈들을 매복했다가 때려잡는 것이다. 그는 섬에서 나오면 반드시 통과해야 하는 길목이라 할 수 있는 언덕 위에 수십 명의 궁수를 포함한 백여 명의 대원을 배치해 놓고 있었다.

호수에서 터져 나가는 포성을 듣는 순간 그는 아가씨 일행이 위기에 빠졌음을 직감했다.

그는 대주답게 사태를 빨리 파악하고 자신의 할 일을 결정했다. 그는 아군이 매복에 빠진 지금에도 이곳을 지키는 일이 무척이나 중요하다는 것을 알고 있었다.

어차피 배를 타고 나가봐야 도움이 될 리가 없다. 기습에 성공했을 경우에는 이곳이 적들이 퇴각하는 길목이 되었을 테지만, 지금은 아군이 퇴각하는 길목이 된다. 반드시 지켜주어야 한다.

"모두 조용히 해라."

그는 술렁이는 부하들에게 가볍게 주의를 주고는 호수를 주시했다. 과연 그의 예상대로 이십여 척의 배가 빠르게 뭍으로 달려오는 것이 보였다. 그는 마음속으로 제갈옥이 무사하기만을 빌며 애타는 심정으로 호수를 주시했다. 그의 뒤에 매복해 있던 수하들도 마찬가지였다.

배가 시야에 들어온 순간부터 매복조들은 침묵에 빠져 배들만 주시하고 있었다.

그때였다.

흐릿한 그림자들이 나타나더니 배에만 정신이 팔려 있는 매복조의 뒤로 돌아 살며시 접근을 시도했다. 숨 막히는 순간이었건만 매복조의 누구도 그들의 출현을 알지 못했다.

"크윽!"

죽음을 알리는 나직한 첫 단말마가 터져 나온 순간, 제갈연은 퍼뜩 놀라며 그제야 자신의 실책을 깨달았다.

"기습이다!"

"크윽!"

"으악!"

"커어억!"

두서없는 비명이 연이어 터졌고, 검은 그림자들이 순식간에 수십에 달하는 궁수를 재빠르게 베어오며 앞으로 내달려 오는 것이 제갈연의 눈에 보였다.

"적이다!"

사방에서 쓰러지는 수하들을 보며 제갈연은 잠깐 이성을 잃었다. 잠깐 사이에 삼 할가량의 수하들이 낙엽처럼 스러져 갔다. 하지만 그는 침착하려 애썼다.

"수비 대오를 갖추어 막아라!"

기습을 당했다 해도 평소 연습한 대로 퇴각한다면 몇 명은 살 수 있을 것이다. 하지만 제갈연은 그러지 못했다. 이곳을 내주면 배로 퇴각해 오는 아가씨 일행이 위험에 빠진다. 설사 적들의 손에 모두 몰살당한다 해도, 적어도 그 순간까지 아가씨 일행은 안전할 것이다. 아니, 적들이 이곳을 기습해 온 것을 보기만 해도 알아서 행동하실 분이다.

"타앗!"

쐐액 하는 파공음과 함께 제갈연을 향해 달려들던 흑의인 하나가 목을 부여잡으며 비틀거렸다. 삼 할 정도만 남은 수하들이었지만 대주 제갈연의 용맹을 피난처 삼아 그의 주변으로 몰려들어 호수를 뒤로하고 배수진을 쳤다.

공격해 오는 흑의인들은 말이 없었다.

호반의 갈대 숲과 소로 사이로 죽음의 그림자들이 스멀스멀 밀려와 구룡수호대의 숨통을 조였다.

'이런!'

제갈광은 마음이 급했다.

그가 있는 곳에서 삼십여 장 정도 떨어진 호수 쪽에서 수십 개의 불빛이 어지럽게 움직이며 자신이 있는 곳으로 다가오는 것이 눈에 띄었기 때문이다. 그 배에 타고 있는 것이 제갈옥이라면 큰일이다. 그는 적이 다가오는 순간임에도 검을 옆에 던져 놓고 황급히 품속을 뒤졌다.

펑!

폭죽 소리와 함께 세 줄기 붉은 불꽃이 하늘을 찢으며 솟아올랐다.

제갈연이 쏘아 올린 화전(火箭)이었다.

적들이 소리를 내지 않으려는 것은 제갈옥을 유인하려 함이다. 보통 때라면 위급을 알리는 신호탄을 보고 달려와 구원의 손길을 보내겠지만, 머리가 제대로 붙어 있는 사람이라면 지금은 모두 달아나야 한다는 것을 알 것이다.

제갈옥도 그것을 보았다.

삼홍전(三紅箭)!

세가의 일반 식솔들이 위험에 빠졌을 때 쏘아 올리는 화전이다.

"벌써!"

철저한 함정이다. 두 주먹을 불끈 쥔 그녀는 몸을 떨었다.

'당연히 그렇겠지!'

제갈연이라고 섬을 공격하러 간 식구들이 위험에 빠진 것을 모르지는 않을 터, 그럼에도 구원의 화전을 쏘아 올린 것은 그곳에 적의 매복이 있음을 알리는 것이 아니고 무엇이겠는가.

"저리로."

제갈광은 그녀의 허락을 받지도 않고 배를 틀었다.

배를 모는 세가의 선부들도 그의 말이 무슨 뜻인지를 알았다. 지금 그들이 할 수 있는 일은 그저 살길을 찾아 달아나는 것뿐이다. 자신들이 저어가는 배에 탄 사람이 다름 아닌 제갈옥이기 때문이다. 이 배마저 위급에 빠진다면 아가씨를 구하려는 세가의 식솔들이 불나방처럼 죽어가야 할 것이다.

선부들은 제갈광의 지시에 따라 빠르게 방향을 틀었고, 배는 수면 위를 미끄러지듯 하며 포성을 뒤로하고 달아났다. 그 뒤를 백팔지살을 태운 십수 척의 배가 뒤따랐다.

눈은 다가오는 흑의인들을 주시하고 있었지만 마음은 호수 위를 바쁘게 움직이는 쾌속선들에 가 있었다. 호수 위를 일렁이며 빠르게 다가오던 등불들이 방향을 트는 것이 보였다. 그것을 본 제갈연의 입가에 희미한 만족의 미소가 번졌다.

이제는 이곳 대원들을 살릴 차례다.

그는 수하들을 독려하는 부대주(副隊主) 제갈청(諸葛淸)을 흘깃 돌아보았다. 서른두 살의 청년이다. 수하들을 이끄는 부대주라는 책임을 맡기기에는 약간 빠르다는 반대도 있었지만 그의 성실함과 영특함을 높이

산 제갈연이 강력히 천거해 부대주가 되었다.

겹겹이 싸인 포위망이지만 저 아이라면 최소한 수하 몇은 살려 데려갈 수 있을지도 모른다.

"부대주, 자네도 보는 눈이 있으니 긴말은 않겠다. 가라! 최대한 많이 살려 데려가라!"

"옛?"

갑작스런 제갈연의 전음에 잠깐 당황했던 제갈청은 이내 그 말뜻을 알아들었다. 어둠 속에서 두 사내의 뜨거운 눈빛이 빠르게 교차했다.

"대주!"

제갈청은 마지막으로 그를 불러보았다.

뒤는 대주께서 목숨으로 막아설 것이다. 말린다 해도 들을 사람이 아니고… 자신이라도 그랬을 것이다.

"후에 뵙겠습니다."

쓸데없는 소리라는 것을 번연히 알지만 달리 할 말도 없다. 제갈청은 더 이상 그를 상대하지 않고 조를 짜 수비 태세를 갖추고 있는 수하들 사이를 빠르게 오가며 퇴각 준비를 했다.

제갈연 역시 전면을 주시하며 다가오는 적들의 동태를 살폈다.

'역시!'

어둠 속에서 움직이는 검은 그림자들의 수가 급격히 늘어갔다.

놈들이 일거에 몰아붙이지 않는 것은 소동을 일으키지 않으려 함이었을 것이다. 덕분에 기습받은 상태에서도 전력의 삼 할에 채 미치지 않는 수하들만 잃고 버틸 수 있었다. 하지만 이리 오던 배들이 방향을 튼 지금에는 더 이상 가리지 않을 것이다.

그는 품속에서 가지고 있던 몇 개의 화전을 꺼냈다.

실상 효과가 있는 것은 아니지만 놈들을 놀라게 하기에는 충분한 물건이다.

'잠시만… 잠시만이라도 시간을 벌 수 있다면!'

수하들에게 각자 도주할 방법을 지시한 제갈청은 화전을 준비하고 있는 대주 제갈연을 보고는 그의 속내를 짐작했다. 순간 제갈연이 그를 보았다.

이심전심!

'화전을 터뜨리는 순간 행동을 개시한다!'

어둠 속에서 두 사내의 눈길이 얽혀 뜨거운 열기를 뿜었다.

사사사삭! 사삭!

휘잉 하는 소리와 함께 불어오는 바람에 호반(湖畔)의 갈대 숲이 몸을 부대끼며 어지러이 출렁거렸다. 갈대 소리만은 아닐 것이다.

제갈연은 눈을 부릅뜨고는 화섭자로 불을 일으켜 들고 있던 화전에 옮겨 붙였다.

치치치치…….

유황 냄새가 이토록 친근하게 느껴졌던 적이 있었던가. 제갈연은 가볍게 코를 벌름거렸다.

어둠 속의 불빛은 표적이 되었다.

사삭! 사사사삭!

태호를 마주하고 길게 반원을 그린 포위망 속에서 수십 개의 검은 그림자가 갈대를 가르며 빠르게 그를 향해 달려들었다.

'온다!'

제갈연의 눈동자가 빠르게 움직였고,

휘익! 휙! 휙!

이어 다가오는 검은 그림자덩어리들을 향해 꼬리에 불꽃을 단 화전 세 개를 던졌다. 그가 가지고 있던 전부였다.

흑의인들도 바람이 실린 유황 냄새를 맡았고, 이어 허공에서 자신들을 향해 날아오는 세 개의 불꽃을 보았다.

"화탄이다!"

"벽력탄이다!"

"피해랏!"

사방에서 경악성이 터지며 검은 그림자들이 어지러이 흩어졌다.

"공격!"

제갈청의 입에서 밤 공기를 찢는 고함이 터지자 숨을 죽이고 있던 구룡수호대가 세 갈래로 흩어져 포위망을 갈랐다.

"와아! 와!"

펑! 펑! 펑!

팟팟팟팟팟……!

지면에 비스듬히 쏘아진 화탄들은 갈대 숲에 떨어지며 그 안에 실려 있던 폭죽들이 연속으로 터졌다.

사사사삭!

제갈연은 갈대에 의지해 몸을 숨기며 쏘아져 나가는 제갈청 대열의 후미를 좇았다. 화전에 놀란 흑의인 둘이 허둥대는 것이 눈에 들어오는 순간 섬뜩한 검광이 허공을 베었다.

"크억!"

"으악!"

미처 비명 소리가 끝나기도 전에 제갈연은 다시 갈대 속으로 스며들어 몸을 숨기고는 갈대 숲을 길게 쪼개며 빠르게 호반을 빠져나가는 수하들을 보았다.

'응?'

자신의 뒤쪽에서 나는 수상한 인기척을 향해 몸을 틀어 일검을 날리려는 순간, 제갈연은 익숙한 목소리를 듣고는 공세를 멈추었다.

"대주, 접니다!"

십수 년 동안 제갈연을 친형처럼 따랐던 제갈웅(諸葛雄)이다.

"미친놈!"

"대주도 미쳤소. 이런 곳에 혼자라니… 너무 적적하지 않습니까?"

"멍청한……!"

코끝이 시큰해진 제갈연은 고개를 획 돌렸다. 어둠이 깃든 밤이건만 제갈웅에게 눈물을 들키기는 싫었다.

사락! 삭!

검은 그림자들이 도주하는 제갈청 일행을 포기하고 비명 소리가 난 곳으로 스멀거리며 다가왔다.

제갈연은 눈을 감고 귀를 열었다. 얼핏 갈대 소리로만 판단하기에도 수십은 족히 되어 보였다.

다시 눈을 뜬 그는 돌연 빙그레 웃었다.

호수를 따라 길게 이어진 갈대밭.

'죽어서 호사를 하겠군!'

곧 누울 자신의 무덤치고는 너무 넓었지만 이런 사치라면 아가씨께서도 용서하실 것이다. 게다가 웅이까지 있으니 반으로 나누어 쓰는 셈이 아닌가.

팟!

"으악!"

창! 창! 창!

힘겹게 섬에 도착한 온세정 일행은 악전고투를 벌이고 있었다. 수백에 이르던 기세등등하던 수하들은 이제 백여 명도 채 되지 않았고, 그나마도 지칠 대로 지쳐 공격자들의 상대가 되지 못했다.

'제길! 형님의 유언만 아니었다면!'

온세정은 사방에서 피를 뿌리며 쓰러지는 수하들을 볼 때마다 불떡거리며 치밀어 오르는 열화를 참기 어려웠다. 십수 년을 자신을 믿고 따르던 수하들의 비명 소리는 그의 심장을 갈가리 찢고 있었다. 온세정은 그 아픔을 검에 쏟아 혼신을 다했다.

절강 일대에 진동하는 낙화검객 온세정의 명성은 결코 허언이 아니었다. 어둠 속에서도 그의 검은 무수한 꽃잎을 만들며 번뜩였고, 그때마다 앞을 막아서던 흑의인들이 피를 뿌렸다.

"크억!"

"으아악!"

생명을 건 사투를 보는 것은 언제나 즐거웠다.

공동삼살은 사군을 제압한 후 호수에서 벌어지는 일을 지켜보고 있었다. 예상대로 포탄을 뚫고 힘들게 상륙해 온 상대를 수하들이 어렵지 않게 주살하고 있었다.

"저놈이 누구지요?"

"흐음! 낙화(落花)를 그려내는 검술이라면 온세정이겠군. 비록 우리 형제들에게는 미치지 못하지만, 일 대 일의 비무라면 시간이 꽤 걸릴 게야. 오늘 놈의 무공을 보니 듣던 대로군."

거문 진인의 질문에 대답하는 파군 진인의 입가에 징그러운 미소가 스쳐 갔다. 오늘 이 자리에서 또 한 명의 귀찮은 적을 없애 버릴 수 있다는 생각이 언뜻 머리를 스친 까닭이다.

"크어억!"

"악!"

또다시 두 명의 수하가 비명 소리와 함께 고꾸라졌다.

"그냥 두면 안 되겠는데요."

"둘째는 이놈을 안으로 데려가고, 막내와 내가 저놈을 상대해 주도록 하자."

파군 진인은 그렇게 말하며 경공을 펼쳤고, 그 뒤를 거문 진인이 따랐다.

"제길."

녹존 진인은 입맛이 썼다.

장원을 지키던 수하들이 모두 싸움에 투입되었기에 사군을 힘들게 들쳐 메고 가야 했기 때문이다. 하지만 그보다 더 불쾌한 것은 사형이 자신을 견제하고 있다는 느낌을 받았기 때문이었다.

'절름발이니 내가 참아야지.'

사형제라 해서 적과 대적할 때를 빼놓고는 남다른 동문의 정을 쌓은 적도 없었다. 파군 진인의 상처는 평생 그를 괴롭힐 것이고, 그렇다면 앞으로 문파 내에서 자신의 입김이 더 커질 것이다. 사형도 그 점을 고려해 지금부터 견제하기 시작하는 것이 틀림없어 보였다. 하긴 자신도 파군 진인이 다쳤다고 해서 마음이 아픈 것이 아니라 오히려 은근히 그런 그를 보며 즐기고 있는 편이었다.

사군에게 눈길을 돌린 그는 순간적으로 사정없이 발길질을 날렸다.

픽!

"큭!"

축 늘어진 사군은 그 충격으로 짧은 비명과 함께 옆으로 굴렀다.

"큰일을 한 보답이다."

녹존 진인은 그렇게 말하며 사군의 멱살을 잡아 어깨 위로 번쩍 들어올렸다. 생각 같아서는 질질 끌고 가고 싶었지만 더 힘들 것 같았기에 하는 수 없이 들쳐 멘 것이다.

"끄웅!"

사군의 입에서 힘겨운 신음 소리가 흘러나왔다. 발길질이 기해혈(氣海穴)을 심하게 가격하자 혼절 중이던 사군에게 극심한 고통을 안겼기 때문이다.

"이 자식이!"

그 소리가 사형의 행동에 은근히 부아가 치밀어 올라 있던 녹존 진인의 심기를 건드렸다. 그는 사군에게 분풀이를 하려고 어깨에 막 걸쳐 멨던 사군을 그대로 바닥에 내팽개쳤다. 녹존 진인도 멍청이는 아니라 사형이 사군을 살려두라는 이유쯤은 알고 있었다. 그렇기에 그는 비교적 풀이 많이 난 곳을 골라 던진 것이다.

쿠당탕!

"컥!"

사군의 입에서 다시 굵직한 신음성이 터져 나왔다.

"흐흐흐, 이건 사형 몫이고……."

휘익 하며 그의 왼발이 다시 사군의 옆구리 근처를 파고들었다.

"컥!"

경문혈(京門穴)이다. 담경(膽經)의 요혈로 갈비뼈 바로 밑의 부드러운 옆구리 살로, 그곳을 가격당하면 아무리 힘센 거한이라 해도 주저앉아 한동안 힘을 쓰지 못하게 된다.

"으으으……."

이어지는 긴 신음성. 혼미한 가운데서도 엄청난 고통이 몰아쳐 사군의 머리털을 쭈뼛 서게 만들었다.

"이건 그동안 본좌를 귀찮게 한 벌이다!"

말이 끝나기도 전에 다시 녹존 진인의 왼발이 사군의 오른쪽 견정혈(肩

貞穴)을 찍었다. 방금 전 파군 진인이 제압했던 혈도였다.

팔을 쩌르르하게 만드는 지독한 통증에 사군은 그저 입만 벌렸다.

그를 지켜보는 녹존 진인의 입가에 흐뭇한 미소가 떠올랐다. 잠시 상대의 고통을 즐기던 그는 문득 장보도를 떠올렸다.

"으으으으……."

사군은 아무 말도 못하고 신음성만 흘리고 있었다.

이래서는 곤란했다.

녹존 진인은 얼른 사군이 제압당한 혈도 이곳저곳을 풀어준 후에 다시 어깨 부위를 어루만지며 중지로 중부혈(中府穴)을 지그시 눌러갔다. 그럴 리야 없겠지만 만에 하나 갑자기 기운을 차려 덤벼들까 하는 걱정에 상대를 견제하는 것은 물론, 고통을 주어 자신의 뜻에 따르게 만들려는 심산이었다.

혈도를 짚어가는 마지막 순간 그는 힘을 더했다. 그는 사군의 얼굴에 드리운 고통의 그림자를 놓치지 않았다. 이제 정신이 든 것을 안 것이다.

"어떠냐! 참기 힘들지? 하지만 이건 시작에 불과하지. 하지만 내게 장보도의 행방을 말해 준다면 지금 즉시 고통없이 죽여주마. 사형이나 사제에게는 내가 실수해서 죽여 버린 것으로 말하면 그만이다. 본좌를 너무 원망하지 마라. 저 싸움이 끝나면 네놈이 감당해야 할 고통을 미리 맛보여 준 것뿐이다."

순간 사군의 얼굴이 또다시 고통으로 물들었다.

그것을 본 녹존 진인이 말을 이었다.

"흐흐흐. 아프냐? 하지만 진짜는 따로 있지. 분근착골(分筋搾骨) 따위는 기본이지."

녹존 진인은 사군의 귀에 대고 음산한 어조로 속삭였다.

순간 그의 손이 사군의 머리를 부드럽게 어루만졌다. 하지만 그것은 겉보기일 뿐 이번에는 손가락으로 사군의 천주혈(天柱穴)을 슬쩍 찍어 눌러 고문을 가하고 있었다.

천주혈은 머리털이 나기 시작하는 곳으로 뒷머리 쪽의 모든 신경이 집중된 곳이다. 쓰러져 있던 사군의 머리통이 뇌전을 맞은 듯 화들짝거리더니 두 눈이 왕방울만하게 떠졌다. 전신에 땀이 줄줄 흐르는 것은 물론 쩍 벌어진 입가로 침까지 질질 흘려대고 있었다.

"계속해 볼 테냐?"

녹존 진인이 이번엔 부드러운 목소리로 달래듯 물었다. 온몸에서 줄줄 쏟아내 옷까지 적셔 버리는 땀을 보니 놈은 자신의 육양장에 당해 생명이 경각에 달려 있는 것으로 보였다. 상대의 몸속에 강한 양기가 주입되어 결국 죽음에 이르게 하는 육양장이기에 극양의 기운이 땀으로 배출되는 것은 당연한 현상이었다.

계속되는 혈도의 자극으로 사군은 점차 정신을 차리고 있었다.

풀려가던 눈동자가 서서히 자리를 잡았고, 눈앞에서 자신에게 고통을 주다 달래다 하는 노인도 볼 수 있었다. 녹존 진인의 정체를 알지는 못하지만 전에 취련과 함께 배에서 달아났을 때 추적해 왔던 자라는 것은 알고 있었다.

"흐흐흐. 버텨볼 셈이냐? 네놈이 지난번에는 운 좋게도 육양장을 빗맞아 살아난 모양이다만 이번은 다를 것이다. 극심한 고통이 따르고, 이어서서히 골수가 말라가는 끔찍한 현상을 보이다가 끝내는 죽어가는 것이 내 장력의 특징이지. 하지만 네놈이 협조해 준다면 쉽게 보내줄 수도 있지."

하지만 사군은 그 말을 듣지 않고 있었다.

창! 창!

"크으아악!"

"커억!"

싸움 소리!

'맞아! 마적산!'

사군은 그제야 이곳이 어디라는 것을 알았다.

"당신이 놈들을 휘저어놓아 혼란에 빠뜨리면, 그때 우리가 신속하게 섬에 상륙해 놈들을 주살할 거예요."

이곳에 오기 전 제갈옥으로부터 들은 말이었다.

'그럼 저 비명 소리는!'

솜처럼 풀어져 있던 근육들이 놀라 경기를 일으켰다. 자신이 이 모양이라면 볼 것도 없이 제갈옥 일행이다. 그들이 이기고 있다면 상대가 이렇듯 여유롭게 자신을 괴롭히고 있을 수도 없었을 것이다.

짧은 순간 무수한 생각이 머리 속을 바쁘게 오갔다.

문득 정춘교의 말이 천둥처럼 귀를 때렸다.

"내 딸 화아도 무사하지 못해……."

자신의 이번 출정이 강남을 지키는 마지막 기회일지도 모른다고 했다.

순간 갑자기 살아야 한다는 생각이 사군의 머리 속을 온통 지배했다.

'해혈대법(解穴大法)뿐이야!'

시간이 충분치 않다는 것도 알고 있었다. 사군은 모든 것을 잊고 진기를 격발시키는 데 힘을 쏟았다.

"역시 장보도가 있는 곳을 말해 주고 편히 죽는 것이 낫겠지?"

잠깐이었지만 사군의 눈동자가 이리저리 굴러가는 것을 지켜보고 있던 녹존 진인이 다시 말을 붙여왔다. 그는 사군이 서서히 정신을 차렸고, 이제 말귀를 알아들을 만해져 자신이 제안한 거래에 대해 생각하는 모양이라 여기고 잠시 지켜보고 있었다.

온 힘을 해혈대법을 펼치는 것에만 쏟아 부으려 하던 사군은 문득 혈도가 풀려 있음을 알았다. 하지만 기의 흐름이 원활치 못해 진기는 평소의 삼 할에도 못 미치고 있었다.

'한 수야!'

정체는 몰라도 상대의 무공 수위는 족히 알고 있는 터였다. 사군은 이를 악물어가며 진기를 모으려 노력했다. 천근만근으로만 느껴지던 몸이 미약하나마 서서히 숨을 내쉬기 시작했다.

"내 인내심도 그리 깊지는 못해!"

녹존 진인은 비 오듯 땀을 쏟아내는 사군을 보며 다시 속삭였다.

순간 사군의 몸이 뇌전을 맞은 듯 벌떡거리더니 부들부들 떨기 시작했다.

"이런 제길!"

녹존 진인은 당황했다. 그가 보기에 사군은 이제 곧 숨이 넘어가려는 위급한 상태로 보였기 때문이다.

놀란 그는 얼른 사군을 일으켜 세워 명문혈(命門穴)에 장심을 들이대고 약간의 진기를 불어넣어 주고는 다시 바닥에 눕혔다. 이번에는 매우 조심스러운 손길이었다.

사군은 몸 안으로 뜨거운 기운이 흘러 들어오는 것을 느꼈다.

꾸르르릉!

갑자기 몸 안에서 진기가 넘쳐 나더니 전신 경락에 무서운 타격을 가하며 빠른 속도로 돌아다녔다. 마치 대해의 성난 파도를 연상케 하는 무서운 힘이었다. 견디기 힘들었다.

"크윽!"

사군은 괴로운 비명과 함께 몸을 비비꼬았다.

'휴우……'

녹존 진인은 그제야 속으로 안도의 한숨을 내쉬었다.

"흐흐흐. 육양장의 무서운 점이 바로 그것이지. 서서히 몸속이 타 들어가는 고통 속에 며칠을 괴로워하다가 끝내는 죽음에 이른다. 더 이상 괴로움을 당하기 싫으면 어서 장보도에 대해 불어라. 약속은 반드시 지켜주마."

꽝! 꽝! 꽝!

사군의 몸이 다시 경기를 일으켰다.

마치 몸속에서 뇌성이 한꺼번에 몰아치는 듯한 엄청난 충격이 일며 혈도를 통해 무서운 속도로 진기가 흘러 다녔다. 그 순간에도 사군은 바들거리며 몸을 떨어대 무서운 고통에 휩싸여 있는 것으로 보였다.

진기가 모이고 있었다.

전신이 폭발하듯 하는 와중에도 사군은 기회를 노렸다.

'단 한 수!'

모든 진기를 주먹에 끌어 모았다.

"마지막 기회다. 더 이상……"

하지만 녹존 진인은 말을 잇지 못했다. 누워 있던 사군이 순간적으로 몸을 일으키며 그의 이마를 향해 섬전 같은 일권을 쏘아냈기 때문이다.

순간 녹존 진인이 눈을 부릅떴다.

방심한 것은 물론 거리가 너무 가까웠다.

'섬(閃)!'

퍽 하는 둔탁한 소리와 함께 매서운 일격이 태양혈(太陽穴)을 강타하는 순간 녹존 진인은 자신의 머리가 바수어지는 것을 느끼며 뒤로 무너졌다.

쿵!

바닥에 쓰러져 한동안 사지를 바르르 떨던 그는 이내 움직임을 멈추었
다.

"아!"

몸이 상한 상태에서 한껏 진기를 쏟아낸 사군은 다시 바닥에 쓰러지며
벌렁 누웠다. 동시에 언제 몸 안에 있었냐는 듯 소용돌이치던 진기들이
썰물처럼 사라졌다.

사군은 눈을 감았다. 입가에 작은 미소가 흘렀다.

피곤이 눈 녹듯 스며들며 육신을 평안으로 이끌었다.

하지만 그가 즐길 수 있는 안식의 시간은 너무나 짧았다. 계속 이어지
는 병장기 소리와 비명 소리가 다시 몸을 긴장 속으로 빠뜨렸기 때문이
다. 귀를 어지럽히는 무수한 소리 가운데 제갈옥과 정청화의 모습이 연
이어 교차했다.

조바심이 났다.

유감스럽게도 그가 있는 곳은 싸움이 벌어지는 곳과는 조금 틀어진 쪽
의 언덕이라 겨우 십여 발자국 차이로 싸움판을 볼 수 없었다.

사군은 손을 짚고 몸을 일으키려 했다. 하지만 모든 근육을 끊어버릴
듯 찾아오는 고통은 그로 하여금 다시 주저앉게 만들었다.

기운을 쓴 탓인지 다시 땀이 줄줄 흘러내렸다.

사군은 이를 악물고 기었다.

"끄응!"

극심한 고통이 따랐지만 멈추지 않았다. 심줄이 불쑥거리며 솟아올랐
다. 사군은 계속 기었다. 그가 기어간 자리는 흥건한 땀으로 젖어버렸
다.

도움을 줄 수는 없겠지만… 지켜보지 않고는 견딜 수 없었다.

"망할!"

파팟!

"크아악!"

"커억!"

온세정의 분노에 또 두 명의 흑의인이 피를 쏟았다.

'죽더라도!'

온세정은 이를 악물었다.

사군의 모습은 어디에도 보이지 않았다.

어차피 끝이다. 하늘은 소주인을 다시 모시고 중원의 무림문파로 거듭 나려던 상무문의 염원을 들어주지 않았다. 이미 모든 바람이 허망하게 끝나 버린 지금이다. 그는 마지막까지 한 놈이라도 더 죽이고 가는 것이 최선임을 알았다.

온세정의 검이 다시 꽃잎을 뿌렸다.

"으아악!"

"컥!"

두 명의 흑의인이 그의 옆쪽에서 몰래 다가서다 목을 부여잡고 쓰러졌다. 알싸한 혈향이 죽음을 맞이하는 두 흑의인의 코끝을 스쳐 갔다.

검의 방향을 틀어 또 다른 먹잇감을 노리던 온세정은 무겁게 눌러오는 암중의 기운에 고개를 퍼뜩 돌렸다.

"낙화검객 온세정!"

"가소롭군!"

그는 어느새 이 장 근처까지 다가와 자신을 향해 비웃듯 한마디씩 던져 대는 두 노인을 발견했다.

'공동삼살!'

외모와 그들이 입고 있는 도복을 확인한 순간 온세정은 드디어 자신에게 죽음이 다가왔음을 직감했다.

무림에도 서열이 있다.

비록 판관(判官)이 있어 일일이 매기지 않는다 해도 무림인들은 자신의 위치를 대충이나마 알고 있었다.

감당하기에 벅찬 고수다.

온세정은 마음을 다스렸다. 고수와의 싸움이라면 반드시 필요한 준비다.

공동삼살이라면 언제부터인가 자신의 한 수 위 반열에 올려놓고 있던 자들이다. 문득 그는 공동삼살이 둘뿐임을 알고는 혹시 하며 슬쩍 주변을 둘러보았지만 더는 없었다.

'한 놈은 소주인과의 싸움에서 당했나?'

하는 생각이 머리를 스쳤다.

"후후후, 이제 네놈의 주제를 알겠느냐? 일월의 차이 말이다."

파군 진인이 일 장 거리로 다가와 자리를 잡으며 말했다.

"광오하군!"

"물론 네가 절동에서 제법 이름있는 자라는 것은 안다. 하지만 설마 나보다 윗자리라 생각하고 있는 것은 아니겠지?"

"파군 진인이겠군. 네가 나라면 목을 들이밀겠느냐?"

온세정의 말투는 거칠었다.

상대가 무인으로서의 예의를 차려 상대했다면 아무리 적이라고는 하나 무림 선배로서의 대우는 해줄 생각이었다. 하지만 자신을 하류잡배처럼 취급하는 파군 진인의 태도에 심기가 많이 상했다.

"건방진!"

파군 진인의 얼굴에 노기가 서렸다.

굳이 무림 서열이 아니더라도 자식뻘밖에 되지 않는 상대에게 그런 말을 들으니 기분이 좋을 리 없었다. 그는 허리춤에 걸려 있던 검을 득달같이 뽑았다.

'화끈하게 죽는 게야!'

한 수로 죽는 것이 좋을 것이다. 목을 내준 다음 상대의 살점을 조금이나마 떼어내고… 그렇게 가면 부끄럽지 않을 것이다.

그때였다.

"우리 절강삼괴도 삼 형제다!"

등 뒤에서 나는 너무나 익숙한 목소리에 온세정의 몸이 꿈쩔했다.

둘째 온세진의 목소리다.

'제길! 총사를 모시고 달아나랬더니!'

따라서 상륙하려는 총사를 동생을 딸려 보냈기에 짐은 덜었다며 내심 홀가분하게 생각하던 그였다.

말소리와 함께 신형이 빠르게 움직이는 소리가 들리더니, 이어 온세정은 익숙한 체향을 맡을 수 있었다.

"후후후, 죽어도 소주가 계신 섬에서 죽겠다고 하시는 것을 혼혈을 짚어 수하들에게 맡겼습니다."

온세진의 전음이다.

"멍청한! 나 하나면 족한 것을!"

"형님이라면 혼자 가시겠수?"

"지랄!"

전음으로 이어간 두 사람의 짧은 대화는 그렇게 끝을 맺었다.

온세정은 눈시울이 뜨거워져 오는 것을 느꼈다.

'맞아!'

자신이라도 그리했을 것이다. 그게 형제다.

형이라면 동생을 지켜주는 것은 마땅히 해야 할 일이건만……. 오늘은 그렇게 해주지 못할 것 같아 온세정은 그게 너무 미안했다.

상념의 순간은 짧았다.

"으아악!"

"크윽!"

비명 소리는 모두 수하들의 것이리라. 하지만 돌봐줄 수 없는 지금 온세정은 검을 잡은 두 손에 평소와 같은 힘을 유지하려고 애썼다.

'부디 원망 말거라! 나도 곧 뒤를 따르마!'

마음속에 죽음을 품으니 평온이 찾아왔다.

짧게 이어진 침묵의 순간이 지나고,

"타앗!"

힘찬 기합성과 함께 온세정의 신형이 위로 뛰어올랐다.

달빛마저 숨을 죽인, 어둠이 짙게 깔린 섬이다. 그 어둠마저도 온세정의 검에서 피어나는 눈이 부시도록 하얗고 무수한 꽃잎들을 막지 못했다.

"핫!"

파군 진인도 이미 상대의 기도에서 공격의 수위를 짐작했다. 그는 칠상검초 중 공수를 적절히 겸한 진산무영(振山無影)의 초식을 펼쳐 온세정의 꽃잎 사이를 찢어갔다.

검과 검의 맞부딪침도 없었다.

두 줄기 신형이 빠르게 교차했고,

"크윽!"

한줄기 신음성이 뒤를 이었다.

다음 순간 두 사람의 싸움을 지켜보던 거문 진인이 돌연 싸움판으로 뛰어들며 빠르게 손을 휘저었다.

"이놈!"

놀란 온세진은 벽력같이 소리를 지르며 그를 향해 쏘아갔다. 그러자 거문 진인은 빠르게 손을 거두며 방향을 틀어 온세진을 향해 손을 내저었다.

추혼지(追魂指).

소리없이 파고들어 상대의 혼을 거두어간다는 거문 진인의 성명절학이자 강호인들 사이에서 악랄한 수법을 고르라면 늘 윗자리에 두는 지법이다.

하지만 부상당한 것으로 보이는 온세정을 공격하는 상대에 놀란 온세진은 그 손짓의 의미를 알지 못했다. 아니, 그는 아직 거문 진인의 정체조차 파악하지 못하고 있었다.

'앗!'

온세진은 그제야 그가 공동삼살의 막내인 거문 진인임을 알았다.

하지만 너무 늦었다.

분노에 찬 검이 허공을 가르려는 순간 온세진은 문득 가슴 부위가 뜨끔함과 동시에 기력이 빠져나가는 것을 느꼈다.

파팟!

"크윽!"

또다시 몇 개의 지풍이 겉옷을 파고들었고, 마지막 지풍이 이마 정중앙을 관통하는 순간 온세진은 죽음을 실감했다.

거문 진인은 상대에게 연이은 기풍을 날리며 내심 쾌재를 부르고 있었다. 파군 진인과 일초를 교환한 온세정이 휘청하는 순간 그는 문득 또 한 명의 상대를 의식했고, 검을 찬 것을 보고 그가 절강삼괴의 둘째인 온세진임을 알았다. 빠르게 머리를 굴린 그는 온세정을 향해 허초를 날렸고,

그것을 보고 다급하게 몸을 날린 온세진을 향해 회심의 일격을 가했던 것이다. 그의 예상은 적중했다. 하지만······.

팟!

지독히도 매서운 살기였다.

거문 진인은 등 뒤에서 날카롭게 이는 살기에 놀라 몸을 빼려는 순간 오른쪽 어깻죽지를 뒤에서 꿰뚫고 들어오는 이물감을 느껴야 했다.

뒤쪽에서 심장을 정통으로 관통한 한 수였다.

"크윽!"

공격자는 온세정이었다.

그는 일초의 교환에서 허리 부근에 검상을 입기는 했지만 심한 정도는 아니었다. 파군 진인의 첫 공격이 습관처럼 상대의 전력을 탐색하는 것에 주력했기 때문이다.

자신에게 공세를 펼치려다 돌연 방향을 트는 거문 진인을 보고 온세진의 위험을 본능적으로 감지했다. 부상을 입은 상태에서도 혼신을 다해 상대를 공격했다. 하지만 그런 노력도 동생 온세진의 생명을 구하지는 못했다.

털썩!

온세진은 눈을 부릅뜬 채 힘없이 그 자리에 주저앉았다.

"이놈!"

온세정은 거문 진인의 등에 꽂은 검을 사력을 다해 휘저었다.

"끄윽!"

듣기에도 괴로운 소리를 내뱉은 거문 진인은 검에 떠밀리듯 몇 걸음 앞으로 나가더니 그대로 바닥에 고꾸라졌다.

팟!

다음 순간 온세정은 뒷목을 빠르게 지나는 화끈한 무엇을 느꼈다.

파군 진인이었다.

그는 재빨리 사태를 파악하고 신속하게 신형을 날리며 일격을 가했고, 거문 진인의 공격에만 몰두한 온세정은 그것을 알면서도 무시했다.

챙그랑!

온세정의 손에서 스르르 풀려난 검이 바닥에 뒹굴었다.

하지만 그의 눈만은 동생 온세진을 향해 있었다.

'진아, 이 형하고 같이 가자!'

쓰러진 온세정의 손이 길게 뻗으며 몇 발짝 떨어진 온세진의 시신으로 향했다.

"아!"

마침내 언덕 위로 기어올라 간 사군은 그 모든 광경을 지켜보았다.

그는 온세진을 몰랐다.

하지만 온세정의 마지막 몸짓이 먼저 죽은 동료를 향하고 있음은 보았다. 서로를 구하려고 목숨을 걸었고, 마지막 가는 길마저 저토록 함께하려는 것으로 보아 무척이나 끈끈한 사이였을 것이다.

'난 누구지?'

두 사람의 죽음도, 그리고 이어 낙엽처럼 스러져 가는 또 다른 무사들의 죽음도 그의 피를 끓게 하지는 않았다. 하지만,

'또 내 책임이야?'

평소에도 무겁게 짓눌러 오던 의무감은 그 무게를 더하고 있었다. 한밤중에 목이 조여지는 가위눌림을 겪는다면 이럴까!

"난 아니야!"

참지 못해 내뱉고야 말았다.

문득 화가 치밀어 올랐다. 억울하고 분했다.

차라리! 차라리 무공을 전혀 몰랐다면… 이 사람 저 사람 발길에 채여 살지언정 자신을 원망하며 죽어가는 것을 지켜볼 필요는 없었을 것이다. 이 모든 것이 그 망할 무공 때문이다.

무공을 가르쳐 준 고노가 이토록 원망스러웠던 적이 없었다.

"망할 노인네야!"

사군은 그렇게 소리치며 벌떡 몸을 일으켰다.

분노가 전신에서 용솟음쳤다. 어디서 그런 힘이 났을까. 주변에 떨어져 있던 장검 하나를 주워 든 사군은 갑자기 전속력으로 내달았다. 파군 진인이 있는 방향이었다.

파군 진인은 사제인 거문 진인의 죽음에 씁쓸한 기분에 젖어 있었다. 아무리 깊은 정이 없었다고 하나 이제껏 멀리 떨어져 본 적은 없던 사제였다.

"끄아아아……!"

갑자기 들려오는 괴성에 흠칫 놀라 고개를 돌린 파군진인의 눈에 반미치광이처럼 그를 향해 달려오는 사군이 보였다.

"아니, 저놈은!"

분명 제압해 둘째에게 넘겨주었는데… 하지만 생각할 틈도 없었다.

무서운 속도로 달려온 녀석은 어느새 그의 칠팔 장 가까이 다가왔다. 움직임은 광풍노도와 같았고, 자신을 향한 눈동자조차 조금도 움직이지 않고 있었다.

'저, 저놈이!'

순간적으로 무서운 공포가 파군 진인의 전신을 엄습했다.

'죽인다!'

사군은 눈에서 몸을 태워 버릴 듯한 뜨거운 열기를 느꼈다.

혈관이 요동쳤다.

놀란 눈으로 자신을 바라보는 파군 진인의 모습이 눈에 들어왔다. 분노를 이기지 못한 사군은 파군 진인을 향해 폭발적으로 몸을 날렸다.

"으아아아……!"

천마앙복(千魔仰伏)!

파파파팟!

검이 허공을 난무해 무서운 파공음을 일으키며 파군 진인을 갈라갔다.

"헛!"

흰 수염을 날리며 막 도착한 파군 진인은 엄청난 기세에 방심하지 않고 검을 떨쳐 마주쳐 갔다. 하지만 목숨을 도외시한 듯한 필살의 공격을 막기에는 역부족이었다.

창! 창! 창!

'육시랄!'

파군 진인은 연신 뒤로 밀렸다.

몇 번의 드잡이질로 겪어본 사군의 검법이 너무나 현묘한 데다 도저히 어린 놈이라 믿기지 않을 정도로 공력마저 감당하기 쉽지 않았다.

순간순간 사혈을 노리는 매서운 공세에 안색마저 시커멓게 변했다. 어느새 주변 정리를 마친 수하들이 횃불을 들고 하나둘 주변으로 모여 그들의 대결을 지켜보고 있었다. 어린 놈에게 밀리고 있다는 망신살에 더해, 더 이상 손해만 보고 있을 수는 없다는 자존심과 승부욕이 그를 강하게 자극했다.

"이놈!"

파군 진인은 잠깐의 손해를 만회라도 하듯 칠상검의 절초들을 잇따라 펼쳐 내 사군의 요혈을 노렸다. 검은 파르르 요동치는 잔물결처럼 떨며 사군을 베어왔다. 머리를 노리는 듯하던 검이 돌연 방향을 바꾸어 단전을 노리다가 사군이 막을 듯하면 어느새 어깨를 찔러왔다.

하지만 사군은 막무가내였다.

"타앗!"

또 한 번의 기합성이 터졌다.

자신의 공격을 무시하듯 팔다리 정도는 아예 내어주고 싸우겠다는 듯한 사군의 맹공에 파군 진인은 당혹감을 드러냈다.

힘겨운 얼굴은 더욱 붉게 달아올랐다.

더 이상 물러설 곳도 없다.

파군 진인의 지금 공세는 그가 강호에 출도한 이래 가장 최선을 다한 것이라 해도 과언이 아닐 정도로 칠상검에 필생의 공력을 실어 떨쳐 냈다.

파파파팟!

진기를 잔뜩 머금은 검이 사군을 뒤덮었고, 이어 뒤늦은 파공음이 야공을 찢었다. 약간 떨어져 지켜보던 무사들마저 가슴이 철렁할 정도로 온통 살기에 젖은 한 초. 파군 진인의 생애를 통틀어 이보다 더 매서운 공세를 퍼부은 적은 없었을 것이다.

파파팟!

하지만 파군 진인은 또 주춤거렸다. 칠성둔형(七星遁形)의 신법으로 몸을 빼기는 했지만 잇따라 파고드는 사군의 검세에 연신 뒤로 밀려나야 했다.

사군이 펼치는 것은 청룡첩으로, 파군 진인의 움직임을 따라가 상대가 공세로 전환하는 것을 방해하며 요혈을 노렸다.

파군 진인의 노안이 벌겋게 달아올랐다.

"괘씸한!"

다시 일갈을 터뜨린 파군 진인은 위험을 도외시하고 허공으로 뛰어올라 칠상검 최고 살수인 성하도망(星河倒芒)의 수법을 떨쳐 냈다. 검이 부르르 떨어가며 사군을 쪼개갔고, 그 가운데 세 갈래 암류를 흘려보냈다. 무심코 막아서다 암류에 당하게 하는 초식으로, 굳이 성격을 가리자면 검기상인(劍氣傷人)과 비슷한 수법이지만, 다른 점이라면 단순히 검기만 떨쳐 내는 것이 아니라 그와 동시에 직접적인 공세가 펼쳐진다는 것이다.

이 자리의 누구도 그 상대의 죽음을 의심하지 않았다.

그 순간 사군은 무념의 세계로 빠져들고 있었다.

갑자기 무수한 검광이 하늘을 덮으며 갑자기 상대가 보이지 않자 그는 눈을 감았다. 그러자 눈앞 상대의 움직임이 석실 안 괴인이 보여주었던 상황을 떠올리게 만들었다.

파파파팟!

파공음 속에서 상대의 기를 느꼈다.

소리는 허공에서 들려오고 있었지만 진정한 살기는 이미 가슴을 세 갈래 네 갈래 찢어오고 있음을 알았다.

"타앗!"

일곱 줄기의 붉은 홍광이 파군 진인의 검세를 맞받아갔다.

파파파팟!

검기가 맞부딪치며 날카로운 파공음이 일었고, 그 뒤를 섬전 같은 현란한 검무가 뒤따랐다. 뒤늦은 짧은 금속성이 연속적으로 들린 것은 두 사람의 몸이 막 교차하는 순간이었다.

"으헛!"

사군은 손을 뻗었다.

휘릿!

홍광들은 두 개의 신형이 빠르게 교차하는 그 순간을 파고들었다.

'헉!'

진득하게 가슴 전면을 눌러오는 기이한 감촉들!

사군의 반대편으로 날아 내린 파군 진인은 그 야릇함에 놀라다가 이어 쩌르르 속살을 파고드는 고통을 감당해야 했다.

'당했어!'

마지막 선택은 동귀어진(同歸於盡)이었다.

자신이 내뻗은 무수한 검광 사이로 파고드는 일곱 갈래의 홍광을 보았고, 이어 그것이 죽음을 부르는 필살의 검초들임을 알았다. 모두 막지 못할 것을 알았기에 방어를 포기하고 끝까지 공격으로 밀어붙였던 그였다.

'훗훗훗, 네놈도 무사하지 못할걸!'

스르르 무너지듯 자리에 주저앉는 파군 진인의 얼굴에서 묘한 미소가 피어났다. 모든 것을 놓아버린 듯한 편안함마저 엿보이는 미소. 죽음을 알리는 전주곡이다. 벌렁 누운 그의 앞가슴에서 붉은 선혈이 매화처럼 피어나더니 이어 가슴 전체를 붉게 물들였다.

사군은 이를 악물었다.

한 손에 검을 꼬나 들고 가슴 언저리에 선혈이 낭자한 채 비칠거리며 걷는 사군을 본 공동삼살의 수하들이 길을 터주었다.

문파의 제자들이었다면 죽음을 불사하고 복수하겠다고 덤벼들겠지만, 이곳의 무인들은 거의 대개가 돈에 팔려 온 자들이었다. 그들은 사군의 무공을 보았고, 저런 고수라면 아무리 심한 부상을 당한 지경이라도 마지막 한 수가 있음을 직감했기에 그 희생물이 되고 싶지 않았던 것이다.

하지만 그들은 사군을 포기한 것이 아니었다.

어느새 백여 명에 이르는 무인이 흉흉한 기세로 검을 꼬나 쥐고 적당히 거리를 유지한 채 사군의 발걸음을 따랐다.

사군이 걸어가는 곳은 전면에 호수를 낀 삼 장가량 높이의 나지막한 절벽이었다. 어느덧 그는 절벽 끝에서 일 장이 채 되지 않을 정도까지 걸어가고 있었다.

사군의 생각은 하나였다.

그저 이곳을 벗어나야 한다는 무의식적인 목적.

하지만 작은 섬이라는 것을 잊었다.

흐릿한 눈으로 앞을 가로막으며 넘실거리는 태호의 물결을 마주하는 순간 전신에서 힘이 쭉 빠졌다.

"후후후, 네놈이 가봐야 어디까지 가겠느냐!"

사군이 휘청거리자 뒤를 따르던 누군가가 음산한 어조로 소리쳤다.

무표정한 얼굴로 고개를 돌려 뒤따르는 자들을 잠깐이나마 지켜보던 사군은 이내 걷기를 계속했다.

뒤를 따르던 무사들은 서로를 마주 보았다.

놈은 지금 호수로 달아나고 있었다.

그들은 사군의 가치를 본능적으로 알아보았다.

오늘 그들이 목숨을 걸고 싸운 것도 돈 때문이었다.

놈의 목이 얼마나 할까? 몇만 냥? 아니, 몇십만 냥인지도 모른다. 사내라면 응당 목을 걸 만한 액수다. 평생을 통해 이런 기회가 언제 또다시 찾아올까. 이대로 놓치기에는 너무나 아까운 기회다.

몇 발짝 남기지 않은 마지막 기회. 눈짓을 교환한 흑의인 셋이 비칠거리며 걷는 사군을 향해 자신들의 최고 절기를 펼쳐 갔다.

팟! 팟! 팟!

사군은 세 줄기의 매서운 살기가 등을 파고드는 것을 알았다.

'어떡하지?'

파군 진인을 죽인 이후로 머리 속은 허무하달 만큼 텅 비어 아무런 답도 나오지 않았다. 사군은 계속 걸음을 내디뎠다.

싸악!

스스로가 생각하기에도 완벽한 합격술을 펼쳐 사군을 공격하는 자들은 하북오살(河北五煞)로 불리우는 자들이었다. 계속되는 전란을 피해 남하해 이곳 소주 일대에 둥지를 틀었고, 어쩌다 공동삼살과 연이 닿아 그들과 합류했다가 방금 전 벌어진 싸움으로 두 명의 동료를 잃어 셋만 남은 처지였다. 동료들이 준 죽음의 경고도 이들의 탐욕을 막지 못했다.

목! 허리! 다리!

세 사람의 공격이 몸에 닿을 바로 그 절체절명의 순간, 사군의 몸이 동물적으로 반응했다. 순간적으로 몸이 버들처럼 휘어지며 공세를 피했고, 어느 틈에 쭉 뻗어 나온 발이 허리를 공격해 온 자의 머리통을 가격했다. 하부오살의 둘째 지살(地煞)이었다.

팍!

검끝이 허공을 갈랐다고 느낀 그 순간 예상치 못하게 불쑥 차고 나온 발에 정수리를 가격당한 지살은 순간적으로 죽음을 직감했다.

그런데!

따끔한 가벼운 충격뿐이었다.

"그럼!"

지살은 사군이 탈진 상태임을 알았다.

'살려가면 돈이······.'

그는 사군을 포로로 잡기로 마음먹었다. 빙글 돌아 나간 그의 오른발이 아직 자세를 잡지 못한 사군의 등짝을 가격했다.

퍽!

둔탁한 타격음과 함께 사군은 허공으로 붕 뜨는가 싶더니 그대로 호수 속으로 빠져 버렸다.

풍덩!

"아니!"

"저런!"

"저! 저!"

세 사람의 입에서 동시에 경악성이 터져 나왔다.

발길질을 했던 지살의 충격은 더욱 심했다. 발끝에 걸리는 상대의 감촉이 너무도 허약해 순간적으로 놀랐는데 저 정도일 줄은 몰랐다. 그는 놀란 눈으로 사군이 빠진 호수를 보다가 퍼뜩 정신을 차렸다.

"포상금!"

다음 순간 그는 힘차게 호수 속으로 몸을 던졌고, 이어 그제야 그 말의 의미를 깨달은 남은 두 형제도 황급히 뒤따랐다.

풍덩!

풍덩! 풍덩!

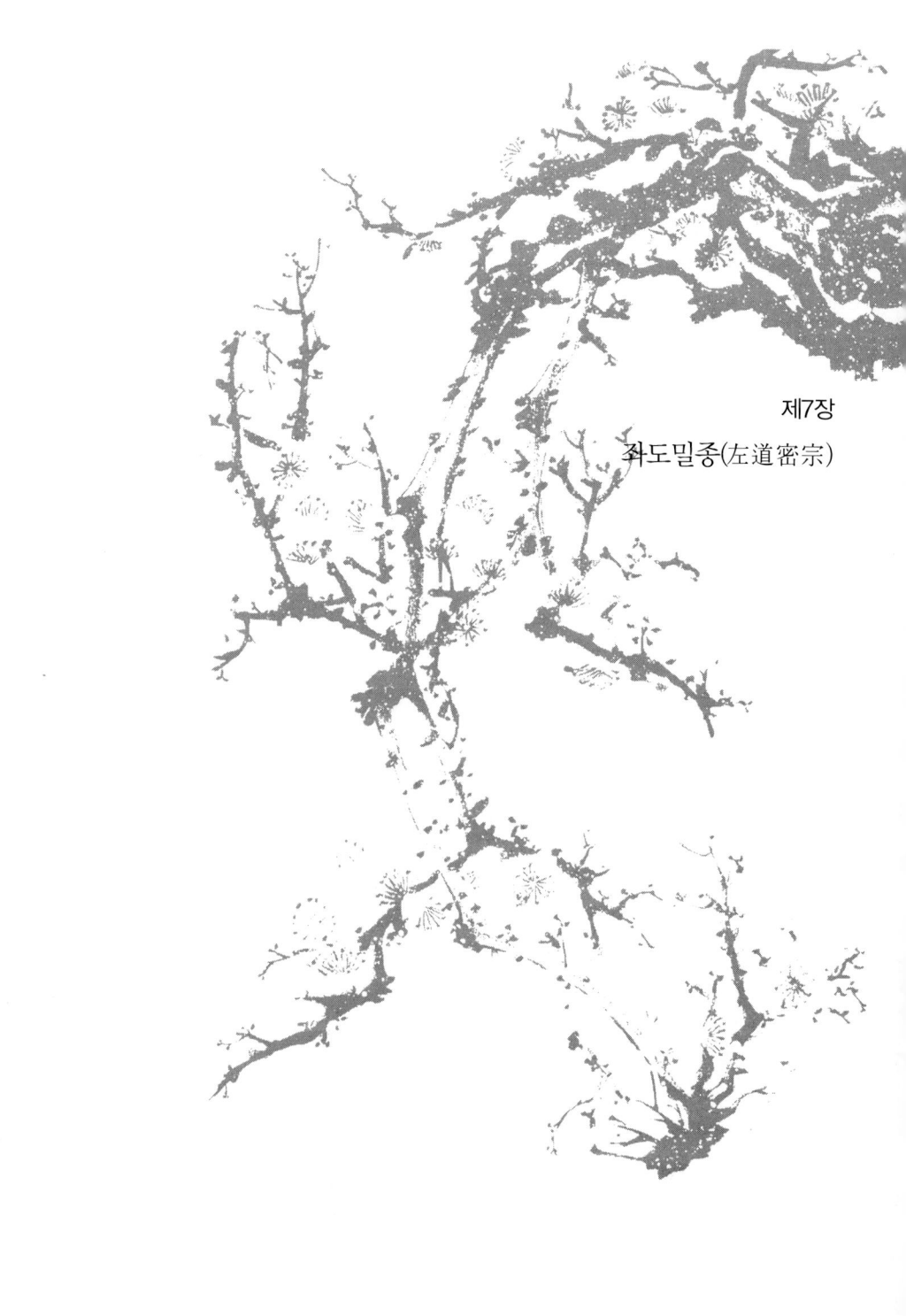

제7장
좌도밀종(左道密宗)

마음속으로 몇 번이나 정신을 차려야 한다고 다짐했건만 두려움 탓인지 일렁이는 불꽃에도 정신을 차릴 수 없었다.

화사한 비단으로 휘감은 침상이 마음을 더욱 불안하고 심란하게 만들었기에 벌떡 의자에서 일어난 그녀는 두 손에 힘을 주어 쥐고 방 안을 오갔다.

흐릿하던 불꽃이 더욱 심하게 요동쳤다.

"험!"

헛기침 소리에 퍼뜩 놀라 돌아보니 부드러운 미소를 띠고 방 안으로 들어서는 젊은 사내가 보였다.

'제갈강!'

얼굴을 굳힌 석자희는 이를 앙다물었다. 마음을 대변하듯 봉미가 바르르 떨리는 것이 스스로에게도 느껴졌다.

"가문을 살려주겠소. 한데 소저는 내게 무엇을 주겠소?"

질문과 함께 제갈강의 눈길이 빠르게 전신을 훑어가는 순간 절강쌍미(絶江雙美) 중 하나인 자신에게 요구하는 것이 무엇인지 알았다.

오늘 일은 계약의 한 부분일 뿐이다.

'정청화보다는 나아!'

애써 그렇게 자위하며 석자희는 주저없이 침상으로 걸어갔다. 하지만 후둘거리는 다리를 주체하기 힘든 탓인지 몸이 휘청했다.

"저런!"

그 모습에 놀란 제갈강이 재빨리 달려들지 않았더라면 침상 바로 앞에서 주저앉는 못난 모습을 보일 뻔했다.

"아!"

석자희의 입에서 가냘픈 탄성이 터져 나왔다. 짙은 사내 냄새. 두려웠던 방금 전의 기분은 간데없고 알 수 없는 긴장과 더불어 편안하고 넉넉한 가슴과 체온이 느껴졌던 까닭이다.

"풋!"

민망함을 가리려는 것인지 석자희는 가볍게 웃었다. 순간 커다란 손이 등을 감싸 안더니 그녀를 번쩍 들어 침상에 눕혔다. 석자희는 눈을 감았다.

"약속은 반드시 지키겠소."

뒤이어 귀를 간질이듯 부드럽게 전해져 오는 제갈강의 말이 그녀를 더욱 안도하게 했다.

'다행이야. 나쁜 사람은 아니야.'

안도감이 밀려들며 스르르 긴장이 풀렸다.

사내의 부드러운 손길이 석자희의 목덜미를 매만졌다. 순백의 우윳빛 살결이 놀라며 꿈틀거렸다.

'아……!'

마치 꿈속에서 만져 오는 듯 아득한 그 감촉에 놀라 몸이 움찔거렸다.

"으음……!"

욕정을 그대로 드러내는 사내의 짧은 신음성에 여체는 꿈찔 놀라더니 더욱 바들거렸다.

뜨거웠다. 마치 가벼운 뇌전이라도 스친 듯 사내의 손길이 지나가는 순간의 그 감촉은 말로 표현할 수 없을 정도로 황홀했다. 사내의 손길이 점차 위쪽으로 올라오자 석자희의 속눈썹이 꿈틀하더니 이내 사르르 안정을 찾았다. 시간이 지나며 길게 이어지는 사내의 손놀림에 따라, 때로는 움찔거리고 때로는 파들거리는 몸짓도 계속 이어졌다.

여체에 취한 제갈강은 다급해졌다. 그는 거침없이 석자희의 옷을 벗겨 갔다. 또다시 등촉불이 하늘거리며 춤을 추었다.

부드러운 사랑을 위해 오늘 그가 사용한 것은 사내가 처음인 계집을 안을 때면 이용하는 영춘촉(迎春燭)이다. 불꽃이 이는 촉심에 은은히 몸을 달구어 마침내 흥분으로 어쩔 수 없게 만드는 강력한 최음 성분이 들어가 있기에, 그 어떤 여자라도 반항은커녕 오히려 안겨오게 만드는 놀라운 기능을 가진 촉불이다.

하지만 애초부터 그런 촉불 따위는 필요도 없었다.

제갈강의 손이 석자희의 상의를 벗겨갔지만 그저 손가락만 꿈찔거릴 뿐, 죽은 듯 눈을 감고 아무런 반항도 하지 않았다.

"으흥……!"

마침내 젖가리개마저 풀어헤친 그가 젖가슴을 건드리자, 살짝 열린 입술에서 옅은 신음성이 새어 나왔다.

놀라 휘젓는 그녀의 손에 두툼한 사내의 손이 잡히는 순간 뇌전을 맞은 듯한 짜릿한 충격이 전해졌다.

부끄러운 마음에 눈조차 뜰 수 없었다.

투박한 사내의 손길이 스르르 방초를 헤치더니 이내 꽃잎 속을 헤집어 버렸다.

창문을 지나온 희미한 아침 햇살이건만 눈이 부셨다.

"으음……!"

석자희는 전신의 뼈마디가 욱신거리는 은은한 아픔에 가벼운 신음성을 내뱉었다. 하지만 마음은 왠지 모르게 개운하기만 했다.

그런데… 허전했다.

황급히 손을 움직여 보고서야 자신이 벌거벗고 있음을 알았다. 은은한 아픔이 그곳에서 느껴지는 순간 가슴이 철렁했다. 놀라 눈만 멀뚱거리던 그녀는 이내 지난밤 제갈강과 뜨거운 시간을 보냈음을 기억했다.

'맞아, 그랬었지!'

그녀는 살포시 눈을 감고 간밤의 여운을 즐겼다.

뜨거웠던 그 밤의 기억은 은은히 몸이 달구어지게까지 했고, 가슴이 뛰고 얼굴이 달아오르는 와중에도 입가에 피어나는 미소만큼은 어쩌지 못했다. 문득 상대는 어떻게 하고 있을까 궁금해진 그녀는 옆으로 살짝 눈을 돌렸다. 훔쳐보는 모습을 들키고 싶지 않았다. 언뜻 옷을 벗고 누운 사내의 모습이 들어왔다. 가슴이 더욱더 두근거렸다.

'큭큭!'

이렇듯 서로 옷을 벗고 누워 있다는 사실에 웃음이 나왔다. 다시 하체에서 사랑의 흔적이 남았음을 확인시켜 주려는 듯 아련한 아픔이 느껴졌다. 화들짝 놀란 그녀는 얼른 몸을 움츠렸다.

"잘 잤소?"

작은 움직임이었건만 바로 옆에서 들리는 인기척에 제갈강이 깨어나며 그녀에게 다정한 목소리로 물었다.

"예……."

고개를 떨군 석자희는 다소곳한 목소리로 말했다.

비록 조건에 의해 이루어진 결합이었으나 가장 소중한 것을 가져가 버린 사내에 대한 여인의 반응이었다. 하지만 석자희는 이내 마음을 다잡았다.

'거래일 뿐이야!'

독해져야 한다.

수단과 방법을 가리지 말고 연놈들을 중원표국에서 제거해 버려야 한다. 그런 더러운 것들은 땅이 오염되지 않도록 영원히 세상에서 없애 버려야 한다. 어차피 썩어 문드러질 몸뚱이일 뿐이다. 발끈 입술을 문 그녀는 주섬주섬 옷을 걸치고 침상에서 일어나 창가로 걸어가 창문을 열었다.

이곳이 녹천(綠天) 장원이라 했던가.

정원은 물론 담장 너머로까지 잎이 무성한 나무들이 빽빽이 들어찬 풍경이 한눈에 들어왔다.

눈이 부셨다.

대지를 온통 덮어버린 초록의 물결이다.

석자희는 희망의 끈을 잡았다.

아버님이 쓰러진 것이 마비산(痲痺散) 때문이라는 것을 제갈강이 아니었다면 알지 못했을 것이다. 해약은 주겠다고 했으니 이제 곧 아버님이 훌훌 자리를 털고 일어나 더러운 연놈들에 대한 반격을 시작하실 것이다.

천하제일 두뇌로 알려진 제갈가의 차기 가주와 손을 잡았으니 아무리 정춘교 일당이 머리를 써도 당하지 못할 것이다. 곧 무덤으로 들어갈 영파오월 따위도 어렵지 않게 해결해 줄 사람이다.

점심나절이나 되었을까.

조각배 두 척이 태호(太湖)의 금빛 물결을 넘실거리며 떠다녔다.

전운(戰雲)에 휘감긴 중원은 곳곳에서 피보라를 뿌리고 있었지만, 사공 둘이 젓는 작은 조각배는 그저 잔잔히 이는 파도에 몸을 맡길 뿐 딱히 정한 목표도 없이 그저 떠다니는 것으로 보였다.

배 위에는 사공말고도 아담한 체구에 단아한 옅은 청색 비단옷을 걸친 청년 하나가 초조한 얼굴로 호수에서 눈을 떼지 못하고 있었다. 그 반걸음 뒤의 시종인 듯한 미소년 역시 호수를 바라보며 다소곳이 자리를 지켰다.

그 뒤를 따르는 또 한 척의 조각배가 있었다.

조금 큰 그 배에 타고 있는 세 명의 소년 또한 여인네의 춘정을 불러일으킬 정도로 매끈한 얼굴을 가졌다.

배가 이곳을 떠다닌 지 한나절은 족히 되었다.

언뜻 지나보기에는 무척이나 태평한 느낌을 주는 배들이지만 그 안에 감도는 것은 알지 못할 초조감이다. 두 배에는 사공을 포함해 일곱 사람이 있었지만 모두 입을 봉한 듯 말을 잃었다.

초여름 태양이 서서히 고개를 들었고, 그 열기 또한 만만치 않자 배 위의 소년들은 저마다 작은 섭선을 꺼내 해를 가렸다. 하지만 앞선 작은 배에 타고 있는 소년은 그러지 못했다. 커다란 부채를 꺼내 무거운 표정으로 호수를 지켜보고 있는 청년을 가려주어야 했기 때문이다.

물속에서 떠오를 무엇을 기다리는지 두 시진이 다 되어가도록 청년은 호수만 바라보며 미동도 하지 않았다.

몇 척의 고깃배들이 그들이 타고 있는 배 주위를 지났으나 무거운 분위기를 감지했는지 말도 붙이지 않고 이내 멀어져 갔다.

다시 시간이 흘렀다.

소년들의 얼굴이 점차 초조하게 바뀌었다.

뭔가 말을 붙여보려는지 청년 옆에 있던 소년이 몸을 조금 틀더니 머뭇거렸다. 하지만 미처 입을 떼기도 전에 청년의 손짓에 얼른 고개를 숙여야 했다. 뒤를 따르던 소년들은 그것을 보고 서로 마주 보더니 고개를 설레설레 저었다.

청년은 여전히 호수에서 눈을 돌리지 않았다. 가끔 고개를 돌릴 때가 있었는데, 그것은 주변에 유난히 물결이 출렁거리는 곳이 있을 때뿐이었다.

육지를 아득한 저 멀리 둔 태호는 잔잔한 바다와도 같았다.

또다시 배에서 십여 장 떨어진 곳의 물결이 일렁거렸다.

가끔씩 물결이 세게 일렁거리는 경우도 있었지만 바람의 장난인 경우가 많았기에 모두의 눈이 그리로 향하기는 했어도 그리 기대를 하는 눈치는 아니었다.

물결의 일렁임이 더욱 세지더니 돌연 물살 위로 사람 하나가 머리를 내밀었다.

"푸우!"

길게 숨을 내뿜은 그의 손에서 또 다른 사람 하나가 끌려 올라왔다. 이미 사람의 모습을 발견했을 때부터 급히 방향을 틀던 사공들의 손길이 더욱 빨라졌다.

배는 이내 두 사람이 둥실거리며 떠 있는 곳에 도착했다.

"이걸 잡으시오."

사공 하나가 얼른 노를 내밀었고, 물속에서 나온 사람이 그걸 붙잡자 부채를 들어 청년의 얼굴을 가려주던 소년도 달려들어 물속의 사람을 힘차게 끌어당겼다.

상체가 끌어 올려지자 사람의 얼굴이 확실하게 드러났다.

먼저 올라온 사람은 까무잡잡한 얼굴의 중년인이었고, 그 뒤에 끌려 올라온 사람은 사군이었다.

청년의 눈빛이 급격하게 흔들렸고 이어 목젖이 꿈틀거렸다.

'죽었나요?'

목구멍까지 올라온 말은 하얀 이로 질끈 누른 입술을 열지는 못했다.

심각한 상황을 말해 주듯 사군은 얼굴 곳곳이 멍이 들고 까져 있었다.

죽은 듯 감은 두 눈.

아니, 이미 죽었는지도 몰랐다. 하지만 차마 묻지는 못했다. 마음속 격동을 누르지 못한 듯 두 손은 바짓단을 질끈 움켜쥐었다.

그는 상아같이 하얀 이를 드러내 여인의 그것처럼 빨간 입술을 살짝 물었다. 자세히 보았다면 가늘게 떨리는 입술을 볼 수 있었으리라.

"헛차!"

사공이 마지막 힘을 썼다.

그 덕에 조각배가 심하게 요동치며 기우뚱거리자 그는 익숙한 발놀림으로 배의 중심을 잡았다. 노인도 무척이나 지쳐 보였고, 사군은 생사조차 확인할 수 없을 정도였다.

시중을 들던 소년이 재빨리 사공에게 거적 하나만 덮어놓은 선실을 향해 눈짓하자, 사공은 노인을 도와 사군을 선실 안으로 밀어 넣었다.

그들이 하는 모든 과정에서 조금도 눈을 떼지 않고 있는 청년이었지만 끝내 입을 열지는 않았다.

배 위를 대충 수습한 사람들의 시선이 청년에게 향했다.

"돌아가요!"

속마음을 숨길 수는 없음인가. 청년의 말소리가 고르지 못했다.

정심당(正心堂).

소주성 북대가(北大街)에 위치한 이 약당이 제갈가에 의해 직접 운영되고 있는 곳임을 아는 사람은 없었다. 소주에서 활약하는 제갈가 약재상들조차도 그곳이 가문의 총타에서 직접 운영하는 직할 분타임을 알지 못했다.

약당(藥堂) 밀실.

중앙에 작은 탁자를 중심으로 면사를 한 제갈옥과 의원 차림의 중년인 둘이 그녀를 마주하고 나란히 앉아 있고, 제갈옥의 한 걸음 뒤에는 천장파파가 서 있다.

모두 표정이 무척이나 심각했는데, 대화를 나누면서도 그들의 눈은 침상을 향해 있었다.

침상 위에는 웃통이 벗겨진 사군이 죽은 듯 누워 있었다.

제갈옥이 입을 열었다.

"어옹(漁翁)께서 제때에 도와주시지 않았다면 살아나기 힘들었을 거예요."

"그렇습니다. 물속에서 그분이 입으로 숨을 불어넣어 주셨다고 하더군요. 그 덕분에 목숨을 건졌지요."

그 말에 맞은편 의원 차림의 중년인도 고개를 끄덕이며 말했다. 까무잡잡한 얼굴이지만 잔잔하고 편안한 얼굴로 차분한 인상의 사람이다.

대강어옹(大江漁翁).

무림에서 그의 이름을 기억하는 사람은 대개 각파에서 명숙이라 불리는 나이 지긋한 연배의 사람들뿐이다. 남해의 어느 은거기인으로부터 수공과 무공을 배웠다는 그는 남방 사람으로, 수십 년 전 무림에 잠깐 얼굴을 비쳤을 뿐 언제부터인가 모습을 감추었다. 무림에 출도할 때처럼 사라진 것 또한 조용했기에 그에 대해서는 이름은 물론 그 흔한 뒷말조차 없었다.

그러니 그가 이곳에 의원의 모습으로 나타난 것을 그를 아는 사람들이 본다면 무척이나 놀랄 일이었다.

사실 그는 우연히 무림사에 휘말렸다가 거의 생사지경에 이르렀는데 우연히 제갈가에 의해 구원을 받게 되었고, 몸이 나은 이후 강호사에 염증을 느끼고는 의술에 심취해 제갈가와 끈끈한 관계를 맺어왔다.

그는 이곳에서 방의원으로 통했는데, 그를 어옹으로 부르는 사람은 과거를 아는 제갈가의 몇 사람들뿐이었다. 의원 행세를 하는 그가 며칠 전 태호까지 나가 사군을 구한 것은 제갈옥의 부탁 때문이었다.

"저 사람의 몸에서 이런 걸 발견하리라고는 꿈에도 생각지 못했어요."

제갈옥은 면사 속의 시선을 탁자 위로 가져가며 말했다.

그곳에는 피 묻은 작은 은침이 흰 천 위에 놓여 있었다. 사군의 뇌호혈에 꽂혀 있던 은침이었다.

"눈동자가 흐릿한 것을 보고 혹시나 했던 것인데……."

대강어옹이 고개를 저으며 말을 받았다.

"저 사람에게 몹쓸 짓을 시킨 것 같아요. 가문 내에 오라버니의 세력이 그토록 널리 퍼져 있을 줄 몰랐던 것은 물론, 정춘교라는 사람도 다시 보게 되었어요."

제갈옥은 고개를 설레설레 저으며 말을 받았다.

"그런데……."

또 다른 중년인이 제갈옥의 얼굴을 보며 말끝을 흐렸다.

"저 사람의 몸에서 넘치는 양기 말인가요? 백부과를 상당히 복용했다고 들었어요. 뭔지도 모르고 간식거리 삼아 먹고 있더군요."

제갈옥은 그가 미처 말을 마치기도 전에 말을 자르고 백부과를 언급했다. 의원들에게 그 사실을 미처 말하지 않았다는 것을 깨달았기 때문이다. 하지만 그 설명에도 불구하고 말문을 열었던 의원의 표정은 여전히 마땅찮았다.

그런 반응에 제갈옥이 물었다.

"무슨 다른 병증(病症)이 보이나요?"

"그렇습니다. 단순히 백부과 탓으로만 돌리기에는 이해가 되지 않는 것이 한두 가지가 아닙니다."

제갈옥은 그에게 면사를 고정시켰다.

제갈부(諸葛敷), 가문에도 의술에 능통한 명의들이 많이 있기는 했지만 그를 능가할 만큼 해박한 자는 손으로 꼽을 정도다. 제갈옥도 의술을 제법 안다고 하지만 그와 비교를 하려는 것은 일월(日月)의 차이를 논하자는 것이나 진배없다.

말없는 재촉에 제갈부가 입을 열었다.

"약재에 의해 양기를 북돋운 경우 아무리 몸을 보한다 해도 결국 몸속의 진양기(眞陽氣)를 소진해 골수가 말라 죽게 되고 말지요. 소저께서 말씀하신대로 백부과로 인한 것이라면 일시적으로는 힘이 솟구칠지는 몰라도 눈 주위에 푸르스름한 기운을 띠게 되고 혈맥의 움직임이 가늘어지는 것은 피할 수 없는데… 더 특이한 것은 녹존 진인의 육양장이 오히려 그의 양기를 북돋웠다는 사실입니다. 해(害)가 되기는커녕 득이 되어버렸다는 것이지요. 지금 저 공자 분의 양기는 하초에만 국한된 것이 아니라 온몸에서 넘쳐 나 주체할 수 없을 지경으로, 그 힘이 몸은 물론 정신까지 지배하고도 남을 정도입니다. 이대로 두었다가는 필시 넘쳐 나는 양기로 인해 죽음을 면치 못할 것입니다. 그뿐이 아닙니다. 몸속에서 정체를 알 수 없는 여러 가지 진기가 경락 곳곳을 떠돌아다니고 있습니다."

"얼마나 걸릴까요?"

면사가 가늘게 떨렸다. 죽음까지의 시간을 묻는 것이다.

"험! 그게……."

뭔가 걸리는 것이 있는지 제갈부는 쉽게 입을 열지 못했다.

"말씀해 보세요. 저 사람은 우리가 추진하는 계획에 무척이나 중요한 사람이에요."

꼭 답을 들어야겠다는 말투다. 제갈부는 면사 속의 시선을 피해 조심 스런 어조로 입을 열었다.

"원래는 진작에 양화(陽火)의 기운이 폭발해 혈맥이 터져 죽었어야 할 사람입니다. 하지만 아직까지 살아 있다는 것은 그 극양(極陽)의 기운을 외부로 쏟아낼 수 있었다는 것으로……. 가정이지만 그동안 여인들과… 수시로 관계를 했기에 살아남았을 것입니다. 그 일을 하루라도 거르기는 어려웠을 겁니다."

제갈부는 그가 혈안색마임을 알지 못했다.

제갈옥의 면사가 심하게 흔들렸고 잠시 침묵이 흘렀다.

그랬다.

영파상방의 운반선 안에서도 그랬고, 혈안색마로 변신해 한동안 소주 일대의 부녀자들로 하여금 공포의 밤을 보내게 만들기도 했다. 결국 정 청화가 당한 일로 정춘교가 나섰고, 게다가 지금은 정청화의 샛서방 노 릇까지 하고 있지 않은가.

알 수 없는 극양의 기운!

제갈옥은 그제야 사군의 처지를 이해했다.

자신도 옷을 벗는 치욕을 당하기는 했지만…….

'본의가 아니었어!'

죽어가는 자에 대한 연민이다.

정춘교가 뇌호혈에 은침을 박아둔 것도 결코 그 일과 무관하지는 않을 것이다.

"원인을 알 수는 없을까요?"

안타까운 말투였다.

"지금으로서는 딱히 뭐라 할 수는 없겠지만, 단존 쪽에서 양기의 움직임이 더욱 거세게 느껴지는 것으로 보아 혹시 무공과 관련이 있지 않은가 하는 추측은 해봅니다."

"무공?'

면사가 크게 흔들렸다.

천하에는 그 넓이만큼이나 기이한 무공이 많기는 하다.

널리 알려진 것으로는 남의 진기를 빨아들여 자신의 내공을 높이는 흡성대법(吸星大法), 무공을 익힌 여인들이 사내의 양기를 취해 음기를 보(補)해 무공을 증진시키는 채양보음(採陽補陰), 그 반대로 남자가 여인들과 관계를 가지는 중에 음기를 보하는 채음보양(採陰補陽), 그밖에도 피로 성취를 이루는 흡혈마공(吸血魔功)이나 어린아이의 뇌를 먹어 순양(純陽)의 기를 섭취하는 등 사악하고 괴이한 무공이 적지 않다. 그런 무공들은 강호에서 사공으로 분류되어 자칫 공적에 몰리기도 한 것은 물론, 단기간에 공력을 끌어올린 후유증으로 반드시 좋지 않은 결과를 수반한다.

정파의 무공이라면 모르되 사군이 배운 것이 좌도방문(左道傍門)의 무공이라면 그런 특이한 증세가 나타날 수도 있을 것이다.

제갈옥은 사군의 무공을 떠올려 보았다. 퍼뜩 머리를 스쳐 가는 생각이 있었다.

'대수인(大手印)!'

천장애에서 장보도를 두고 백팔지살과 구룡수호대를 동원했던 광휘당포 보표들과의 싸움에서, 죽은 무사의 시신에서 발견되었던 상흔으로 추정한 무공이었다.

"대수인과 관련이 있을까요?"

하지만 대답은 실망스러웠다.

"대수인이라면 서장(西藏)의 무공이기는 하지만 정종(正宗)이라 보아야 하겠지요. 하지만 이런 증세가 나타난다는 말은 들은 적이 없습니다."

그런데 잠시 호흡을 고른 제갈부가 되물었다.

"그럼… 혹시 저 사람의 무공이 서장 계통입니까?"

"그래요. 대수인과 비슷한 무공을 펼친 걸 본 적이 있어요. 제가 알고 있는 것보다 위력이 엄청 더 셌던 것 같아요."

"흐음……."

제갈부는 잠시 생각하는 듯하더니 다시 질문을 던졌다.

"중원에도 좌도방문의 무공이 있는데 서장에도 그런 것이 있을 가능성이 있지 않겠습니까? 대수인과 유사한 무공을 펼친다니 서장 계열일 것이고, 하지만 확신을 하지는 못하겠군요. 그저 추측일 따름입니다. 아무튼 저 사내가 깨어난 후에 더 자세한 것을 알아보는 것이 좋겠습니다."

뭔가 기대를 갖게 하는 말이었다. 바로 그때였다.

"끄응……."

사군의 입에서 나온 신음성이었다.

세 사람의 고개가 일제히 침상을 향했고, 벌떡 일어난 제갈부가 가장 먼저 침상으로 다가갔다.

'특이한 체질이야!'

차가운 호수 속에서 이각가량이나 잠겨 있다가 건져졌다는 사람이다. 대강어옹이 물속에서 숨을 불어넣어 주기는 했다지만 대개의 경우 폐가 상해 죽음에 이르거나, 심장이 얼어붙어 박동을 멈추게 되기에 혈류가 돌지 않아 동사를 피할 수 없다.

놀랍게도 급히 이곳으로 날라왔을 당시 청년의 몸은 싸늘하게 식어 있기는커녕 후끈거린다는 표현이 맞을 정도로 열기를 내뿜고 있었다.

"으으……."

사군의 신음성이 이어졌다.

"지금 소주에 서장의 유명한 법승(法僧)이 한 분 계시다는데, 혹시 저 사람의 무공에 대해 알아볼 수 있을지 모르겠군요."

문득 대강어옹이 제갈옥을 돌아보며 말했다.

한산사(寒山寺).

제갈옥은 지객원(持客院)에 달린 작은 법당에서 적송찬(赤松贊)이라는 서장 법사를 마주해 차를 마시고 있었다. 대소사(大昭寺)에서 왔다고 하던가. 꽤나 법명이 자자한 스님이었기에 신자(信者)들이 그와의 접견을 위해 줄을 이었고, 제갈옥은 그를 만나기 위해 은밀히 뒤로 손을 쓰기까지 해야 했다.

"혹시 눈이 붉어지는 증세를 보이지 않았습니까?"

제갈옥의 설명에 적송찬이 되물었다.

면사가 크게 흔들렸다.

"그렇습니다. 눈동자 주변이 분홍빛을 띠다가 점차 타오르듯 붉어지는 것을 본 적이 있습니다."

"허! 그 무공을 익힌 사람이 중원에 있을 줄이야… 여시주께서 하시는 말씀을 들어보니, 그자는 좌도밀종의 무공을 익힌 것이 틀림없어 보입니다."

"좌도밀종?"

그러고 보니 언젠가 책에서 읽은 기억이 났다. 하지만 더 자세한 것은 그녀도 알지 못했다.

육순은 족히 넘어 보이는 적송찬은 엄숙한 표정으로 얼굴을 굳히며 좌도밀종에 대해 자세히 설명해 주었다.

좌도밀종(左道密宗)!

밀종(密宗)이라 함은, 천지(天地)는 조화를 몸을 통해 직접 행동하고 실천하며 체득하는 것을 득도의 방편으로 삼는, 실천의 유파(流派)다.

밀(密)이란 곧 '깊고 오묘한 가르침'이다.

좌도밀종은 조화로움 속에서 합일(合一)을 이루어 깨달음을 얻는 것을 기본으로 한다. 하늘[天]이 있으면 땅[地]이 있고, 양(陽)에 대응해 음(陰)이 존재하며, 명(明)은 암(暗)으로 인해 그 깊이를 알 수 있고, 선(善)은 악(惡)이 있으므로 빛을 발한다는 논리에 근거한다.

그러기에 사내[男]는 계집[女]과 조화를 이룰 때 완벽한 하나를 이룬다. 그들은 원래가 둘인 동시에 하나인 것이다.

좌도밀종의 근본은 삼라만상 모든 것에 음양 상호 간의 조화다.

좌도밀종 본존(本尊)에 환희불(歡喜佛:남녀 교접 형상의 불상, 합체불)이 있는 것도 같은 이치이다. 그래서 그들이 마귀(魔鬼)의 침입을 막기 위해 그려놓는 만다라에도 온통 환희불로 가득 채워져 있다.

그러나 음양의 합일을 통한 육신의 쾌락을 말하는 것은 아니다.

좌도밀종의 모든 무공들은 음양의 조화를 원한다. 공력이 더해갈수록 몸속에서 양기가 들끓기에, 밀종의 비전 구결에 따른 운기행공(運氣行功)을 통해 이를 다스려야 한다.

제갈옥도 사군이 대수인과 유사한 무공을 펼친 것을 알고는 있었다.

대수인(大手印)이 서장(西藏)의 무공이라는 것은 알았지만, 그녀가 예전에 본 사군의 무공이 단순한 대수인이 아니라 청룡대수인(青龍大手印)이라는 것은 몰랐다. 좌청룡(左青龍)의 그 좌(左)이기에, 좌도밀종(左道密宗)의 청룡대수인인 것이다.

서장의 청룡사(青龍寺)를 본류로 하는 좌도밀종의 무공은 몽골군이 대

268 수국

규모로 서장에 진군해 오는 그날 절이 불타는 것으로 맥이 끊기고 종국을 맞았다. 적송찬은 그렇게 알고 있었다.

그의 말은 답답했던 제갈옥의 머리 속을 환하게 밝혀주었다.

사군에 대한 그녀의 마음은 복잡했다. 한때는 그랬고, 또 한동안은 사군을 경멸하기까지 했다. 그의 무공 내력을 모르는 그녀로서는 당연한 일이었다.

"그 무공을 익힌 사람이 중원에 있으리라고는 상상도 하지 못했소."

적송찬은 기이한 일이라는 듯 말했다.

하지만 지금 그것은 제갈옥의 관심사가 아니다.

"해결할 방법이 없나요?"

"내공구결을 제대로 익혔다면 그런 증세가 나타나지는 않을 것인데… 아무래도 청룡사의 무공이 반쪽만 전해진 것이 아닌가 하는 의구심마저 드오만… 무공을 폐지한다 해도 이제껏 몸 안에 쌓여 있던 양기마저 없애버리는 것은 불가능할 것이오."

적송찬의 말에 충격을 받아야 했건만 차라리 마음이 편안해져 왔다. 사군의 행동은 의지가 아닌 본능의 자극에 의한 것으로 단순히 양기를 돋우는 백부과만이 아니라 그 근원에 좌도밀종이 있었던 것이다.

정심당.

사군은 깨어나 있었다.

제갈옥이 사군에게 좌도밀종에 대해 들은 바를 그대로 전해주고는 자리를 뜬 것이 방금 전이었다.

지금 사군의 눈은 힘을 잃었다.

무공에 열중해 일취월장의 성취를 보였던 동굴에서, 사군이 연청아를 탐닉했던 것은 결코 백부과 열매의 탓만은 아니었다. 정청화나 취련에 대한 수치스러운 행동, 그리고 혈안색마라는 오명으로 이어진 소주에서의 음행.

열매는 그저 조연(助演)이었을 따름이었다.

무공이 도를 더할수록, 내공이 높아갈수록, 양기가 급속도로 증가하기에 그 불균형은 육신으로 하여금 음양의 조화를 절실하게 만들었다.

그런데… 길이 없단다.

또 몸이 스멀거렸다.

'죽어야 해!'

침상에 걸터앉은 사군은 몇 번이나 그 말을 되뇌었다.

깊은 상처를 받고 물속에 빠졌다가 겨우 살아난 몸이건만 더러운 육신은 또 여체를 그리고 있었다. 적송찬의 말을 전하는 제갈옥의 설명에 모든 것을 알 수 있었다.

'고노 잘못이 아냐.'

좌도밀종의 무공을 가르친 이상 그에 따른 내공심법도 가르쳐야 했다. 하지만 자신에게 반쪽짜리 무공을 전수해 준 고노를 탓하고 싶지는 않다. 이런 후유증을 알고도 가르쳤을 사람이 아니다. 사부 이전에 친할아버지나 다름없던 그다.

아마도 고노는 그것을 간과했을 것이다.

만약 그가 이 사실을 알고 있었다면 사군의 가전(家傳) 양생술(養生術)이 밀종의 운기행공과 비슷하다는 이유로, 혹은 사군 어머니와의 마찰을 이유로 사문의 행공법을 가르치지 않고 넘어가는 우매한 짓은 하지 않았을 것이다. 좌도밀종의 운기법으로 무공을 수련했던 고노에게는 아무런 부작용이 없었기에 그도 미처 몰랐던 것이다. 고노와 사군, 두 사람 모두 무공의 뿌리는 알고 있으되 그 진실된 의미를 알지 못했다.

게다가 내력까지 아낌없이 전해주었다.

고노의 내력이 사군의 몸속에서 융합되는 정도가 더할수록 양기도 늘어나 조화를 위한 음기(陰氣)를 갈구했고, 그것이 시도 때도 없는 정욕이라는 더러운 형태로 나타난 것이다.

좌도밀종의 운공법은 익히지 못했던 사군이다.

이런 모든 것 또한 자신의 운명일 따름이다.

사군은 몸을 떨었다.

더러운 기운은 점차 그 힘을 키워 몸 전체를 덮어오고 있었다.

아직 상처도 채 낫지 않은 몸이건만 양물은 남의 것인 양 주인의 사정을 몰라주고 고개를 벌떡 세우며 투정을 해댔다.

추악한 고깃덩어리!

"끄응!"

사군은 몸을 일으켰다.

"왜 구했소?"

사군은 목숨을 구해준 것이 원망스럽다는 듯 허공에 대고 물었다. 단순한 투정이 아닌, 입 안이 말라붙어 쩍쩍 갈라지듯 나오는 소리였다.

은침이 몸에서 빠져나가는 순간 그를 괴롭혔던 스스로에 대한 지독한 환멸은 몸속에서 자라는 고약한 버러지처럼 스멀거리며 살아났다.

부르르 몸이 떨렸다.

'아!'

사군의 머리 속에 제갈옥의 면사가 떠올랐다.

아마도 그 면사 속에 사내의 정염을 이글거리며 타오르게 하는 빨간 입술이 있을 것이다. 몸이 떨렸다.

'미친놈!'

사군은 고개를 저었다.

'그래, 죽을 자리를 찾자. 아무도 없는 곳에서 창피스럽지 않게 죽자.

뒤에서 시체에다 손가락질을 할 수도 없는 그런 곳에서……'

상처가 낫지 않은 몸을 어기적거려 가며 침상에서 내려왔다. 우뚝 솟은 양물이 훤히 보이는 움직임이었지만 더 이상 창피하지도 않았다.

"그 몸으로 어딜 가세요?"

어느새 제갈옥이 문앞에 서 있었다.

귀찮다.

마누라도 아닌데 가는 곳까지 일일이 보고를 해야 한단 말인가. 덥석 안아 눕혀 버리면 제대로 바둥거리지도 못할 계집이다. 그러고 나서 그 짓을 해버리면 다시는 입을 나불거리지 못할 것이다. 사군은 고개를 들어 눈을 내리떴다.

'아!'

또 그 더러운 짓거리를 합리화시키려 하고 있다.

'더러운 고깃덩어리!'

"아직 움직이시면 안 돼요. 가시더라도 몸이 어느 정도 나은 후에나 가세요."

이 여자! 내가 이곳에 남아 있으면 무슨 일이 생기는 줄 모르는가. 난 지금 이 순간에도 네 몸을 갖고 싶다고!

사군의 눈이 더욱 붉게 타올랐다.

뜨거운 눈빛에 제갈옥의 몸이 굳었다.

머리 속으로 수만 가지 생각이 바쁘게 교차했다.

'자리를 뜨지는 않을 거야. 이미 다 보여 버린 몸이야. 어쩌면 사내에 대한 호기심인지도 모르지. 아니야, 그게 아니야. 사내의 열정적인 눈에 오래전부터 달구어져 왔던 몸일 게야.'

사내의 빨간 눈은 마치 정염에 타오르는 듯했다. 섬뜩한 느낌마저 주는 눈길. 모든 이야기를 들었음에도 절로 몸이 떨려오는 것은 어쩔 수 없었다. 그런데…….

'아!'

어느 순간부터인가 그 눈길 속으로 빨려 들어가는 자신을 느꼈다. 사지는 굳어버려 조금도 꼼짝할 수 없었다. 제갈옥은 그 눈에서 벗어나지 못했고, 마침내 가녀린 여체는 바들바들 몸을 떨기 시작했다.

"흐흐흐……."

사군의 입에서 괴소가 흘러나왔다.

"헉!"

제갈옥의 교구가 휘청거리는 순간 사군은 손을 뻗어 세류요(細柳腰)를 안아 가슴으로 당겼다. 가슴을 흠뻑 적셔 버리는 여체 진한 육향! 불끈 솟은 사내의 하초가 부드러운 허벅지 살을 파고들었다. 사군은 면사를 걷어 올렸다.

빨간 입술이 떨고 있다.

"흡!"

텁텁한 입 냄새마저도 그윽하게 느껴지는 순간 제갈옥은 힘을 잃고 무너져 버렸다.

"안 돼!"

무섭게 비명을 지른 사군은 육신이 계속 썩어가기를 유혹하는 여체를 세차게 밀쳐 버렸다.

"악!"

제갈옥은 쿠당탕 구석으로 나동그라졌다.

"크윽!"

머리를 쥐어뜯었다.

썩은 육신은 또 발작을 일으키려 하고 있었다. 다시는 되풀이하지 않으려고 몸을 떨어가며 후회했던 더럽고도 추악한 욕망이었건만, 교묘한 변명거리를 만들어가며 다시 고통을 되풀이하게 되는 절차를 밟아가려 하고 있었다.

"저리 꺼져!"

버티기 힘들었다.

하초는 끊임없이 껄떡거리며 그 추한 용두를 들먹거렸고, 전신에 퍼져 있는 작은 모공마저도 남김없이 덮어왔던 여체의 지독한 향기는 그를 미치게 했다.

스스로가 생각해도 너무나도 추악한 모습!

'피할 곳이 없어.'

사군은 비틀거리며 침상으로 올라가 휘장을 내렸다. 작은 벽이라도 만들어야 했다. 안팎이 훤히 들여다보이는 연분홍의 얇은 망사 휘장이나마 제발 지저분한 욕망과 쾌락으로부터 두 사람을 갈라놓기를 빌었다.

"큭큭큭!"

몸은 개미가 물어뜯는 듯했기에 그 견디기 힘든 고통에 울어도 마땅치 않은데 웃음이 나왔다.

여체를 외면한 대가.

사군은 쪼그리고 앉아 무릎에 머리를 파묻었다.

다시는 겪고 싶지 않은 잔인한 시간의 기억은 아직도 사군의 뇌리에 남아 있다. 육체가 한 번 소유할 때마다 후일 겪어야 할 그 황폐함과 끔찍한 회상이 싫다.

하지만…….

보드랍게 빨려오던 제갈옥의 입술이 모든 것을 허물어뜨리려 하고 있었다. 몸이 무섭게 떨렸다.

'으흐흐흐…….'

여체는 깊이를 알 수 없는 거대한 늪이다.

빼려고 할수록 더 깊이 빠져들게 만든다. 아니, 자신의 이성을 꽁꽁 묶어버리는 쇠사슬인 것이다. 피해야 한다.

"흐흐흐흐……."

다시 웃음이 나왔다.

이렇게 되고 말 육신이라면 태어난 것조차 죄악이다!

모든 순백한 것들을 무지 속에 부숴 버리는 마물!

고개를 쳐든 얼굴에서 사군의 눈이 황망히 번들거렸다.

이런 추악하고 더러운 욕심에 끊임없이 갉아먹힐 존재라면…….

'죽어야 해!'

이렇듯 분노를 치밀게 하는 몸뚱이라면 없어져야 했다.

이를 악물었다.

죽자! 죽자! 죽어버리자!

이렇듯 타락을 거듭해야 하는 생명이라면 차라리 극에 달할 고통까지 철저히 즐기며 죽어버리자. 그 고통이 잠드는 순간에야 죽음에 더불어 깃드는 평화를 맛볼 수 있을 것이다. 그래야만 죄업으로 가득한 추악한 육신이나마 다가오는 죽음을 희열 속에 맞을 수 있을 것이다.

"큭큭큭큭!"

육체의 고통이 심해지는 어느 한순간 시간이 우뚝 정지되었고, 그 속에서 느끼는 것은 희열이었다.

점차 시간이 흐를수록 사군의 입가에 괴이한 미소가 피어났다.

고통은 어느덧 쾌감으로 바뀌고 있었다.

터질 듯 힘을 모았던 양물은 멍한 감각 속에서 그저 타인의 살코기로 버려졌다. 온몸에 번져 가던 지독한 근질거림도 더 이상 그를 괴롭히지 않았다.

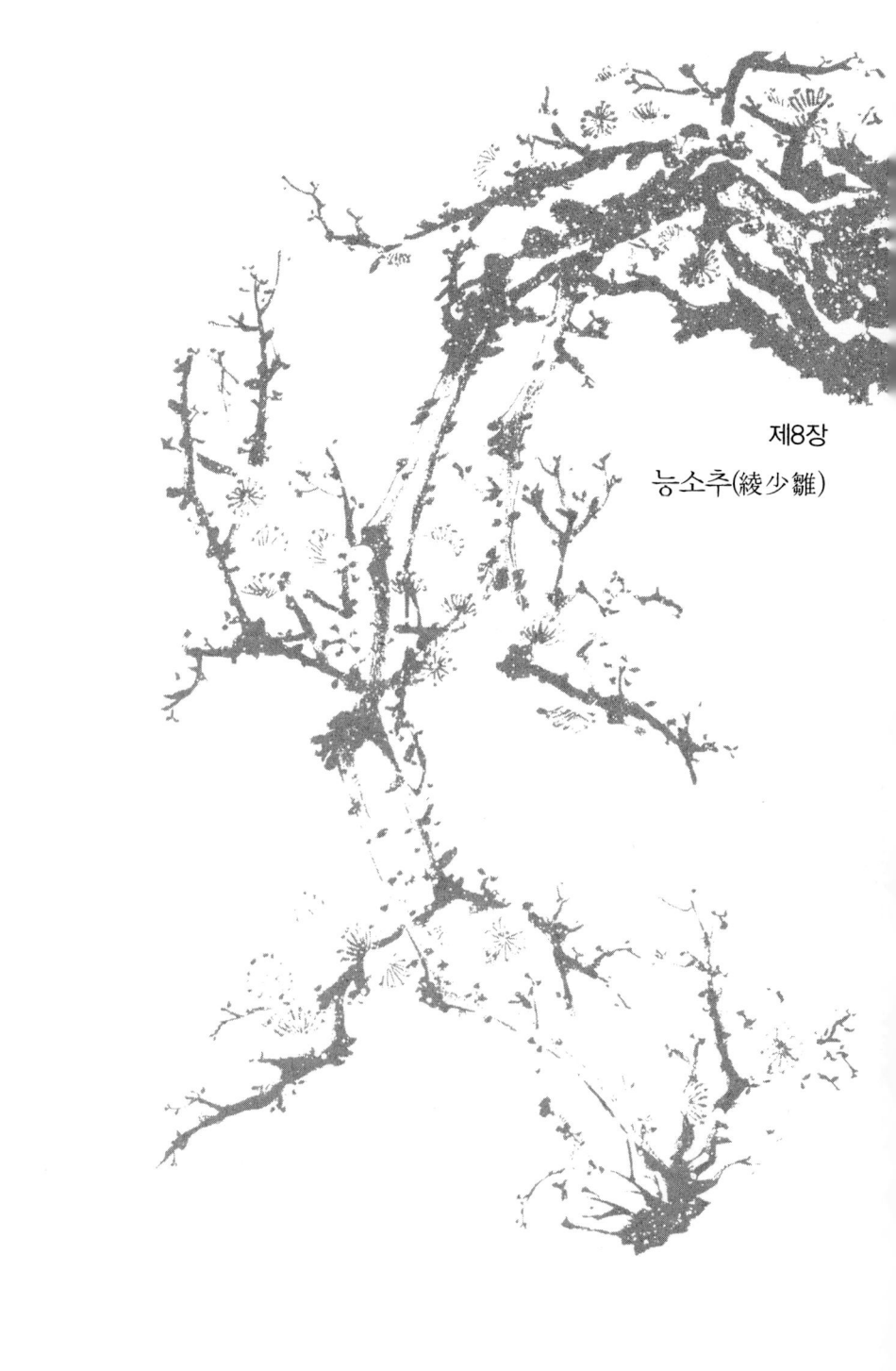

제8장

능소추(綾少雛)

삐릴리리…….

피리 소리가 들렸다.

살포시 미소를 짓고 얄궂은 눈길을 보내는 예향이 있었다. 빙그르르 돌아가는 화사한 치맛단 속에 곱게 뻗어난 종아리가 드러났다. 부러질 듯 가는 허리가 하늘거렸고 방긋한 엉덩이는 넘쳐 나는 육덕에 씰룩거렸다.

"호호호호!"

"하하하하!"

사군은 예향의 손을 잡고 마주 보며 빙그르르 돌았다. 하늘은 오색의 무지개로 가득했고, 땅은 노란 유채꽃 향기로 가득 메워진 두 사람만의 공터였다.

"큭큭큭큭큭!"

해괴한 웃음소리는 끊이지 않았다.

입가에서 빨간 핏물이 주르르 물길을 만들며 흘러내렸다.

달콤한 혈향!

사군은 혀를 내밀어 그 그윽한 향기를 핥았다.

그토록 집요하게 괴롭혀 왔던 썩어가는 육신이 환멸 속에 죽어가는 맛이었다. 입 안을 알싸하게 퍼져 나가는 그 향이 코로 스미는 순간 겉돌았던 웃음도 미소도 모두 사라져 버리고, 편안한 안식으로 향하는 표정으로 바뀌어갔다.

"아!"

방구석에 쓰러져 희미하게 비치는 휘장 속에서 괴로워하는 사군을 바라보던 제갈옥은 그 안에서 흘러나오는 죽음을 향한 진한 피 냄새를 맡았다.

'때가 된 거야.'

벽난로 탓인지 몸이 후끈거렸다.

머리 속에는 몸을 조금도 움직이지 못하게 하는 갈등이 있었다. 삐질거리며 배어난 땀은 어느덧 이마를 흠뻑 적셔 방울을 이루더니 콧잔등으로, 관자놀이로 흘러내리고 있었다. 주먹을 쥔 두 손이 바들거렸다.

마침내……

'죽게 버려둘 수는 없어.'

여체를 갈구하던 애타는 눈빛이 떠올랐다.

육신을 몽땅 빨아들일 것 같은 그 눈길!

제갈옥의 몸은 한없이 떨었다.

'어차피 한 줌 흙먼지로 남을 육신이라면……'

순결을 아쉬워했던 마지막 미련마저 훌쩍 내던져 버린 지금, 벌거벗은 여체를 감싸고 도는 것은 더 이상 아낄 것도 없는 담담함이었다. 바라는 것이 있다면 한 젊은 청년을 좌절 속에서 다시 태어나게 할 수 있는 새로운 생명에 대한 갈망뿐이다. 그 생명이 다시 태어나 나라를 구할 작은 창이나 방패가 되기를 빌 뿐이다.

문득 애틋한 눈길을 보내던 오경동의 모습이 언뜻 스쳐 갔다.

하마터면 옷을 벗을 뻔했다.

늘씬하게 뻗은 교구가 침상을 향해 흐느적거렸다.

"악!"

휘장을 들친 제갈옥은 비명을 질렀다.

침상 위에서 눈을 까뒤집고 뒤로 자빠진 사군의 코와 입에서 피가 흘러나오는 것이 보였기 때문이다.

'아!'

제갈옥은 고개를 설레설레 저었다.

바로 그때였다.

"소저께서는 잠시 나가 계시겠어요?"

말소리와 함께 그때까지도 열려 있던 방문으로 한 소녀가 들어왔다.

화려한 연분홍 궁장 차림의 여인, 어딘가 익숙한 얼굴, 바로 사군을 호수에서 구했던 그 청년이다.

여인이었던가. 얼굴은 그때처럼 표정이 없다.

화들짝 놀란 제갈옥이 뒤로 한 걸음 물러났다.

"능 소저!"

사군을 찾아야 하니 물에 익숙한 사람을 구해달라던 그 청년이었다. 광도의 어느 작은 문파의 제자라고 했던가.

의심스러운 구석이 없었던 것은 아니었지만, 어느새 강남에서도 청국 간세들의 표적이 되어버린 자신이 직접 나설 수 없는 처지였고, 마적산 공격 때 가장 큰 힘을 보탰던 상검문 총사의 추천이 있었기에 믿고 진행했다. 지금 그들 일행은 손님 신분으로 제갈옥이 주선한 이곳 약당의 객실에 묵고 있었다.

그런데… 여인이라니!

"고귀한 세가의 아씨께서 희생하시게 버려둘 수는 없어요."

"하지만!"

"저는 강호에서 외면하는 옥녀문이라는 문파의 문도입니다. 우리 문파 제자들은 내공을 늘리는 방법으로 숱한 사내를 겪게 되지요. 감히 희생한다고 할 수도 없는, 그저 작은 일상사 중 하나일 뿐이에요."

"클클클!"

두 여인이 망설이는 그 순간 사군의 입에서 다시 괴소가 터져 나왔다. 뒤로 쓰러진 사군의 입에서 나는 소리였다. 두 여인은 황급히 서로 눈길을 교환했다.

"어서요"

급했다. 제갈옥은 사군이 미쳐 간다는 것을 알았다.

"그럼!"

그녀는 미처 뒷말을 생각해 낼 겨를도 없이 후닥닥 방을 나섰다.

사라락! 사락!

능 소저라 불린 소녀는 망설임없이 옷을 벗어갔다. 피부는 뽀얀 얼굴과 달리 옅게 그을린 듯 건강미가 넘쳐 보였다.

뽀얀 젖가슴이 드러나고 이내 알몸이 된 그녀는 재빨리 침상 위로 올라가 흉측한 양물을 드러내 놓고 피를 흘리며 쓰러져 있는 사군을 안아들었다.

그녀는 이것저것 가리지 않고 급히 사군의 바지춤을 끌렀다.

'헉!'

허공으로 우뚝 솟은 남근이 한껏 충혈되다 못해 거무튀튀한 색을 띠며 후둘거리고 있었다. 피가 흐른다는 것은 이미 혈관들이 서서히 파괴되어

간다는 것을 의미한다. 급했다.

'죄송해요!'

그녀는 거침없는 손길로 양물을 잡고 은밀한 곳으로 인도했다.

'악!'

아직 아무런 준비도 되지 않은 동굴 속에서 느껴지는 지독한 파과의 아픔이 느껴졌다. 하지만 그런 고통을 감상할 여유도 없었다. 두 손을 뒤로 뻗어 침상에 받치고 사군 위에 앉은 그녀는 이를 악물고 몸을 위아래로 움직여 갔다.

어느 순간부터 사내의 양물이 매끄럽게 동굴을 오가기 시작했고, 그녀의 몸도 서서히 데워지기 시작했다.

빨간 입술이 살짝 벌어지며 더운 공기를 토해냈다.

"으음……."

말로 형언할 수 없는 묘한 쾌감이 전신으로 짜르르 퍼져 가며 자신도 모르게 신음성이 흘러나왔다.

여체의 율동은 더욱 격렬해졌다. 탱탱한 젖가슴이건만 격렬한 움직임을 이기지 못해 정신없이 위아래로 출렁거렸다. 정신을 잃었던 사군은 손을 움직여 부드럽게 여체를 어루만졌다.

사군이 깨어난 것은 밤이 깊었을 무렵이었다.

성안의 작은 암자의 법당으로 옮겨져 있었다.

나무결이 그대로 드러나는 수수한 목불(木佛)이 작은 제단 위에 놓여져 있고, 그 좌우로 커다란 촛불이 법당 안을 환히 밝혔다. 사군은 목불 앞에 뉘어 있었는데 그의 앞에는 궁장 여인이 다소곳한 자세로 그의 곁을 지키고 있었다.

능 소저라 불렸던 여인이다.

법당 한구석에는 네 명의 소녀가 자리를 잡고 있었다. 크지 않은 법당이라 몇 사람이 들어차니 방 안이 사람으로 꽉 찬 듯했다. 궁장녀를 비롯한 경장의 소녀 모두 누구 하나 미태가 빠지는 사람이 없었다. 미풍에 하늘거리는 촛불이 여인들의 미모를 한껏 더했다.

"으!"

미약한 신음성과 함께 사군의 몸이 꿈틀했다.

그것을 본 경장 여인들의 시선이 모두 궁장녀를 향했다.

"준비하거라!"

궁장녀의 지시에 따라 경장 여인들은 간단한 침구를 불단 앞에 준비하고는 목불을 고이 모시고 궁장녀를 향해 차례로 목례를 올린 후에 법당 밖으로 물러났다.

사군은 천천히 눈을 떴다.

익숙지 않은 분위기. 아직 초점을 잃은 눈동자이기는 했지만 단아한 향냄새가 가득 밴 법당이기에 그렇게 느끼는 것이다. 사군은 여전히 혼몽(昏懜) 상태를 벗어나지 못하고 있었다. 궁장녀가 입을 열었다.

"소녀는 능소추라 합니다. 자세한 이야기는 내일 날이 밝으면 말씀드릴 것이나, 공자께서는 양기가 극에 달해 날마다 음기를 보충하지 않으면 그 즉시 혈맥이 팽창해 죽음에 이르게 됩니다. 이제부터 제가 공자님을 모시겠습니다. 어제 급한 불은 껐지만 앞으로를 위해서는 지금의 과정이 무척이나 중요합니다. 행여 무례를 범할 수도 있사오니 그저 어여삐 여겨 용서하여 주시기를 바랄 뿐입니다. 이제부터 제가 펼치는 것은 구음채양대법(九陰採陽大法)입니다. 이것은 원래 적을 미혹시켜 양기를 고갈시키기 위한 수법이지만 지금 공자를 구할 수 있는, 소녀가 아는 유일한 방법이기도 합니다. 공자께서는 그저 한껏 양기를 배출하기만 하면 되오니 걱정하지 않으셔도 됩니다. 모든 것은 소녀가 다 알아서 할 것이

옵니다."

사군은 귀를 쫑긋했다.

청아한 여인의 목소리도 그저 귓가에 웅웅거리는 소리로 들릴 뿐 무슨 뜻인지 이해할 수 없었다.

"끄응!"

가벼운 신음성과 함께 사군이 몸을 일으켰다.

사락! 사라락!

능소추는 사군을 조금도 의식하지 않고 조용히 옷을 벗기 시작했다. 채대가 떨어지고, 매미가 껍질을 벗듯이 궁장에 이어 속에 입은 옷들이 차례로 바닥에 흘러내리더니, 이내 하얀 나신이 드러났다. 일렁이는 촛불의 그림자가 백옥 같은 나신을 한층 더 요염하게 만들었다.

"꿀꺽!"

어느새 벌떡 일어선 사군은 그녀를 보고 어색한 미소를 지었다. 이미 눈 언저리는 붉게 물들어 마치 지옥 야차의 타오르는 눈을 연상케 했다. 사군의 손이 능소추의 젖가슴으로 향했다. 그러자 그녀는 익숙한 움직임으로 다가가 그를 침구 위로 인도했다.

사군의 몸이 타오르기 시작했다. 지금 이 순간 그가 그리는 것은 단지 음기(陰氣)일 뿐이다.

파팟!

능소추의 손에서 지풍이 일며 제단 위의 촛불을 꺼버리자 법당 안은 일시에 어둠 속으로 빠져들었다. 야트막한 법당을 둘러싸고 하늘로 꼿꼿이 솟은 대나무들은 허공에서 울창한 숲을 이루어 달빛마저 가려 버렸다.

법당 안에서 사군과 능소추의 몸이 하나로 엉켰다.

삼경(三更:자정 전후)에 시작된 운우(雲雨)의 열기는 멈출 줄을 모르고 계속되었다. 하지만 능소추는 사내를 즐기기 위한 일이 아님을 자각하고 있었다.

옥방용변(玉房龍飜), 호보진양(虎步振陽), 원박수음(猿搏授陰), 선부교양(蟬附交精), 귀등섭정(龜騰攝精), 봉상누예(鳳翔漏銳), 토연호진(兎吮毫盡), 어접인상(魚接鱗爽), 학교경교(鶴交頸絞).

사군은 그저 여체를 즐기고 있었지만, 능소추는 구음채양대법의 구결에 따라 몸을 움직이고 있었다. 땀을 뻘뻘 흘려가면서도 미소를 잃지 않은 그녀의 입에서 나지막한 구결이 차례로 흘러나왔다.

때로는 용트림이 이는 듯, 때로는 범이 당당히 걷는 듯, 원숭이가 나뭇가지를 걸치고, 암수의 학이 목을 서로 얽듯… 천지간의 모든 조화를 담은 구음태양대법이 능소추에 의해 펼쳐졌다. 구결을 외는 도중에도 사군의 집요한 몸놀림에 자극을 참지 못한 듯 비음이 간간이 섞여 나오기도 했지만, 이 일이 얼마나 중요한 것임을 잘 아는 그녀는 끝내 평정을 잃지 않았다.

"하아!"

"후우!"

두 시진에 걸친 뜨거운 순간이 있었고, 마침내 긴 탄식과 함께 여인의 몸이 사군의 옆으로 허물어져 내렸다.

사군은 몸을 늘어뜨린 채 초점을 잃고 법당의 천장만 망연히 올려다보았다.

한동안 그러고 있다 그는 잠시 눈을 감았다.

무엇인가 생각해 보려 했지만 피곤했다.

몸은 제발 그만 쉬어줄 것을 강력하게 애걸하고 있는 것만 같았다. 피곤이 파도처럼 밀려왔다. 미처 열을 셀 시간도 되지 않아 그는 잠이 들고 말았다.

"드르릉! 드르릉!"

쌓인 피곤을 한 번의 잠으로 몽땅 풀어내려는 듯 사군은 요란하게 코를 골아가며 깊은 잠 속으로 빠져들었다.

'불쌍한 사람!'

그것을 지켜보는 능소추의 무표정한 얼굴에 눈물이 주르르 흘러내렸다.

잠시 마음을 수습한 그녀는 몸을 다잡았다.

"이만 들어오너라."

옷을 모두 걸친 그녀는 밖을 향해 작은 목소리로 말했다.

잠시 후 법당 안으로 들어온 네 명의 경장 여인이 벌거벗은 사군을 깨끗이 닦아주고 다시 옷을 입혀주었다. 사내의 나신을 대하고도 아무렇지도 않게 다루는 그녀들이었지만, 그 모습만큼은 모든 예의를 다하는 듯했다. 그들은 다시 침구를 교체한 후에 자리에서 물러갔다.

날이 밝았다.

장강에서 불어오는 강바람이 호구산을 타고 내리며 두 사람의 뜨거운 밤을 시샘하듯 무섭게 댓잎을 흔들어댔다.

사군은 법당 안에서 멀리 남쪽의 광동(廣東)에서 왔다는 능소추(夌少雛)라 밝힌 여인과 마주하고 있었다. 그녀로부터 이곳이 인근의 고찰(古刹) 죽림사(竹林寺)에 속한 법당으로, 주지에게 듬뿍 시주를 한 덕분에 한동안 기거할 수 있다고 했다.

사군은 고개를 숙이고 듣고만 있을 뿐 입을 열지 않았다.

능소추는 그런 그의 반응을 애써 무시하며 말을 이었다.

"사부님께서 공자님을 보필해 드리라고 저를 보내셨습니다."

그제야 사군은 모든 것을 이해했다. 문득 분노가 일었다. 여인의 처녀를 바치게 만들다니… 어린 제자를 희생시킨 것이 아닌가. 사군의 눈썹이 꿈틀했다.

"제가 희생을 했다고 여기지는 마세요. 원래부터 저희 문파의 무공은 사내를 많이 접해 공력을 늘려야 하는, 채양보음(採陽補陰)이 필요한 좌도방문(左道傍門)의 무공이에요. 본 문의 제자라면 누구나 거쳐야 하는 과정으로, 저도 일 갑자의 무공이 넘는 사내를 열 이상은 받아들여야 합니다. 죄송스런 말씀이지만 이런 상태의 공자님을 만난 것은 제게는 큰 행운이라 할 수 있어요."

사군은 언뜻 그 뜻을 이해하지 못했다가 잠시 후에야 짐작했다. 아마도 양기가 넘쳐 나는 상태를 말하는 것이리라.

"사부님의 무공을 배우기 위해 어느 정도 내공을 쌓아야 하는 처지였기에 고민이 많았는데, 이번 일을 겪게 되어 다행스럽게 생각하고 있었습니다."

담담한 어조. 이번에는 사군이 얼굴을 붉혔다.

"대체 본 문이란 어는 문파를 말하는 것이오."

"옥녀문(玉女門)이에요. 사부님께서 개파조사(開派祖師)가 되시지요."

옥녀문이라… 어울리는 이름이다.

'후훗!'

사군은 속으로 피식 웃었다. 여자들의 그것을 옥문(玉門)이라 하지 않는가. 그리로 공력을 모으는 문파라니……

능소추는 그런 눈치를 읽었지만 모르는 척하며 말을 이었다.

"공자의 내력은 참으로 기이하다 할 수 있어요. 제가 흡수한 양기만큼 이내 양기가 다시 들어선 느낌이 들더군요. 무공이 그렇다고는 들었지만 도저히 이해할 수 없는 현상이에요."

사군은 움찔했다. 하지만 고노는 멀쩡했지 않은가? 그런 까닭에 여전히 제갈옥의 말에 완전히 수긍하지 못하고 있었다.

"제 스승님은 이상이 없으셨소. 일전에 제갈세가의 사람에게 듣기로 좌도밀종이라는 내 무공이 양기를 넘치게 만든 데다 백부과(白栳果)라 불리는 극양의 열매를 너무 많이 먹어 그렇다고 하더이다."

"백부과!"

능소추는 깜짝 놀라는 표정을 지었다.

백부과 열매를 알고 있는 사람은 얼마 되지 않는다. 그녀가 그 열매에 대해 알고 있는 것은 바로 춘약(春藥) 중에서 최고로 치는 춘휼교(春恤膠)의 중요한 재료가 되기 때문이다. 일명 신휼교(愼恤膠)로 불리기도 하는 이 약 한 알이면, 아무리 나이 먹은 노인이라도 몇 번이나 여자를 안을 수 있다고 한다.

능소추 역시 그 약의 비방에 대해 배워 알고 있었다.

백부과는 남방에서는 구할 수 없는 약재로 장강 부근에서만 드물게 나는데, 우연히 시중에 나왔다 하더라도 구하는 족족 돈 많은 부호들이 기를 쓰고 사들였다.

"백부과를 매일 수십여 개씩 먹기는 했소만……."

"백부과는 군 오라버니가 삼가야 할 열매예요. 그 외에도 음양곽(淫羊藿)이나 하수오(何首烏) 같은 약재는 절대 금물이에요."

능소추는 사군에게 다짐을 받듯 엄한 표정까지 지어가며 말했다. 어느새 사군을 군 오라버니로 슬쩍 바꾸어 부르고 있었다. 사군이 빙긋 웃는 것으로 대답을 대신하자 능소추는 고개를 살짝 돌렸다. 빨간 입술이 수줍게 닫혔다.

'아직도 그 웃음만은 잃지 않았어!'

방심을 온통 뒤흔드는 씨익 하는 그 웃음, 절대 이러지 않으리라 했건만 자꾸 마음이 흔들리고 있었다. 능소추는 감히 얼굴을 돌리지 못했다.

하지만 사군은 잠깐 흔들린 그 마음을 놓치지 않았다. 얘기가 백부과로 이어지자 문득 배 안에서의 일이 떠오르며 욕정이 치밀어 오르던 차였다.

'꿀꺽!'

사군은 내심 침을 삼켰다.

그제야 능소추의 미모가 눈에 들어왔다.

무표정함 속에서도 사내를 빨아들이는 알 수 없는 분위기.

저토록 아름다운 여인과 밤을 지새웠다니… 능소추의 미모는 눈짓 한 번으로 사내를 치마폭에 후려 무릎 꿇릴 수 있을 정도라는 표현도 부족하지 않을 정도였다. 안타까운 것은 표정의 변화가 거의 없다는 점이다.

'저 여자의 속살은 어떨까?'

숱한 여자를 접했지만 제정신이라 할 수 있는 경우는 드물었다. 상상은 도를 더했고, 치밀어 오르는 욕정에 사군의 눈 주위가 은은히 붉어졌다.

'또!'

사군의 내심을 짐작한 능소추는 당황했다.

또 양기가 꿈틀거리고 있는 모양이다.

'아니야. 방금 일을 마쳤기에 아직 그 정도는 아닐 터인데… 맞아. 나를 안고 싶은 게야. 그래요. 저도 그러고 싶어요.'

마음이 다시 진탕되었고, 그 느낌은 고스란히 사군에게 전해졌다.

'바라는 게야.'

사군 역시 능소추의 눈빛에서 속마음을 읽었다.

순간적으로 두 사람의 눈이 허공에서 맞부딪쳤다. 사군은 한 손을 들어 능소추의 뺨을 쓰다듬었다. 점잖게 마주 앉아 대화하던 중에 일어난 일이기에 무례한 일이라 할 수 있지만, 이제 사군은 적어도 사랑에 관한 한 눈빛만으로 여자의 마음을 읽을 수 있을 정도는 되었다. 경험과 본능이다.

사군은 부드러운 손길로 능소추를 살며시 끌어당겼다.

지나는 바람에 떠밀려 서로를 부딪치던 죽엽들이 두 사람의 사랑 소리를 덮어주었다.

능소추는 사군의 입가를 쳐다보며 웃음의 여운을 즐겼고, 사군은 그녀의 빨간 입술을 즐겼다.

"능매가 구음보양대법을 펼치면 내 진기가 그만큼 줄어드는 건가?"

일단 정상으로 돌아온 몸 상태가 다행스럽기는 했지만, 진기가 줄어들까 은근히 걱정된 사군이 물었다. 어느덧 호칭도 능매(夌妹)로 바꾸어 불렀다.

"깔깔깔!"

능소추는 그 말에 입을 가리고 크게 웃었다. 이미 그녀도 용기를 내 군 오라버니라 부르고 있다가 사군의 입에서 능매란 호칭이 나오자 기쁨을 참지 못했던 것이다.

사군은 가슴이 덜컹했다.

얼굴은 딴판이지만 어딘가 익숙한 풋풋한 웃음!

영원히 잊혀지지 않을 얼굴.

'예향도 웃을 때 저랬는데. 석호인이, 그놈이 우리를 갈라놓았지.'

이제는 자신도 이미 여러 여자와 관계를 맺었으니 더 이상 예향을 탓할 수도 없다. 아니, 그게 아니라도 모든 것을 잊고 새롭게 시작하고 싶다. 예향은 어떻게 지낼까?

사군은 옛일을 떠오르게 하는 그녀의 웃음에 잠시 취했다.

잠시 깔깔거리던 능소추는 다시 얼굴을 굳히더니 엄숙한 어조로 입을 열었다.

"지금 문제는 그게 아니라 저도 폭주하는 군 오라버니의 양기를 일시적으로밖에 제어할 수 없다는 것이에요. 채양(採陽)이라는 말 그대로 양기(陽氣)를 취하는 것이에요. 보통 남자라면 양기가 일시에 심하게 빠져나가면 본원진기(本源眞氣)에 타격을 받는 것은 당연한 일이지요. 사내는 양(陽)이니, 사내의 진기란 곧 양정(陽精)에 해당하기 때문이지요. 하지만 군 오라버니의 경우는 달라요. 지금 제가 취할 수 있는 양기는 몸이 감당할 수 없어 넘쳐 나는 양기지요. 만약 그것을 그대로 둔다면 오히려 해가 될 뿐 아무런 이득도 없어요. 충분한 음기(陰氣)만이 그걸 해결할 수 있지요. 하지만 제 경우 군 오라버니와 자주… 관계를 가질수록 섭양(攝養)을 많이 할 수 있어 무공이 일취월장 증진될 수 있어요. 남의 진기를 빨아들여 자신의 것으로 만드는 흡정신공(吸精神功)과 같은 원리이지요. 옥녀문의 문도(門徒)들은 여자로서 자신을 지킬 수 있는 방중비술(房中秘術)을 배우고 있기에 굳이 무공을 익힐 필요는 없지만, 채양보음(採陽補陰)을 통해 공력을 쉽게 높일 수 있는 것도 사실이에요. 어쨌든 제 음기로는 군 오라버니의 양정까지 흡입할 정도는 되지 않아요."

능소추의 말에 사군의 입이 벌어졌다.

젠장! 그 짓을 할 때마다 고수가 되는 방법이 있다니… 갑자기 그녀가 새롭게 보였다. 만약 그 짓을 계속한다면 머지않아 옥녀문이 무림을 제패할 수 있을 것이 아닌가.

사군의 생각을 읽었는지 능소추가 말을 이었다.

"하지만 한계가 있어요. 몸이 감당할 수준이 넘는 양기를 취하게 되면 그 부작용으로 미쳐 버리거나 주화입마(走火入魔)에 이를 수도 있어요. 음기로 뭉쳐진 극음지체(極陰之體)라면 계속 양기를 취해 공력을 높이는 것이 불가능하지도 않겠지만, 그런 신체는 타고나는 것이고 몇백 년에

한 명 있을 정도로 매우 드물지요. 설사 극음지체가 태어난다 해도 십팔 세가 되기 전에 본 문의 무공을 익히지 못한다면 넘쳐 나는 음기를 견디지 못해 죽음에 이르지요."

그릇의 크기에 따라 섭양할 수 있는 양이 정해져 있다는 말이다.

"어느 정도까지 성취가 가능하오?"

사군은 문득 능소추가 극음지체일지도 모른다는 생각에 그렇게 물었다.

"사실 저도 옥녀문에 가입한 지 얼마 되지 않아 아는 것이 적어요. 사저(師姐)들에게 듣기로 대충 삼 갑자 정도는 될 거라 하더군요."

"삼 갑자!"

사군은 또다시 입을 딱 벌렸다. 삼 갑자라면 내공으로만 따지자면 무림에서 적수가 없을지도 몰랐다. 능소추가 말을 이었다.

"저는… 그런 극음지체는 아니에요. 다만 제가 병이 있었는데, 그것 때문에 우연히 사부님과 연을 맺게 되었지요."

자신에 관한 얘기가 나오자 그녀는 얼른 화제를 돌리려는 듯 급히 다른 말을 꺼냈다.

"군 오라버니께서 여인을 취하지 않고 버틸 수 있는 방법은 저도 몰라요. 하지만 저 역시 월음지체이니 제 음기를 한 번 취하시면 십 주야 정도는 버틸 수 있을 거예요."

제갈옥은 무공과 백부과 탓이라고 했다.

그녀는 자신의 병세가 내공이 늘어날수록 체내에 양기가 쌓여 머리로 올라가 뇌호혈(腦戶穴)과 옥침혈(玉枕穴)을 자극하기 때문이라고 했다. 두 혈도는 사람의 정신과 밀접한 관계가 있으니 틀린 말이 아닐 것이다.

"옥방결연신공(玉房訣練神功)을 배워 몸 안으로 들어온 음기를 가둘 수 있다면 그 증세를 크게 완화시킬 수 있을 거예요."

능소추는 사군에게 한 번 취한 음기로 체내의 양기를 제어할 수 있는 시간이 길어지는 옥방결연신공을 가르쳐 주었다.

"옥방결연신공은 몸 안으로 음기를 받아들이는 흡(吸), 혀로 입천장을 막는 첩(貼), 항문과 미려(尾閭:꼬리뼈), 회음(會陰)을 조이는 제(提), 체내에 들어온 기를 가두는 폐(閉)의 방법으로 나눌 수 있어요. 이 네 가지 방법을 동시에 펼쳐 음기가 최대한 빠져나가지 않게 한다면, 열흘에 한 번 정도의 음기 흡수만으로도 혼몽(昏懜)에 빠져들지 않게 될 거예요."

그 말에 이어 능소추는 구결을 일러주고는 자연히 몸에 익도록 해야 한다며 자주 연습할 것을 권했다.

사군은 말없이 좌정을 하고 그녀가 말한 방법대로 해보았다.

"어때요?"

지켜보던 능소추가 물었다.

"그리 어렵지는 않소. 아무튼 능매를 만나 이런 신공을 배우게 되어 정말 다행이오."

"호호호. 하지만 그것도 한계가 있어요. 어쨌든 백부과 때문에 생긴 양기가 빨리 빠져나가기를 기다리는 수밖에 없어요."

능소추는 소매로 입을 가리고 웃으며 말했다.

"아차!"

사군은 자리에서 벌떡 일어났다.

"왜 그러시죠?"

갑작스런 행동에 깜짝 놀란 능소추가 같이 일어서며 반문했다.

"도하촌의 어머니께서 행방이 묘연해지셨다고 했소. 그동안 제정신이 아니라 까맣게 잊고 있었소."

그제야 능소추도 놀라는 표정을 지었다. 사실 사부가 내린 그녀의 임무는 사군을 돕는 것이었다. 그래야 마음에 쌓인 한이 조금은 풀릴 것이라고 했다.

"저도 뒤따르겠어요."

"아니오. 나 혼자가 편하오."

여자들을 몰고 다니는 것이 그리 보기 좋을 것 같지 않을 것이라 생각한 사군은 그녀의 청을 거절했다.

"가시는 길이니 제갈 소저에게도 고맙단 인사는 하고 가셨으면 좋겠군요."

"깜빡 잊을 뻔했소."

사군은 머리를 긁적였다. 제갈옥에게 진 빚은 적지 않다. 사람이라면 아무리 급해도 같은 소주에 있으면서 인사도 않고 떠나서야 말이 되지 않는다.

"북대가의 정심당을 찾으세요."

'군 오라버니!'

빠르게 언덕을 내려가는 사군의 뒷모습을 보며 능소추는 눈시울을 훔쳤다. 매정하게도 사군은 뒤도 돌아보지 않고 경공을 전개해 가버렸다. 그의 모습이 시야를 떠나자 그녀는 목 언저리로 손을 가져갔다.

찌익!

얇은 면구가 찢겨 나가며 얼굴이 드러났다.

예향이다.

추 노인과 헤어진 그녀가 만난 여인이 옥녀문주였다.

몇 달 되지 않는 기간 동안이었지만 그녀는 옥녀문주로부터 가혹하다 할 정도로 혹독한 과정을 거쳐 사문의 무공을 배웠다. 갑작스런 변화에 뭐가 뭔지 알 수 없었지만 빠르게 지나는 세월이 그녀에게는 약이 되었고, 부모님의 죽음과 군 오라버니를 향한 애타는 마음을 잊게 했다.

사부로부터 군 오라버니의 소식을 듣고 한동안 충격을 받기도 했다.

스스로도 원했던 일이건만 떠나보내는 지금은 너무도 허전했다.

"사부님, 고마워요."

예향은 채양보음의 비방을 가르쳐 준 사부에게 진심으로 감사했다. 당분간은 적어도 양기가 넘쳐 죽음에 이르는 위급한 경우는 맞지 않을 것이다.

자신을 데려간 여인에게 사군이 양기가 넘쳐 죽음에 이르는 병에 걸렸을 것이라는, 그리고 옥녀문의 방중술을 익힌 여인이 양기를 흡수해 그 병을 완화시켜 주지 않으면 금방 죽고 말 것이라는 말만 듣지 않았어도 절대 이런 음란한 문파에 발을 들여놓지는 않았을 것이다.

그토록 그리던 임의 품에 안겨보았건만… 어릴 적부터 꿈꿔왔던 소망은 이룬 셈이건만……

예향의 볼에서 눈물이 골을 이루며 흘렀다.

"옥녀문의 비방을 배우고 나서도 네가 원하지 않는다면 강요하지는 않겠다. 하지만 그동안은 내 말을 따라야 한다."

사부의 그 약속이 없었더라면 그런 음란한 방법으로 공력을 늘리는 기술 따위는 결코 배우지 않았을 것이다. 그게 군 오라버니를 살렸다.

예향은 아직도 군 오라버니의 가슴에 안겼던 그 순간, 그 느낌을 잊지 못했다.

'이젠 영원히 뵙지 못하는지도 몰라요.'

사부는 사군에게 갚아야 할 빚이 있다고 했다.

치료 능력이 더 나은 사저들 대신 군이 예향을 보낸 것은 과거의 인연

뿐 아니라 맺지 못한 사랑을 정일하고 다시 오라는 것일 게다. 자신이 보답하는 길은 앞으로 그저 지시에 따르는 길뿐이다.

예향은 외고 있던 무공 구결을 작은 소리로 노래 불렀다.

공유군상(空有群像)~ 공납만상(空納萬像)~ 극유잡중(極有雜衆)~

군 오라버니를 만나면 꼭 알려줘야지 했던 구결이었는데… 항상 오라버니를 그리며 불렀던 구결인데 고노의 무공 때문에 몸이 그 지경이 되었다니, 말도 못하고 말았기에 아쉬움만 남았다.

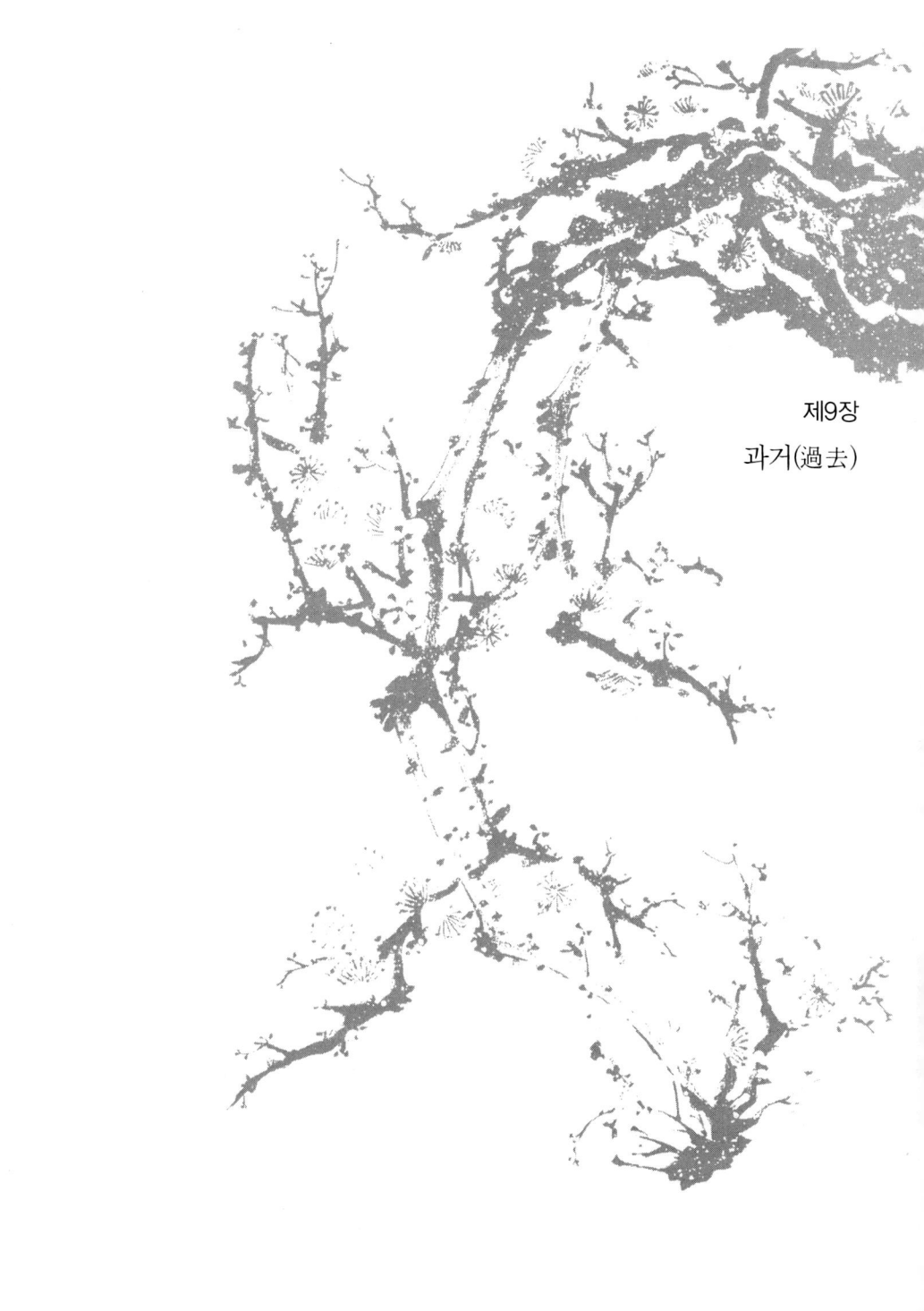

제9장

과거(過去)

사람의 마음만큼 간사하기 그지없는 것이 있을까.

차라리 죽기를 원했던 사군이었지만 제갈옥과 능소추의 도움으로 살길을 찾은 듯하자 생명에 대한 강한 애착이 다시 생겨났다. 반드시 살길이 있을 것이라 믿었다.

하지만 정심당을 찾은 그는 제갈옥의 말에 다시 절망해야 했다.

양기가 머리끝까지 솟구쳐 있는 상태라 구결을 알기 전에는 좋은 결과를 기대하기 힘들다는 솔직한 말을 듣는 순간 사군은 화가 치밀어 올랐다.

"왜 살렸소? 어차피 죽을 생각이었다고 말하지 않았소? 사람들에게 그토록 끔찍한 피해를 안겼소. 그것으로 족하오. 더이상 추악한 면을 내보이고 싶지 않소."

"그렇다고 스스로를 죽음의 구렁텅이로 몰아넣다니 바보로군요."

"그럼 앞으로 계속해서 양갓집 부녀자들을 겁간해도 좋다는 말이오? 마치 그렇게 들리는구려."

"그래요."

'헛!'

어이없는 대답에 사군은 몸이 흔들릴 정도로 움찔했다.

이 여자는 지금 자신이 무슨 말을 하고 있는 줄 알고 하는 소린가.

제갈옥은 사군의 눈길을 받고도 눈썹 하나 까닥하지 않았다.

"그래서 소저에게 좋은 일이 무어요?"

'계속 자객으로 남아주세요!'

차마 그 말을 밖으로 내뱉지는 못했다.

이겨야 한다. 지금 이 사내를 이기지 못한다면 괴로움과 갈등으로 스스로를 깎아 결국에는 아무짝에도 쓸모없는 시체덩어리로 남을 것이다.

잠시 침묵이 흘렀다.

"청병이 강을 넘었어요."

"그게 어쨌다는 말이오? 내가 여자들을 겁간하는 것과 청병이 무슨 상관이 있다는 말이오? 내가 요동으로 달려가서 혼자 집을 지키고 있을 그 자들의 마누라들이라도 해치워 주기를 바라는 것이오?"

스스로의 목숨을 어쩌지 못해, 자신의 양물 하나도 제대로 간수하지 못하는 놈 앞에서 무슨 쓸데없는 청병타령인가.

"상생(相生)의 길이 있는데도 굳이 죽으려고 기를 쓰다니 바보로군요."

"무슨 소린지 하나도 이해하지 못하겠소."

"공자의 몸에 희생된 여자들이 몇 명이지요? 기껏해야 십여 명밖에 더 되나요?"

"수십, 수백은 되어야 죽어도 마땅하다는 말이오?"

사군은 버럭 소리질렀다. 제갈옥이 말도 되지 않는 궤변을 늘어놓는 것 같았기 때문이다.

"공자께서 자란 소홍부에만 해도 수십, 수백의 여자를 건드린 사내는 셀 수도 없이 많아요. 그들은 돈을 혹은 주먹이나 창검을 앞세워 여자들의 몸을 농락했지요. 그래놓고도 오히려 그걸 자랑 삼아 떠들고 다니지요. 그에 비하면 십여 명 정도에 그토록 괴로워하는 당신은 순결해요. 일부러 행한 일도 아니잖아요?"

여자로서 차마 하지 못할 말이다. 하지만……

"그런 쓰레기들과 내가 무슨 상관이란 말이야?"

사군은 버럭 큰 소리를 질렀다. 어느 틈에 자신은 석호인이나 조춘 등과 같은 놈들과 비유되고 있어야 했다. 미치도록 싫었다.

"흐흐흐, 고약한 심보로군. 너도 삐뚤어졌어. 네 얼굴이 그렇게 되었다고 다른 여자들은 희생당해도 좋다는 것이냐? 네 여동생이 있다면… 그리고 내가 네 동생을 그리했더라도?"

모욕감마저 느끼게 하는 비릿한 눈길이다. 제갈옥은 수치심에 면사 속 얼굴이 붉어지는 것을 느꼈다. 하지만… 곧 죽어 썩어버릴 육체라면…….

"그래요. 누구라도 마찬가지예요."

제갈옥은 이를 악물었다.

"더럽게 꼬인 계집이군."

말투가 계속 거칠게 나오자 제갈옥은 얼굴을 찡그렸다. 하지만 그뿐 그의 언행을 나무라는 말은 하지 않았다.

"전쟁이 일면 남자들이 죽는 것은 물론, 숱한 여인들도 고통을 받아야 하지요. 목숨도 사라지는 마당에 정절을 잃는 것은 그리 대수로운 일도 아니에요."

"정절을 잃고 자결하는 여자도 있음을 아느냐?"

"바보지요. 세상에는 두 부류의 사람이 살아요. 이런 저런 핑계로 쉽게 죽음을 택하는 바보와 어떤 어려움에도 굴하지 않고 살아남아 천수를 누리는 사람들이지요. 공자 또한 그렇게 천수를 누린 여자가 낳은 자식이에요. 상공의 조상 중에는 정조를 끝까지 지켜낸 여자들만 있거나, 여자를 강제로 범한 남자는 없다 말하고 싶은 것은 아니겠지요?"

"그게 내 미친 지랄과 무슨 상관이냔 말이야?"

사군의 눈이 붉게 타올랐다. 제갈옥은 자신의 부끄러운 과거를 들추어내 가슴을 찢어놓고 있었다.

"적어도 지금은요."

"왜지?"

"상공께 그런 특권이 있다고는 생각지 않아요. 하지만 이런 말을 하는 이유는 당신이 이제껏 죽인 사내들은 당신보다 더 많이 여자를 농락했다는 점이에요. 그러니 공자께서 여자 한둘을 더 범하고 나서 저지른 행위는 다른 더 많은 여자들을 보호하는 것과 같지요."

스스로가 생각해도 턱없는 궤변이다. 그 어이없음을 메우기 위해 제갈옥은 말을 이었다.

"상공의 행동이 옳다고는 하지 않았어요. 제가 말씀드리는 것은 최악(最惡)을 차악(次惡)으로 제거한다는 논리예요. 청병들이 강남을 넘어온 이래 이곳의 풍요로움은 쑥대밭이 되고 말았어요. 상공께서 청군과 내통하는 세력들의 수뇌부를 없애는 일은 단순히 여자 몇 명이 희생되는 것과 비교될 수 있는 것이 아니라는 말이지요. 청병의 남하가 계속되면 그 수백, 수천, 수만 배의 여자들이 희생될 거예요."

오늘 제갈옥의 궤변은 교묘하기까지 했기에 마땅한 대답을 찾지 못한 사군은 치밀어 오르는 화를 억제하지 못하고 얼굴만 붉히며 씨근댔다.

하지만 그녀는 조금도 개의치 않았다.

"상공 말고도 여자를 힘으로 농락하는 사내들은 수도 없이 많아요. 오히려 자랑스러워하며. 상공의 괴로움은 이해하지만 대를 위해 소를 희생해야 한다는 것이 제 생각이에요."

"그럼 난? 나는 죽고 싶어도 마음대로 할 수 없다는 말인가?"

"죽음을 택한다는 것은 언제라도 늦지 않아요. 더 이상 죽일 사람이 없을 때 죽으면 돼요. 새로운 여자 말고도 상공의 욕구를 풀어줄 사람은 이미 곳곳에 있어요. 황여섬, 아민 등을 비롯한 몇몇 부호 집안의 소저들은 상공께서 범하기 전에도 순결을 귀히 여기던 여자들은 아니었어요. 게다가 정청화 소저도 있지요."

사내의 불그스름한 눈, 점점 그날이 가까워져 오고 있음이다. 최후의 시간에 다다르면, 여체의 음기로도 감당할 수 없는 극한의 양기에 마침내 터져 버린 혈맥에서 나온 피가 몸 안 곳곳을 돌아다니다가 칠공을 통해 흘려내면서 죽어간다고 했던가.

'불쌍한……'

하지만 제갈옥은 정신을 가다듬었다.

"어차피 죽을 목숨이에요."

잠깐이었다. 눈빛이 허공에서 부딪쳤다.

"빨리 죽어달라는 것이오?"

"아니라는 것을 아시잖아요."

사군의 눈빛이 잠시 흔들리더니 이내 자리를 잡았다.

죽어간다고 했다. 피워보지도 못한 인생인데……. 하지만 어차피 그리된 것일 뿐이다. 어쩌란 말인가. 머리 속이 차츰 정리되었다.

제갈옥은 기다렸다.

마침내…….

"좋소! 거래를 합시다. 대신… 내가 아끼는 사람들은 철저히 보호해 주시오."

사군은 결심한 듯 말했다.

막상 대답을 들으니 오히려 가슴이 덜컹했다. 그런데 거래라니…….
제갈옥은 마음을 가다듬었다.

"죽어가면서도 이승에 미련을 남기는 것이 사람이에요. 자신의 목숨 말고도 아껴야 할 것들이 많은 것이 사람이지요."

사군은 어머니를 제일 먼저 떠올렸다. 지금은 이미 월왕회주와 그렇고 그런 사이라 했던가. 예향은……? 연청아의 얼굴도 스쳐 갔다.

그런데 마지막에 또렷이 떠오른 사람은 고노였다.

미련이 없다고 했지만… 자신이 가르친 제자에 대한 걱정이 끝내 미련으로 남았음을 느낄 수 있었다.

'맞아. 내게도 아낄 것은 있겠지.'

"만약… 내일 죽는다면 가장 하고 싶은 것이 무엇이지요?"

"별로 없는 것 같소."

대답이 쉽게 나왔다. 건성이다. 말은 그렇게 했지만 내심으로는 그럴 만한 사람들이나 일을 떠올려 보고 있었다. 있다, 예향이 보고 싶다. 부끄러워하면서도 함초롬이 미소 짓는 그 얼굴이 보고 싶다. 눈시울이 뜨겁다.

'내 잘못이야!'

그까짓 정절이 무슨 대수라고… 세상에는 그보다 더 흉악한 일을 당하거나 혹은 스스로의 의지로 행하고도 떳떳이 살아가는 사람들이 얼마나 많은데…….

그때는 왜 그랬을까. 후회가 물밀듯이 일었다.

달래주고 어루만져 주고 안아주어야 했다.

언제나 꿋꿋이 자신의 마음을 전하고자 했던 예향이었다. 다른 모든 것들은 조금도 의식하지 않고 오직 한 사람만을 향했던 눈길. 하지만 그 뜨거운 눈길을 받았던 사내는 아무것도 해준 것이 없었다.

펄펄 끓는 심장을 지나왔는지 뜨겁게 데워진 눈물이 볼을 타고 흘렀다.

차마 그 눈물을 마주하지 못한 제갈옥은 창밖으로 힐끔 고개를 돌렸다.

눈앞의 어린 사내에게서 느끼는 것은 연민이다.

하지만… 어차피 자신도 목숨을 내던지지 않았던가. 곧 죽을 목숨이라면 그 연민에 동참할 수 있을 것 같기도 했다.

"지킬 것이 생각났나요?"

"예향이라는 아이오."

사군은 진지한 어조로 대답했다.

'또 여자?'

제갈옥은 가슴이 싸늘히 식어가는 것을 느꼈다.

"도하촌에서부터 함께 자랐던 아이오. 나를 무척이나 따랐는데… 처음 유씨 면포점에 들어갔을 때만 해도 어서 돈을 벌어 그 아이와 결혼하겠다는 생각밖에 없었소. 그런데… 내가 힘든 일을 당했고, 그 아이 또한 견디기 어려운 일을 겪어야 했소. 당시 나는 그런 상태를 받아들이지 못하고 돌아섰소."

제갈옥은 그제야 예향에 대한 사군의 진심을 읽었다.

사군의 눈이 허공을 향했다. 볼 수 있는 것이라고는 장식이 달린 천장이 고작인 작고 네모난 공간이었지만……. 사군의 말이 이어졌다.

"다른 미련이 있다면 그 아이 앞에 무릎 꿇고 속죄하는 것이오. 다른 여러 여자에게도 못할 짓을 했지만… 세상이란 참 묘하오. 어느 순간에는 중요하게 생각했던 것들이 때가 지나면 아무것도 아닌 것으로 바뀌어 버린다는 사실이오. 후회가 있다면 그것뿐일 것이오."

"어떻게 되어주기를 바라시나요?"

"그저 다른 사내를 만나 잘 살기를 바랄 뿐이오."

해 줄 수 있는 것이 별로 없음이 더 가슴 아팠다.

"최선을 다하지요. 만나실 분이 있어요."

제갈옥은 더 이상 면사를 쓰고 있지 않았다. 사군의 진실을 본 순간부터 보고 보이는 것 모두 껍데기일 뿐이라는 생각이 들었기 때문이다.

"나를 찾는 사람이요?"

"그래요. 저와는 아무런 관련이 없어요."

제갈옥은 그렇게 말하며 뒤를 돌아보았다. 그러자 기다렸다는 듯이 문 밖에서 인기척이 나더니 백의 중년인 한 명이 안으로 들어섰다.

'아니!

사군은 눈을 둥그렇게 떴다. 이미 인기척을 느끼고 있었기에 그곳에 사람이 있다는 것은 알고 있었지만, 두 사람이 말을 나누는 동안에도 변함없이 자리만 지켰기에 시비나 호위 무사인 줄로만 생각했었다.

"주공, 상무문을 살려주십시오. 주공을 기다리는 모든 사람들에게 희망을 주십시오."

서관은 무릎을 꿇었다.

사군은 인상을 찌푸렸다. 곧 죽어갈 몸인데, 인연은 또 꼬이고 있었다. 예전과 다른 점이라면 모든 매듭을 풀어가고 싶다는 것이다.

마적산에서 죽어간 온세정을 떠올렸다.

하지 못할 일이 아니라면 적어도 조용히 들어주고 싶었다.

"내 부친의 함자를 알고 있소?"

"장(張)씨 성으로 이름은 무영(武英)이라 합니다."

장무영(張武英)!

사군은 몇 번이고 그 이름을 되새겼다.

그렇다면 자신의 이름은 장사군(張思君)이다. 대체 아버님의 이름에 무슨 문제가 있기에 이모가 끝내 밝히지 않으려고 했을까. 궁금했다.

"대부인과 함께 무림맹주(武林盟主) 역무군이라는 자와 결투를 벌였습니다. 두 분이 합공으로 그를 죽이기는 했지만 끝내 그분도 심한 부상을 입으셨고, 그것을 극복하지 못하고 돌아가셨습니다. 화우상방(花雨商帮)의 총행두이기도 하셨지요. 저는 그분을 마지막까지 곁에서 지켜보았습니다."

묻지 않은 말까지 했다.

'총행두(總行頭)!'

충격이다.

작은 상방이라면 쓰지 않았을 직함이다. 총행두란 직위가 있었다는 것은 화우상방이 적어도 중원 십대(十大) 상방에 들었다는 말이다. 자신을 버린 어머니가 방주로 있었던 상무문 사람들과는 출생의 비밀만 알고 나면 다신 상종하지 않으리라 결심했지만, 마음 한구석이 뿌듯해져 오는 것은 어쩔 수 없었다. 게다가 무림맹주를 죽였다니……. 무림맹이 어떤 곳임을 연청아로부터 들은 적이 있었다.

갑자기 아버님의 마지막을 지켜본 서관이라는 사내에게 부쩍 친근감이 느껴졌다.

"그분께는 모두 다섯 분의 부인이 계셨습니다. 주공을 모신 분은 그분의 막내 부인 되십니다."

하나뿐인 심장이 하루에 몇 번씩이나 덜렁거려야 한다는 말인가. 키워

준 어머니는 이모인 것으로 알았는데… 다시 어머니가 되었다. 요지경이다. 앞으로 알고 나가니 사실은 뒤요, 다시 앞을 찾아 돌아서니 그곳이 또 뒤다.

사군은 그제야 어머니의 친동생으로 알고 있던 도하촌 이모가 생모는 아니지만 자신의 어머니뻘 되는 여자임을 알았다. 아버님의 부인이라니 낳아주지는 않았어도 당연히 어머니가 되는 것이다.

'그래서 결혼하지 않으셨군. 날 키우기 위해 혼자 살았다고 생각했는데… 수절을 하고 계셨던 게야!'

그동안 혼자만의 생각으로 오해하고 있었다.

결혼도 하지 않고 언니의 아들을 키웠던 바보라고 생각했었다. 그런 바보 같은 희생이 싫어 다시는 돌아가지 않으리라 맹세했었다. 돌아가지 않는 길이 이모를 위하는 길이라 믿었다. 그러면 좋은 남자를 만나 이모의 친자식을 키우는 가정을 꾸릴 것이라 생각했다.

젠장! 정말 혼란스럽다. 어떻게 돌아가는 세상인가…….

"화우상방은 어떻게 망하게 되었지요?"

도하촌 어머니는 아버지를 노리는 사람들의 귀계에 걸려 상방이 망했고, 끝내는 목숨을 잃었다고 했기에 물은 것이다.

"당시 저희는 걸개방에 소속되어 있었기에 화우상방이 망한 이유를 자세히 알지는 못하지만 당시 표국(鏢局)과 마방(馬幫), 그리고 적대 관계에 있던 여러 상방(商幫) 등이 막후에서 조종한 것으로 알고 있습니다."

"걸개방이라면?"

"상무문 전신으로 걸개방이란 이름을 바꾼 것입니다. 원래는 친모(親母) 되시는 대부인께서 전당강 일대의 걸개들을 모아 세운 방파였습니다. 소흥, 항주, 소주, 영파 등을 모두 관할하는 큰 문파로 대부인께서 살아 계셨을 때는 감히 넘보는 놈들이 없었습니다. 시간만 있었더라면 남경까지도 아우를 계획까지 하셨었는데…….”

목이 메는지 말이 걸어지더니 끝내 끊겨 버렸다. 서관의 소매가 눈 주위를 스쳐 갔다. 사군도 눈 언저리에 남아 있는 물기를 보았다.

“대부인이라는 그 여자는… 어땠지요?”

알고 싶었다.

오랜 세월이 지난 지금에도 수하로 하여금 눈물을 훔치게 할 정도라면…….

“대단한 분이셨습니다. 무공으로 처도 당시 무림에서 확고한 이인자 자리를 인정받으신 분이십니다. 겨우 이십이 갓 넘은 나이를 생각한다면……. 십 년 후에는 적수가 없을 것이라는 말까지 돌았었지요. 그리고 무엇보다도 사람을 아셨지요. 당시 걸개방 누구라도 대부인의 말씀 한마디면 스스로의 목에 비수를 꽂을 준비가 되어 있었습니다, 조금의 후회도 없이. 대부인께서 어떤 명을 내리셨다면 반드시 그만한 죄를 지었음이 틀림없기 때문이지요.”

‘그런 분이셨군.’

믿음을 준다는 것, 다른 사람에게 믿음을 심어주는 사람이 되기란 정말 어려운 일이다. 하지만 그렇다고 버림받은 기분이 완전히 가신 것은 아니었다.

“왜 저를 낳고 죽음을 택하셨지요?”

“독한… 정말 지독한 사랑이었습니다. 마님이 다섯 분이나 되셨지만, 부군에 대한 다른 분들의 사랑을 모두 합쳐도 대부인의 사랑을 결코 따라가지는 못할 것이라 장담할 수 있을 정도였지요. 만일 당시 주공이 뱃속에 계신 것을 끝내 몰랐다면 몇 달 일찍 죽음을 택하셨을 겁니다. 주공께서 어머님의 생명을 몇 달 연장시켜 드린 것이나 다름없었습니다.”

'어쩌면!'

어머니를 용서할 수 있을 것 같기도 하다.

죽음을 택한다는 것은 절망을 느꼈음이다. 자신도 숱하게 감당하고 있지 않은가. 어머니와 공유할 수 있는 무엇이 있다는 것이 기뻤다. 그 문턱을 오간 사람이기에 그 마음을 아는 것이다. 사군은 이루어질 수 없는 투정을 부리고 있었다. 마치 죽은 어머니에게 매달려 젖을 더 달라고 우는 아이처럼.

서관이 그 마음에 불을 질렀다.

"원래 장 총행두가 돌아가셨을 때 자진하려 하셨는데 뱃속에 주공께서 계신 탓에 몇 개월을 더 사셨지요. 죄송스런 말씀이지만… 혼자 살아남으셨던 그 시간을 가장 힘들어하셨습니다. 주공께도 무척이나 미안해하셨기에 날마다 눈물로 지새우셨지요. 거의 식음을 전폐하다시피 하셨는데……. 그나마도 뱃속에 주공이 계시지 않았다면 들지 않으셨을 겁니다."

사군의 시선이 창밖을 향했다.

예전에는 자식을 놓고 먼저 가는 어미를 이해하지 못했다. 하지만 사랑이 지독한 절망을 가져왔다면 그럴 수도 있을 것 같았다.

가슴이 아팠다.

자신이 아는 모든 것들이 뿌리부터 다시 흔들리고 있었다.

사군은 고개를 저었다. 어차피 곧 죽을 목숨이라면 낳아주신 어머니를 위하는 작은 일쯤은 해드릴 수 있겠지!

"내게 무엇을 원하시오?"

'됐어!'

서관의 얼굴이 환하게 펴졌다. 사군은 크게 동요하고 있었다.

어떻게 찾은 뿌리인데……. 주공의 적자(嫡子) 사군이라면, 누가 뭐래도 상무문을 확실하게 재건할 수 있을 것이다.

"상무문을 다시 일으켜 주십시오. 아니, 저희는 차라리 걸개방이라는 이름을 원합니다. 그 옛날 대부인께서 남기신 모든 것들을 불태워 버린 놈들에게 복수를 해주십시오. 그래서 이름을 만천하에 알려, 걸개방이 아직껏 살아 있음을 알려주십시오."

서관의 말투에는 열정이 가득했다.

혼란스러웠다. 사군은 갑작스럽게 자신의 모든 것을 뒤틀어 버리는 이런 모든 상황을 정리할 수 없었다. 시간이 필요했다.

제갈옥은 두 사람의 대화를 듣고 있었다. 자리를 비키는 것이 마땅했지만 남이 아닌 느낌에 뜨지 못했고, 서관이나 사군 모두 개의치 않았다.

사군은 제갈옥을 바라보았다.

'시간이 충분할까?'

그렇게 묻고 있는 것이다. 하지만 제갈옥은 그 말에 대답해 주지 못했다. 누가 알 수 있단 말인가. 제갈부의 말에 의하면 그는 지금 당장 이 자리에서 죽을 수도 있는 상태였다. 그런 생각이 드러났음인지 얼굴이 굳어졌다.

"빠른 방법이 있어요."

끝까지 침묵을 지킬 것만 같던 제갈옥이 나서자 두 사람의 눈이 일제히 그녀에게 향했다.

"극비에 속하는 일이기는 하지만 공자께서는 외인이 아니시니 말씀드리겠어요. 곧 있으면 강남 무림대회가 열려요. 가칭 무림수호단 단주를 선출하는 대회이지요. 기개를 잃지 않고 있는 중원의 충의지사와 협객 상당수가 참석을 약속했어요. 만약 공자께서 걸개방의 이름으로 출전하시어 그 대회에서 승리하신다면 만천하에 걸개방의 이름을 널리 알리는 계기가 될 거예요."

사군과 서관 두 사람은 거의 동시에 서로를 쳐다보았다.

"무림의 명숙들도 많이 참가할 것이 아닙니까?"

서관이 물었다. 처음 듣는 소리였기에 자세히 알고 싶은 것이다. 사실이라면 사군의 참석을 권할 생각이었다.

"그렇지는 않아요. 그런 대회에는 통상 후기지수 중에서 뛰어난 자를 선발하는 것이 보통이지요. 참관인들이 무림 명숙들로 구성되기는 하겠지만 참석하지는 않을 거예요. 참석자들 대부분이 성적에 상관없이 청국의 주요 장수들을 암살하는 임무를 맡게 될 거예요."

"그런 대회가 왜 무림에 알려지지 않았지요?"

"극비리에 열리는 대회예요. 척살단(刺殺團)의 성격이기에 외부에 노출이 되면 오히려 참석자들이 목표물이 되고 말 우려가 있어요. 그렇기에 그동안 비밀리에 주최했던 반청 모임에 참석한 사람들만이 알고 있는 사실이에요."

"걸개방도 참석이 가능하오?"

사군이 물었다. 육십은 족히 넘어 보이는 서관이 십수 년을 그토록 매달려 왔던 일이라고 했다. 그렇게 해서라도 기쁨을 줄 수 있다면…….

"물론이에요. 어느 방파라도 청국에 대항해 나라를 지키겠다는 뜻만 있다면 대환영이에요. 만약 걸개방이 원한다면 우리 제갈세가에서도 힘을 아끼지 않고 도와드리겠어요."

사군은 다시 서관을 돌아보았다. 그도 고개를 돌리는 중이었기에 허공에서 눈빛이 서로 마주쳤다.

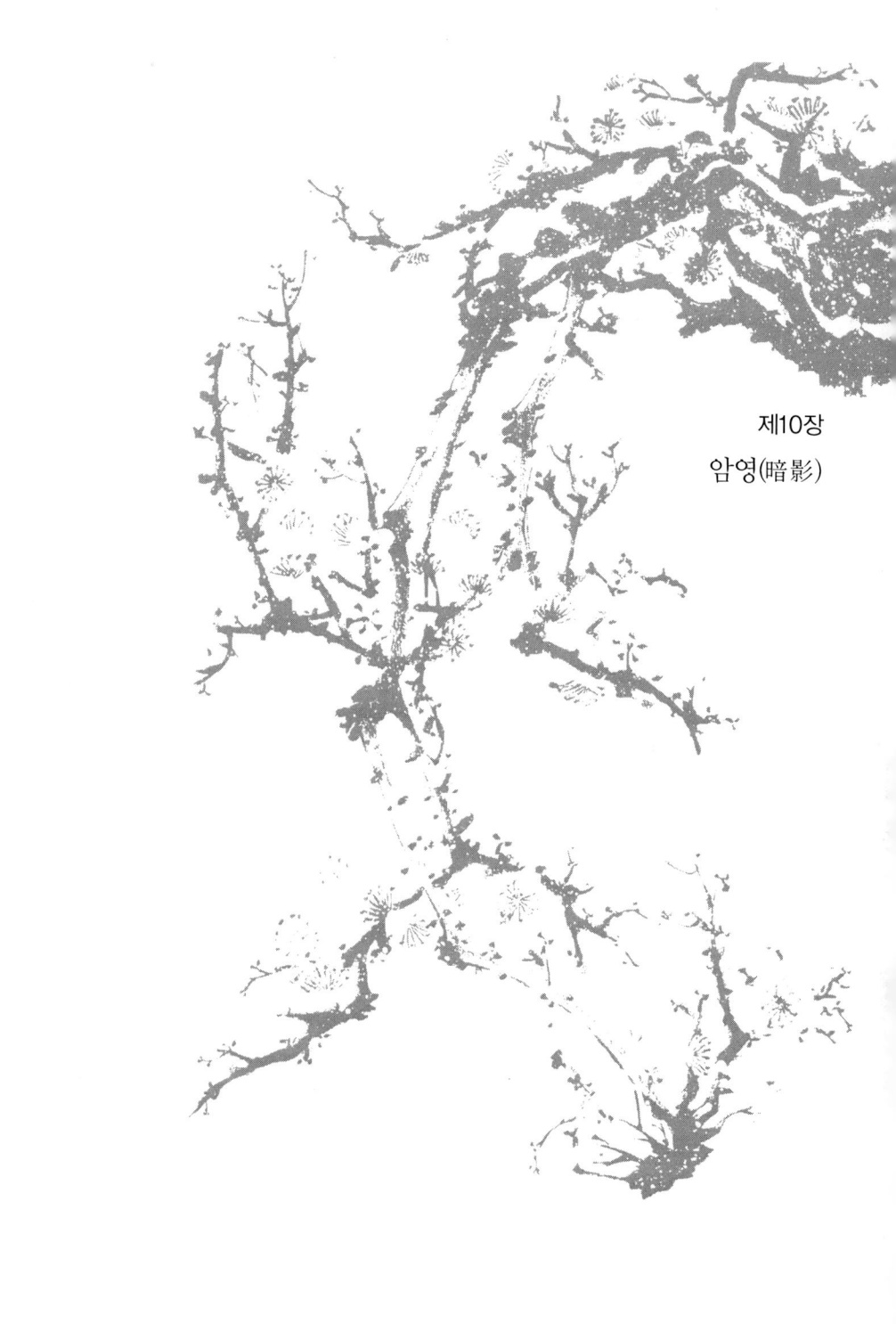

제10장
암영(暗影)

사군이 도착한 곳은 공터였다.

목적을 하고 온 것은 아니었지만 어쨌든 공터에 와 있었다. 어둠이 내린 시각이었지만 눈 덮인 공터는 하얗게 빛을 발하고 있었다.

휘잉!

어둡고 황량한 공터를 스치는 동해의 바람이 있었다.

사군은 그 바람이 싫어 얼른 초막 문을 열었다. 문이 흔들리는 충격에 그 위에 쌓여 있던 눈덩이가 머리 위로 우수수 떨어졌다. 사람이 산 흔적조차도 눈비에 쓸려 나갔는지 초막은 그저 쓸쓸하기만 했다.

'죽기에 딱 좋은 곳이야!'

침상 위에 벌렁 누웠다.

축축한 습기가 느껴졌다. 방 한구석에 나뒹구는 목함이 눈에 들어왔다. 고노의 전재산이었던 목함이다. 한 손을 들어 올려 베개로 삼으니 고노의 빤질거리는 이마를 베고 누운 기분이 들었다.

'할아버지!'

그토록 애를 써서 가르쳤던 제자는 낙오자가 되어 이곳에 몸을 숨기고 있었다. 하초가 또 씰룩거렸다. 사군은 뺨을 치듯 하초를 후려쳤다.

"악!"

지독한 아픔이었다.

덜렁거리는 양물은 좌우로 들릴 때마다 고통을 전했다.

눈물이 찔끔거렸다.

'너도 사람이구나.'

어차피 이곳에서 덜덜거리다가 죽어갈 몸이다.

사군은 양물을 달래듯 만져 주고는 조용히 눈을 감았다. 시간이 흐를 수록 불어난 욕정이 거미줄처럼 육신을 조이고 있었다. 이마에서 땀이 배어나기 시작하더니 이내 방울을 이루어 주르르 귓전으로 흘러내렸다.

고통을 잊고 싶었다. 하지만… 그토록 많은 순결한 영혼들을 파괴하고도 이런 작은 고통조차 참아내지 못하는 자신이 지독스레 혐오스러웠다. 더러운 놈!

침을 뱉었다.

"퉤!"

눈을 감은 채 마음 속으로 뱉어낸다는 것이 실제 행동으로 옮겨진 것이다.

탁, 소리와 함께 침이 다시 얼굴에 떨어진 것을 알았지만 닦아내지 않았다. 어차피 세상은 끼리끼리다. 더러운 것은 더러운 것들끼리……

"으으으……"

뜨겁게 끓어오르는 몸이었지만 한기가 스미며 떨려왔다.

사군은 자신에게 고통을 당했던 여자들을 떠올리는 것으로 마지막 속죄를 대신하기로 했다.

'묘랑? 유화? 아니고… 정청화? 취련? 글쎄… 아민, 황여섬, 수아 몇몇 마님들? 아니고… 엄영? 아니고… 그래, 맹렬히 반항했던 한 소저가 있었어. 그리고… 능소추…….'

갑자기 머리가 혼란스러워졌다. 그저 소문만 내지 말아달라고 하는 여자가 대부분이었다. 그리고 보니 파과의 흔적을 보았던 여자도 네 명에 불과했다.

콧잔등까지 땀이 배어나게 하는 고통이 계속되었지만 기분이 묘했다. 황여섬과 정청화는 오히려 떠날까 두려워했고, 묘랑과 수아는 은근히 꼬리를 쳤다. 다시 찾아달라고 하는 여자들도 있었고…….

사군은 자리에서 벌떡 일어났다.

어쩌면… 어쩌면 그리 큰 죄를 저지른 것은 아닐지도 모른다는 생각이 든 것이다.

'물어보자. 물어보면 알겠지.'

두려운 것은 이런 생각조차도 죽음을 피하려는, 혹은 더러운 육욕을 해결하려는 핑계가 아닌가 하는 스스로에 대한 의심도 있었지만 꼭 확인해 보고 싶었다. 문득 이곳이 도하촌이라는 사실을 떠올렸다. 밤이라고는 하나 사군의 얼굴을 알아보지 못할 사람은 없을 터였다. 급했다. 양물이 또 껄떡거리기 시작했다.

찌익!

옷을 찢어 얼굴에 뒤집어쓴 그는 야음을 타 마을로 내려갔다. 그가 택한 곳은 마을 끝자락에 있는 양씨댁이었다. 행복한 가정을 파괴하면 안 된다는 가책이 남편이 없는 여자를 고르게 한 것이다.

"크르르르······."

창고 처마 밑에서 개 한 마리가 어둠에 몸을 숨기고 사군을 향해 적의를 드러냈다. 하지만 사군이 강한 살기를 보내는 순간 스르르 꼬리를 말더니 미동도 않고 떨기만 했다.

스스슷!

사군은 안에서 잠겨진 고리를 진기를 이용해 가볍게 열었다.

"드릉! 드릉!"

양씨댁은 코를 골고 있었고, 조금 떨어진 침상에는 한 쌍둥이가 서로에게 기대 쌔근거리며 잠에 빠져 있었다.

사군은 조용히 양씨댁이 자고 있는 침상으로 올라갔다. 한때는 사군도 누님이라 부르며 따랐던 여자였기에 가슴이 떨려왔지만, 지금은 그저 여자일 뿐이다. 한 손을 둘러 팔까지 끼어 꼼짝 못하도록 안은 그는 전음으로 여자의 잠을 깨웠다. 행여 목소리를 알아들을까 두려웠다.

"응··· 으응······!"

잠시 몸을 뒤척이며 신음성을 내던 여자는 귓전에서 계속 들리는 말소리에 놀라 잠에서 깨어났다. 사군은 행여 놀라 발버둥칠까 두려워, 얼른 위에서 몸을 누르며 입을 막았다.

"싫으면 싫다고 고개를 흔들어요."

불끈 성을 낸 양물로 여체의 보드라운 허벅지를 파고들어 갈 듯 찍어누르며 묻는 말이었다. 여체의 냄새를 맡은 탓인지 뜨거운 열기가 흘러나오며, 참지 못한 육신은 덜덜 떨고 있었다. 하지만 참아야 했다.

"으음!"

이를 악문 사군의 입에서 신음성이 흘러나왔다.

놀란 탓인지 여체가 화들짝 경련을 일으켰다. 이어 몸을 움직이려 꿈틀거렸지만 찍어 누르는 억센 사내의 힘에 눌려 꼼짝도 하지 못했다.

"싫다고 하면 그냥 나갈게요."

사군은 다시 전음을 보냈다.

다시 여체가 꿈틀했다. 하지만 움직이는 것이 불가능하다는 것을 안 탓인지 이내 반항을 멈추고 조용히 있었다. 더 이상 견디기 힘들었다. 빨리 결말을 내야 했다. 사군은 말을 건넸다.

"싫으면 고개를 흔들어요."

전음조차도 떨리고 있었다.

그러지 않아도 억센 사내의 양물을 몸으로 느끼고 있던 차였다. 여자는 그제야 사내가 무엇을 말하는가를 깨달았다. 어둠 속에서 고개를 마주한 두 사람 사이에 한동안 침묵이 흘렀다. 훅훅거리는 사군의 뜨거운 숨결이 그대로 여자에게 전해지고 있었다.

양씨댁은 망설였다.

당연히 고개를 흔들어 사내를 거부해야 마땅하지만… 허벅지 살을 지그시 눌러오는 단단한 사내의 힘이 싫지 않았다. 어느새 양물은 볼일을 보기 위해 터놓은 속곳 사이로 들어와 수림을 자극하고 있었다. 귓볼을 간지럽히는 사내의 뜨거운 숨소리는 얼굴에 열기마저 느끼게 했고, 넘치는 욕정을 참지 못해 바들거리는 사내의 전율 또한 몸에 그대로 전해지고 있었다.

'싫은 게야!'

사군은 짙은 여체의 내음을 더 이상 감당할 수 없음을 알고, 가렸던 입을 풀어주며 몸을 일으켰다. 미쳐 가고 있었다. 더 이상 있다가는 또 그 짓을 하고 말 것이다. 결국 모든 생각은 욕정을 풀기 위한 핑계로 남을 것이다.

"으으으……."

다시 신음성이 흘러나왔고 고통을 참느라 흘러내린 땀에 옷이 푹 젖다시피 했다. 그때였다. 갑작스런 손길이 막 침상에서 내려가려는 사군의 팔을 덥썩 움켜쥐었다.

"헉!"

너무도 짜릿한 손길! 입에서 헛바람이 절로 튀어나왔다. 몸을 홱 돌린 사군은 그대로 여인의 몸을 덮어갔다.

"아흑!"

여인의 입에서 경탄성이 흘러나왔다. 이미 질펀히 젖어버린 음문은 단단한 양물을 받아들이는 것에 조금도 거부감이 없었다. 속 깊은 짜릿함을 이기지 못한 여인의 발이 허공을 감아 사내의 엉덩이를 조여 갔다.

"흐흥!"

양씨댁의 입에서 이내 콧소리가 흘러나왔다.

이 밤에 자신을 찾아온 사내가 누구인지 몰랐지만 알고 싶지도 않았다. 남편을 잃은 이래 한때는 슬픔에 젖었지만, 세월이 지날수록 애타게 그려왔던 사내의 품이었다. 고만고만한 피붙이 둘만 아니라면 벌써 보쌈을 해갔을 것이기에 때로는 귀여운 두 아이가 원망스러웠던 밤조차 있었다. 오늘 밤도 젖가슴을 손으로 비비며 오지 않는 잠을 애써 청했던 그녀였다. 육중한 무게가 육봉을 눌러오는 순간 진한 감동에 숨이 막혀 콧소리가 절로 흘러나왔다. 사내의 진득한 땀내음은 그 어떤 향기보다도 자극적으로 미치게 만들었다.

오랜 기다림은 마침내 그녀를 절정으로 인도했다.

벽이 무너지고… 뜨거운 폭풍처럼 불어오는 열풍에 오색 구름마저 춤을 추는, 그저 아득하기만 한 하늘이 펼쳐졌다. 지금 이 순간이 영원히 지속되기를 간절히 빌었다. 그녀는 사내의 몸이 떨어져 나갈까 엉덩이를 힘껏 당기고 조였다.

"아으으……!"

몸서리쳐지는 쾌감이 찾아들고 있었다.

엉켜 버린 두 남녀는 좀체 떨어질 줄 모르고 열기 속에 몸을 살랐다.

무려 한 시진이나 계속된 육체의 향연이 끝을 맺었다.

사군은 행여 얼굴을 둘러싼 천이 벗겨질까 조심하며 천천히 침상에서 일어나 문으로 향했다.

"사군이지?"

"헉!"

몸이 굳어버렸다. 상대는 자신을 알고 있었다.

어두웠는데… 얼굴을 가렸는데… 말도 하지 않았는데…… 마을까지 소문이 난 거야. 온갖 생각이 복잡하게 머리를 스쳤다.

"뒷모습을 보고 알았어. 큰 키에 널찍한 등, 당당한 걸음……."

양씨댁이 잠시 말을 멈추었지만 사군은 여전히 몸을 움직이지 못했다.

"가지 마. 꼭 한마디 해주고 싶은 얘기가 있어. 지금이 아니면 하지 못할 것 같아. 누구에게도 말하지 않은 비밀이야."

그 말에 사군은 걸음을 떼지 못했다.

"네 품에 한 번만이라도 안겨보고 싶었어."

몸이 흠칫할 정도로 놀랐다. 무슨 소리를 하려는 것일까. 황급히 이곳을 벗어나고 싶었지만 차마 그러지 못했다.

"내가 두세 살만 어렸어도… 내가 예향이 정도만 생겼어도… 내가 혼인만 하지 않았어도……."

양씨댁의 입에서 나오는 말은 넋두리와 같이 계속 이어지고 있었다.

"예향을 얼마나 부러워했는지 알아? 아마 이 마을 처녀들 대부분이 그랬을 거야. 총각들은 예향의 마음을 빼앗은 사군을 부러워했겠지만."

그녀의 말은 사실이었다. 예향보다는 네 살이 많았지만, 사군과는 두

살 차이였다. 사군은 그 또래 여인들의 흠모의 대상이었다.

늘씬하게 큰 체구에 오뚝한 콧날과 짙은 눈썹이 아니더라도, 작은 마을에서 글을 알고, 무공을 배우고, 그에 더해 마음까지 순박한 그를 은근히 흠모하지 않았던 처녀는 없었다. 끝까지 사군에 대한 마음을 드러냈던 소진이란 아이도 끝내 예향의 기세에 눌려 포기했다. 비록 혼인은 했지만 사군을 보면 은근히 마음이 설레던 그녀였다.

사군은 쓴웃음을 지었다.

'양씨댁의 혼인 전 이름이 군혜(君慧)였지.'

당시에는 누님이라 부르며 잘 따랐었다.

지금 죽음만을 기다리는 자신의 처지를 안다면 뭐라고 할지 궁금했다. 더 이상 추한 꼴을 보이기 전에 떠나야 했다. 사군은 천천히 걸음을 뗐다.

"가지 마!"

콧소리가 섞였던가. 사내를 부르는 여인의 그런 말투였다.

"오늘 밤만이라도… 내 곁에 있어줘, 내 낭군처럼. 영원히 그 꿈을 간직하고 행복하게 살 수 있을 것 같아."

전율이 일었다.

내가 뭐라고… 혈안색마라는 더러운 이름으로 불리는 사내가 되고 만 것을 알기나 할까? 순백한 여인들의 가슴에 못을 박고, 아직도 그 욕망을 이기지 못해 헤매고 있다는 것을 아는가. 누님, 아세요?

눈물이 주르르 흘렀다. 항상 잘 대해주었던 군혜 누님. 천천히 몸을 돌렸다. 얼굴을 가렸던 찢어진 헝겊마저도 내던져 버린 채였다. 어둠 속의 군혜는 다가오는 사군에 감격한 듯 벅찬 미소를 지으며 하얀 손을 뻗어 그에게 내밀었다.

사군과 제갈옥, 그리고 서관 등은 사찰 내 작은 별실에 모였다.

"이번 무림대회에 출전할 사람들의 명단이에요."

제갈옥은 품속에서 봉투 안에 든 종이 한 장을 꺼내 펼쳤다. 사군은 자신도 모르게 젖가슴과 섬섬옥수로 향하는 눈길에 당혹스러워했다. 제갈옥도 그의 시선을 의식한 듯 얼굴을 살짝 붉히고 있었다. 종이를 펴 든 손이 가늘게 떨리는 것이 사군의 가슴을 더욱 진탕시켰다.

대진표는 갑조와 을조로 나뉘어 있었는데 갑조에는 개방이, 을조에는 남궁세가가 유력해 보였다.

갑조(甲組)

개방(丐幇) 청죽취개(靑竹醉丐) 남환(南鰥)

보타산(普陀山) 동해검희(東海劍姬) 왕예(王霓)

진가보(陳家堡) 철담무정(鐵膽無情) 진웅(陳雄)

영춘장(迎春莊) 청성일검(靑星一劍) 단우평(單于平)

걸개방(乞丐幇) 고독검(孤獨劍) 사진(史辰)

을조(乙組)

남궁가(南宮家) 운몽쾌검(雲夢快劍) 남궁필(南宮必)

해남검문(海南劍門) 독안마객(禿顔魔客) 축량(逐亮)

풍정원(楓精園) 금부신장(金斧神將) 동천근(董千斤)

추일산장(楸溢山莊) 무적창(無敵槍) 혁무련(赫茂鍊)

하오문(下午門) 만리월표(萬里月豹) 음설봉(陰雪鳳)

사군이 대진표를 살펴보기를 기다리던 제갈옥이 입을 열었다.

"장보도 사건도 있고 해서 상공의 이름은 고독검(孤獨劍) 사진(史辰)

으로 했어요. 비무의 승패에 관계없이 이들 모두 척살조에 편입될 거예요."

이번 대회는 청국(淸國)의 주요 장수들을 암살할 척살조의 틀을 갖추는 것이 목적으로, 각 조의 우승자가 조장이 되어 다른 조원들을 지휘하게 된다.

"제갈가 사람은 왜 없지요?"

"우리 가문에서는 제가 척살조에 끼겠지만 이번 대회는 무공 대결이니 빠진 것뿐이에요."

사군의 질문에 제갈옥이 가볍게 미소 지으며 대답했다.

"그런데 명문정파들이 대거 빠진 이유가 궁금합니다."

서관이 고개를 갸웃거리며 말했다.

"어쩔 수 없었어요. 소림이나 무당, 종남 등은 본산이 전란의 중심에 있어 제자를 내보낼 형편이 되지 않고, 아미나 청성, 당문 등도 사정이 비슷해요. 황산파는 저희 가문과 관계가 원만하지 못하니 참석하지 않았어요. 게다가 이미 청국에 붙은 문파도 있고요."

"흠, 그런대로 해볼 만하겠군요."

사군은 대진표를 훑어보며 말했다.

"저는 상공께서 반드시 최고 무인으로 선발되어 이름을 떨칠 수 있기를 바라요. 갑조에서는 청죽취개가 껄끄러운 상대이고, 을조에서는 남궁세가가 유력하지만 누구도 결과는 알 수 없지요. 나머지 대부분은 자신의 이름을 알리기 위해 출전했다고 보시면 돼요."

그 말에 무안해진 사군은 씨익 미소 지었다.

'아!'

제갈옥은 사군의 미소에 가슴이 진탕되는 것을 느꼈다. 얼굴이 붉어진 그녀는 얼른 다른 말을 꺼내며 수선을 떨었다.

"상공의 거처는 절 아래 민가에 방을 잡아두었으니 저를 따라 가시면 돼요."

하지만 말을 꺼낸 제갈옥은 아차, 하지 않을 수 없었다. 분명 여자 없이 홀로 밤을 보내지 못할 사군이니, 자신이 같이 있어주어야 할 것 같았기 때문이다. 자칫 방으로 가서 사랑을 나누자는 말로 잘못 들을까 더욱 얼굴이 붉어진 그녀였다.

무석(無錫)이 멀지 않은 야트막한 야산.

남은 백의 검수는 쓴 입맛을 다시며 다시 싸움판으로 고개를 돌렸다.

십여 명의 흑의인은 망연자실한 표정이었다. 서로 눈길을 주고받던 그들은 이윽고 행동을 결정한 듯 백의인을 향해 포위망을 좁혔다. 이미 백의인의 상의 왼편은 온통 붉은 피로 물들어 있었다.

혈도를 눌러 지혈을 해준 또 다른 백의인이 얼른 뒤로 돌아 등을 맞댔다.

"꼭 죽어야 하겠느냐?"

백의인 한 명이 흑의인들을 향해 싸늘한 말투로 물었다. 누구에게라고 할 것도 없는, 마치 혼잣말 같은 물음에 다가오던 흑의인들이 움찔하며 발걸음을 멈추었다. 토혈(吐血)까지 해가며 비틀거리는 백의인을 보았기에, 적어도 중상을 입었을 거라 생각했다가 무심하고 냉막한 말투에 놀란 것이다.

휘릿!

그런 상대를 시험이라도 하듯 흑의인 하나가 백의인의 허리를 쓸어왔다. 상태를 확인하려는 듯한 가벼운 수로, 반격이 있으면 언제라도 몸을 빼겠다는 의도가 엿보이는 한 수였다. 순간 백의인의 발이 빠르게 교차하며 지면 위를 어지럽게 오갔다.

창궁유운(蒼穹流雲)!

남궁세가에서도 백의대만이 익힐 수 있는 창궁 검법의 최종 단계의 초식. 백의인의 검이 흐느적거리며 허공을 흘렀다.

"크악!"

공격을 가했던 흑의인은 미처 몸을 빼기도 전에 비명을 터뜨렸고, 몸은 마치 큰 충격을 받은 듯 튕겨져 나가 관도 옆으로 나동그라졌다. 작은 잡목들 사이로 불쑥거리며 자란 잡초 위에 널브러져 한 번 꿈틀하던 흑의인의 몸이 이내 움직임을 멈추었다. 그 광경을 본 다른 흑의인들의 얼굴이 경악으로 물들었다.

"다음은 누구냐?"

백의인의 싸늘한 음성에 흑의인들은 흠칫했다. 그들은 서로 눈치를 보더니 슬금슬금 뒤로 물러났다.

"꺼져라!"

백의인은 다시 묵직하게 일갈했다. 짙은 살기가 물씬 배어나는 말투, 순간 흑의인들은 누가 먼저랄 것도 없이 몸을 날려 숲 속으로 사라져 버렸다.

그들의 모습이 보이지 않자 백의인은 힘없이 무너지며 무릎을 꿇었다.

"필 사형!"

등을 마주했던 다른 백의인이 황급히 그의 상세를 살폈다.

"울컥!"

무릎을 꿇은 백의인의 입에서 검붉은 핏덩이가 한 움큼 튀어나와 앞가슴을 적셨다.

그때였다.

눈이 뒤덮인 땅속에서 뭔가 솟구치더니 섬전처럼 백의인을 덮쳐 갔다. 흑의 복면인이었다. 상세를 돌보던 백의인은 크게 놀라며 황급히 검을 마주쳐 갔다.

팟!

으레 들렸어야 할 병장기 부딪치는 소리 대신 공기를 가르는 파공음만
이 들려왔다.

"크윽!"

묵직한 비명 소리와 함께 막아섰던 백의인의 신형이 무너져 내렸고 순
간, 피를 토하며 무릎을 꿇고 있던 백의인의 눈에 공포가 어렸다.

싸악!

듣기에도 섬뜩한 살이 베어지는 소리였다.

"용… 끄윽!"

백의인은 미처 말을 끝내지도 못하고 머리를 땅에 처박았다. 목 주위
에 가는 혈선이 나타나더니 이내 붉은 피를 콸콸 쏟아냈다.

"흐음!"

가는 숨을 내쉰 흑의 복면인은 이내 잡목 사이로 몸을 날렸다.

멀리 관도 쪽에서 경공을 전개해 언덕으로 달려오는 수십 명의 인영이
있었다. 일행의 선두에 선 사람은 흰 수염을 휘날리는 백의 노인이었다.

"아뿔싸! 한발 늦었구나!"

장내에 도착한 노인은 쓰러져 있는 백의인들을 보고는 장탄식을 터뜨
렸다. 목에 칼을 맞고 쓰러진 사람은 운몽쾌검(雲夢快劍) 남궁필(南宮必)
이었다. 그는 비밀리에 옥황산에서 치러지는 강남 무림대회에 참석하기
위해 다른 사형제들과 함께 길을 가던 중이었다. 사방에 쓰러진 시신들
을 지켜보는 그의 노안(老顔)에는 안타까움만이 가득했다.

부리부리한 봉목에 떡 벌어진 어깨의 위압적인 풍모를 지닌 노인은 남
궁가 사대봉공 중 한 명인 대안검호 남궁우로, 구원을 요청하는 신호탄
이 터지는 것을 보고 급히 달려온 길이었다. 주변에 즐비하게 널린 시신

들이 그의 안타까움을 더하게 했다.

날카로운 시선이 피를 흘리며 쓰러져 있는 백의인 다섯과 칠팔 명의 홍의인, 그리고 수십 명에 이르는 청의인들과 흑의인들의 시신을 바쁘게 오갔다.

"놈들의 수가 많았던 것 같습니다."

곁에 있던 백의인이 말했다.

"알고 있네."

대답을 하면서도 남궁우의 눈은 백의인들의 시신에 남아 있는 상흔들을 예리하게 살피고 있었다.

"정파의 무공 같습니다."

옆에서 같이 살피던 백의인이 덧붙였다.

"강호의 은원에는 정사(正邪)가 따로 없는 법일세. 이곳 강남에도 혈풍이 시작된 듯하니… 일단 전력을 한곳에 집중시키도록 하세. 강호제일세라 해도 암습에는 배겨날 수가 없네. 일단 은인자중(隱忍自重)하고 기회를 노리는 편이 희생을 줄이는 길일세."

남궁우는 말을 하면서 쓰러진 흑의인들의 시신을 자세히 살폈다. 하나하나 꼼꼼하게 살펴가던 그는 일순 흠칫했다.

"좌수(左手)를 쓰는 자가 있는 것을 보니 해남검문이 개입했군."

표정이 한층 어두워진 남궁우가 말을 계속했다.

"굳은살이 왼쪽에 집중되어 있네. 오른손보다 왼손이 더 발달했고……."

아직 해남검문의 출현에 대한 정보는 들은 적이 없었다. 게다가 남궁세가를 표적으로 삼다니… 그 이유를 알 수 없었다.

품속을 뒤져 보았지만 신분을 증명할 만한 그 어떤 것도 나오지 않았다. 사전에 암습을 목표로 했다는 말이기에 남궁우의 얼굴은 한층 더 어두워졌다. 뒤따라 온 사람들이 시신을 수습하는 동안 남궁우는 생각에 잠겼다.

남궁세가 후기지수 중에서도 손꼽힐 만한 실력을 지닌 운몽쾌검 남궁필을 단 한 수의 기습으로 쓰러뜨릴 수 있는 사람은 많지 않다. 게다가 무기를 도(刀)로 국한시킨다면… 남궁우의 머리 속으로 한 인물이 스쳤다. 하지만 단정 지을 수는 없었다. 귀계가 난무하는 무림이다.

따그닥! 따그닥!

십여 기의 기마가 빠른 속도로 관도를 지나고 있었다.

선두에 선 자는 삼십여 세 가량의 장한으로, 끝에 오색의 긴 수실이 달린 창을 말안장에 꽂고 달려가고 있었다.

"멈추어랏!"

돌연 그 앞을 십여 명의 무인들이 막아섰다.

옥황산을 오르는 길목으로 멀리 정상 근처에 산굽이를 돌아 세워져 있는 도관(道觀)인 복성관(福星觀)이 올려다보이는 곳이 그들의 목적지였다.

"웬 놈들이냐? 얼굴을 가린 것을 보니 친구는 아닐 성싶구나!"

파양호 동안에 있는 추일산장(楸溢山莊)의 장주 아들로 당금 무림의 후기지수들 중 이름을 떨치고 있는 무적창(無敵槍) 혁무련(赫茂鍊)이었다. 그는 복면을 하고 나타난 자들을 보고는 안장에서 장창을 꺼내 들며 일갈했다. 뒤를 따르던 십여 명의 무사도 굳은 표정으로 일제히 병장기를 꺼내 들며 말에서 내렸다.

"후후후. 이제라도 늦지 않았으니 이곳을 떠나 네가 있던 곳으로 돌아가거라! 쓸데없이 피를 보기를 원치 않는다."

복면인들 중 가장 앞쪽에 나서 있던 자가 음산한 어조로 말했다. 목소리로 보아 노인임을 알 수 있었다.

혁무련은 그제야 얼굴을 굳히며 말에서 내렸다. 한 손에 장창을 꼬나 든 채였다.

'이상하다. 이들은 나를 알고 있는 것은 물론, 이번 대회의 내막도 잘 아는 듯하니…….'

상대는 자신을 알아보는데 자신은 상대를 모르니 은근히 몸이 긴장되는 것은 어쩔 수 없었다. 하지만 상대의 기세에 주눅이 들 무공은 아니었다.

"헛소리! 복면을 벗고 정체를 밝혀라!"

혁무련은 허공에서 멋지게 휘두른 장창을 앞으로 거누며 소리쳤다.

"흐흐흐, 웬만하면 은원을 엮지 않으려고 했더니……."

복면인의 등에서 장검이 스릉 소리를 내며 뽑아져 나왔다. 미처 그가 자세를 잡기도 전에 혁무련의 장창이 허공을 갈라왔다.

쐐애액! 쐐액!

마보파벽(馬步把劈)의 초식으로 상대와 거리를 유지하기 위한 선제공격이었다. 하지만 상대는 그런 사소한 허초의 공격조차도 용납하지 않았다. 허리를 감아오는 창을 몸을 비틀어 교묘하게 피한 복면인은 장검으로 혁무련의 옆구리를 찔러왔다. 순간 복면인의 왼손이 허공에서 잠깐 흔들렸다.

"커억!"

복면인의 검은 상대의 심장을 정확히 꿰뚫고 있었다.

혁무련의 동공이 중심을 잃고 빙글 돌았다.

믿을 수가 없었다. 상대의 검을 충분히 피할 수 있다고 믿었는데 돌연 중부혈(中府穴)이 뜨끔하며 창을 움직이지 못했고, 그 틈을 검이 쑤시고 들어왔던 것이다.

'지풍을 날리는 것은 보지 못했는데……!'

머리 속을 스쳐 가는 생각이었다.

쿵!

마침내 혁무련은 무릎을 꿇듯 자리에 쓰러졌다.

"아니!"

"헛!"

너무도 어이없는 죽음에 분노한 추일산장 호위 무사들이 일제히 도검을 휘두르며 달려들었다.

"가자!"

복면인은 상대도 하기 귀찮다는 듯 가장 앞선 자에게 일지(一指)를 날리고는 언덕 너머로 몸을 날렸다.

"크윽!"

선두에 선 자가 쓰러지자 나머지 일행이 주춤했고, 복면인들은 그 틈을 이용해 모두 사라져 버렸다. 남은 무사들은 당황한 얼굴로 어찌할 바를 모르다가 혁무련 주변으로 달려갔다. 시신은 강바람에 급속히 식어갔다.

바쁜 걸음으로 산을 오르는 장한 하나가 있다. 곧 있을 비무대회에 대한 생각에 그의 몸은 긴장감으로 가득했다. 진가보(陳家堡)를 대표해 이번 대회를 위해 홀로 산을 오르던 철담무정(鐵膽無情) 진웅(陳雄)이다.

팟!

허공을 가르는 미약한 파공음!

"크윽!"

흠칫하던 그는 돌연 비명을 지르며 눈밭 위로 쓰러졌다. 순간 흰 옷을 입은 괴한 한 명이 눈 속에서 몸을 일으키더니 쓰러진 그를 힐끔 쳐다보고는 멀리 사라져 갔다.

"으으!"

잠깐이나마 꿈틀거리던 진웅의 몸이 이내 움직임을 멈추었다. 잠시 시간이 지나자 뒤통수 부근에서 선혈이 흘러 하얀 눈길을 붉게 물들여 갔다.

옥황산 정상을 백여 장 앞둔 곳이었다.

창! 창!

신형이 허공에서 맞부딪치는 순간 두 번의 금속성이 일었다. 한 명은 백의 복면인이었고, 다른 한 명은 한쪽 눈을 안대로 가린 자였다. 교차했던 신형이 눈 위로 떨어져 내렸고… 안대를 한 장한의 몸이 비틀했다.

"으……!"

그의 입에서 승패를 알려주는 가는 신음성이 흘러나왔다.

해남검문을 대표해 이번 비무대회에 참석하러 오던 축량(逐亮)으로, 눈이 오른쪽 하나밖에 없다는 것에 독랄한 손속을 더해 강호에서 독안마객(禿顔魔客)으로 불리고 있었다.

"대단하지만!"

백의 복면인은 등도 돌리지 않은 채 검집에 검을 집어넣으며 짧게 말했다. 옥황산으로 향하는 관도를 스쳐 가는 바람이 뿜어내는 한겨울의 한기만큼이나 싸늘한 어조였다.

"너, 너는……!"

"자네 짐작이 맞네!"

찡그린 얼굴로 가슴을 부여잡고 힘겹게 몸을 돌려 입을 연 축량의 말이 미처 끝나기도 전에, 자신의 이름을 발설하지 못하게 하려는 듯 백의 복면인이 그의 뒷말을 잘라 버렸다.

"왜……?"

"사람은 사는 방법이 각자 다르지. 나는 나를 위해 산다네."

"너도 중원의 백성이거늘……!"

서서 버티기도 어려운 듯 축량은 더욱 비칠거렸다.

"말을 너무 많이 했네. 그 정도면 자네 궁금증은 풀렸으리라 믿네. 모든 것을 알면 죽어서도 재미없게 마련이지. 나머지는 저승길에서 천천히 생각해 보도록 하게."

말을 끝내자마자 복면인은 땅을 박차 가까이 있는 언덕 너머로 사라져 버렸다. 눈밭을 비틀거리는 허망한 눈길이 어지러이 그의 뒷모습을 좇았다.

"무인으로서 마지막 상대가 너였다면… 죽음이 억울하지는… 않지."

귀를 갖다 대야 들을 수 있을 정도로 가늘게 이어지는 마지막 목소리. 축량은 안색이 핼쑥하게 변하더니 무릎을 꿇었다. 입가로 주르르 피를 쏟던 그는 마침내 눈밭에 머리를 처박았다.

쿵!

미동도 하지 않는 시신 아래 깔린 하얀 눈이 이내 선홍의 짙은 핏빛으로 물들어갔다.

〈6권으로 이어집니다〉

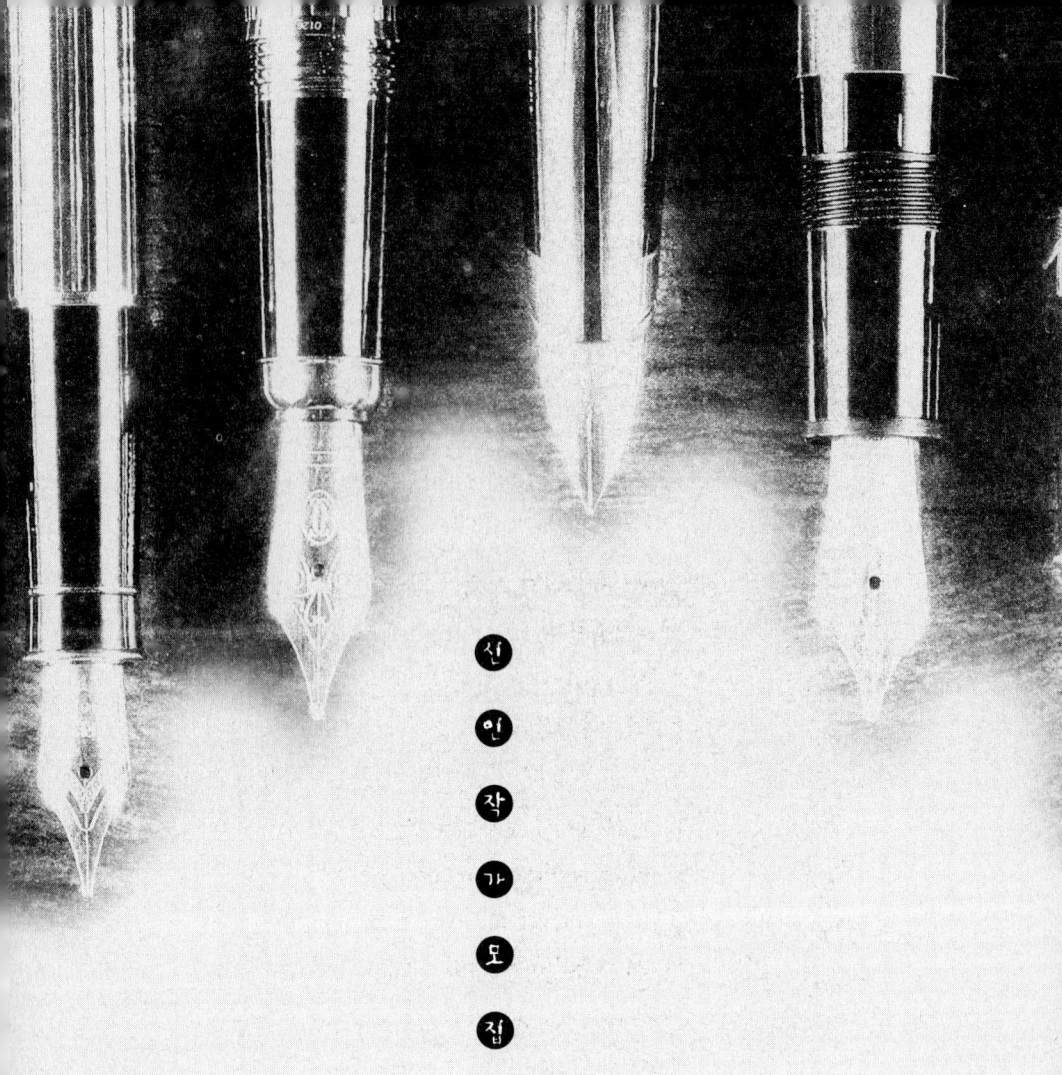

신
인
작
가
모
집

시작이 반이라고 했습니다.
작가의 길에 대한 보이지 않는 벽을 과감히 깨뜨리십시오!
청어람은 작가 지망생 여러분들의
멋진 방향타가 되어드리겠습니다.

저희 도서출판 청어람에서는
소설 신인 작가분들을 모집합니다.
판타지와 무협을 사랑하시는 분들의 많은 참여를 바랍니다.
소정의 원고(A4용지 150매)를 메일이나 우편으로 보내주시면
검토 후 출판 여부를 알려드리겠습니다.

주소:경기도 부천시 원미구 심곡1동 350-1 남성B/D 3F 우편번호420-011
TEL:032-656-4452 · **FAX**:032-656-4453
http://**www**.chungeoram.com
e-mail:chungeoram@chungeoram.com